Vorwort

Ich habe Konrad Schnittweg nicht wirklich gekannt. Ich bin ihm im März 2018 ein einziges Mal begegnet. Wobei Begegnung ein etwas merkwürdiges Wort für einen Unfall ist.

Es dunkelte bereits. Ich bog nach rechts von der Hauptstraße ab und übersah den parallel zu mir dahinrollenden Radfahrer, obwohl er zusätzlich zum Fahrradlicht eine Stirnlampe trug. Ich erschrak, als ich den Aufprall hörte. Dann sah ich einen Mann auf der Windschutzscheibe landen, bevor er über die Kühlerhaube vor den Wagen rutschte. Weder ich noch er waren schnell unterwegs gewesen, sonst wäre der Mann nicht sofort wieder aufgestanden. Ich blieb wie unter Schock regungslos hinterm Steuer sitzen. Er aber zog die Stirnlampe ab und seine Wollmütze gerade, hob sein Fahrrad hoch und betrachtete die verbogene Felge. Mich ignorierte er. In dem Moment begann es zu regnen. Ich riss mich zusammen, stieg aus dem Wagen, murmelte Entschuldigungen, versuchte mich zu erklären. Er sah mich ruhig an, nickte, ließ mich ausreden, bevor er leise, geradezu freundlich antwortete: »Glauben Sie, dass das die Welt besser macht?«

Ich begriff nicht, was er mir sagen wollte. Es klang nach einem ironischen »Sparen Sie sich Ihre Entschuldigungen«, aber zugleich hatte ich das Gefühl, dass er mich fragen wollte, ob ich glaubte, dass die Welt ohne ihn eine bessere sei? So als hätte ich ihn bewusst überfahren wollen, um

alle von einem Übel zu befreien. Ich geriet außer Atem, weil mein Herz unregelmäßig zu schlagen begann, und erwiderte: »Nein. Ja. Also …« Dabei wusste ich selbst nicht, auf welche Frage in meinem Kopf ich nun antwortete.
Er lächelte, nickte noch einmal, schulterte sein Rad und ging über die Straße.
Der Regen fiel mittlerweile in dichten Linien. Durch meine Brille sah die Welt schraffiert aus, eine Schwarz-Weiß-Zeichnung, hastig, aber mit sicherer Hand aufs Papier geworfen.
»Soll ich Sie nach Hause fahren? Soll ich Ihnen helfen?«, rief ich ihm hinterher. Da hielt er inne, blieb einen Augenblick stehen, stellte sein Fahrrad ab, ehe er zurück über die Straße zu mir kam. Auf seiner Mütze lag ein feuchter Glanz. Die Wolle schien sich vollgesogen zu haben.
»Sie haben mir bereits geholfen. Es gibt keine Gewissheit«, sagte er zu mir.
In dem Moment dachte ich, die Szene musst du aufschreiben. Das ist der Beginn eines Romans.

»Guy Helminger«, stellte ich mich vor und streckte ihm die Hand entgegen.
»Konrad Schnittweg«, antwortete er leise, fast so, als sei es eine Anmaßung, einen eigenen Namen zu tragen/haben. Er lächelte erneut, drehte sich um, ohne meine Hand zu ergreifen, ging zurück zu seinem Rad und verschwand nach und nach in der regenzerschnittenen Nacht.

»Glauben Sie, dass das die Welt besser macht?«
Dieser Satz war es, der mir wieder einfiel, als ich im Juni desselben Jahres Axel Keiders Artikel über Konrad Schnittwegs Brief und sein anschließendes Verschwinden

las. Während der Lektüre entwickelte ich eine Abwehrhaltung dem Berichteten gegenüber, und das nicht nur, weil der Artikel im Boulevard-Jargon abgefasst war, voller Unterstellungen. Ich fühlte, dass ich Konrad Schnittweg besser kannte, als der Journalist das tat.

Aus welchem Grund auch immer hatte ich mir die Unfallszene an jenem Abend doch nicht notiert, aber der Zeitungsartikel ließ das Erlebte in Form einzelner Puzzleteile wieder aufleuchten. Aus diesen Elementen, der Mütze, dem Satz, dem verbogenen Vorderrad, rekonstruierte ich den Moment des Unfalls und wusste im gleichen Augenblick, dass ich das Leben von Konrad Schnittweg zusammentragen wollte, nicht als Festlegung, nicht als Biografie, denn ich würde auf die unterschiedlichen Geschichten und Erinnerungen anderer angewiesen sein, um eventuell so etwas wie Fakten nahezukommen, aber als Roman.
Mir war, als sei dieser Mensch ein Paradebeispiel dafür, dass der Kern des Einzelnen nichts weiter als die Summe vieler Stücke, ja Bruchstücke war. Seine von außen gesehene Identität bestand nicht aus etwas Ganzem, sondern nur aus einer Ansammlung von Akzidenzien. Allein das, was der Journalist geschrieben hatte, widersprach vollständig meinen eigenen Eindrücken.
Ich grübelte weiter in diese Richtung einer Zersplitterung des Ichs, addierte, dass kein Mensch in der Lage war, ohne seine persönliche Sichtweise wahrzunehmen, Geschehnisse folglich eine stark subjektive Färbung bekamen, und folgerte daraus, dass unsere Erinnerungen allesamt ehrliche Erfindungen waren, Derivate dessen, was wir erlebt hatten. Womöglich machte dieser Hang des Gedächtnisses zur Fiktionalität die Realität für uns komplexer, als sie in

Wirklichkeit war. Eine durch Wahrnehmung und Erinnerung doppelte Brechung der Dinge, deren Einzelteile wir dann wieder auf ein Ganzes reduzierten.
Das aber hieß nicht, dass es die Wahrheit nicht gab. Sie war vielmehr unser Konstrukt. Wenn viele sich auf die gleiche Art an dasselbe erinnerten, waren wir bei der Wahrheit. Wenn viele sich auf unterschiedliche Art an dasselbe erinnerten, waren wir ebenfalls bei der Wahrheit. Nur die Fakten passten weniger. Aber an die war, wie gesagt, ohne Sichtweise nicht ranzukommen.

Ich möchte noch erwähnen, dass es mir beim Zusammentragen von Konrad Schnittwegs Leben nicht um Meinungen ging, weil Meinungen oftmals Fakten ignorieren und eine Realität jenseits der Tatsachen schaffen. Sie bemühen sich nicht um den notwendigen Link. Wichtig ist mir dagegen die mentale Disposition bei der Begegnung mit Welt. Das, woran niemand zweifelt, ist, dass Konrad Schnittweg gelebt hat. Von dieser Tatsache gehe ich aus. Den Rest beschreibt der vorliegende Roman.

Guy Helminger Köln, den 17. Juni 2019

1. Erster Monolog von Rieke Schnittweg (August 2018)

Erwarten Sie jetzt keine Larmoyanz. Natürlich belastet mich das. Aber mein Mann ist nicht durchgedreht. Er ist Psychotherapeut. Da handelt man nicht im Affekt, sondern durch Ruhe und mit Besonnenheit. Es ist nicht seine Art, Drohbriefe zu schreiben. Ich will nicht sagen, dass wir uns nie gestritten hätten, aber es waren Argumente, mit denen wir uns emotional angingen. Wir mussten nicht schreien oder mit Gegenständen schmeißen. Geschweige denn irgendwo Feuer legen. Dass er verschwunden ist, bedeutet nicht, dass er das wollte. Er gehört zu den Menschen, die die Gefühle anderer mitdenken, wenn sie handeln. Er würde nicht heimlich verreisen, ohne sich zu fragen, was das mit mir oder mit den Kindern macht. Auch wenn die schon erwachsen sind. Jakob lebt in Berlin und arbeitet als Informatiker und Pascal hilft in Indien bei einem Projekt. Brunnen bauen; was man als Jugendlicher so macht, wenn die Ideale für eine Utopie ausreichen. Ich finde das gut, verstehen Sie mich nicht falsch. Erfahrungen sind wichtig im Leben. Wer nichts erlebt, verwechselt die Welt mit dem eigenen Garten. Das führt zu fatalen Trugschlüssen. Konrad hat immer gesagt, dass das geistige Monadentum, die einzelnen, in sich geschlossenen Systeme, dass das der Ursprung aller Probleme ist. Er hat darin eine dem Menschen immanente Schizophrenie vermutet. Zum einen sehen wir nur uns selbst, unsere Welt, und interpretieren

alles andere von diesem Blickwinkel aus. Zum anderen stehen Begriffe wie Solidarität, Freundschaft, Empathie oder Mitleid hoch im Kurs. Wir sagen ununterbrochen ICH, behaupten darin aber das WIR. Und erwarten von unserem Partner, von Freunden absolute Treue und Nähe, als hätten diese nicht auch ein ICH. Ein bisschen, als stecke in jeder und jedem der Instinkt zum Sklavenhalter. Konrad und ich haben uns abends oft darüber unterhalten, wie diese Disposition das politische Handeln beeinflusst. Woher kommt die geschönte Selbsteinschätzung? Überlebenstrieb oder Berechnung? Wie kann es sein, dass offensichtliche Fakten ignoriert und Meinungen über Tatsachen gestellt werden? Auch das Postrationalisieren war so ein Thema, die im Nachhinein stattfindende Rechtfertigung des eigenen Handelns, obwohl man weiß, dass man im Unrecht ist. Oder merken diese Leute nicht, dass sie falsch liegen?
Wir haben auf der rechten Seite einen Nachbarn wohnen, der Richter von Beruf ist. Da möchte man meinen, er verstünde es, sich in andere hineinzuversetzen oder Tatsachen zu beleuchten. Aber jedes Wochenende holt der Mann den Rasenmäher aus dem Keller, danach die Motorsäge, um die Hecke zu bearbeiten, anschließend den Laubbläser, um alles im Garten umzuverteilen. Schließlich aktiviert er seinen Hochdruckreiniger und überflutet die Wegplatten. Dauer der Aktion: gute zwei Stunden. Jeden Samstag. Wenn er freitags mal früher Schluss am Gericht hat, beginnt er am gleichen Abend schon mit der Gartenpflege, die er samstags selbstverständlich in voller Länge wiederholt. Ich habe deshalb mal zu seiner Frau, die ebenfalls am Gericht tätig, aber sehr aufgeräumt ist, gesagt: »Ihr Mann liebt die Gartenarbeit.« Ihre Antwort war: »Gott, nein, er

hasst das.« Lustig, oder? Aber der Krach ist ein Problem, weil Konrad lärmempfindlich ist. Ich habe ihm geraten, mit dem Richter zu reden, was er abgelehnt hat. Mein Mann sucht Konflikte nur in seinen Patienten. Dort, wo das Gespräch keine Aussicht auf Erfolg hat, gibt er nach. Das bringt sein Beruf so mit sich. Und mit dem Richter hat es schon früher Probleme ähnlicher Art gegeben. Sein Sohn hat im Treppenhaus der Grundschule mal ein dickes Buch aus dem zweiten Stock auf eine Lehrerin fallen lassen, keine Ahnung, ob mit Absicht oder nicht. Die Lehrerin kam mit Gehirnerschütterung ins Krankenhaus. Das ist jetzt sechzehn Jahre her. Die Kremels, so heißt das Richterehepaar, Irmgard und Karl-Heinz Kremel, die hatten damals nie Zeit, und polnische Au-Pair-Mädchen kümmerten sich um ihren Jungen. Die brachten ihn zur Schule und die kamen zu mir, wenn sie Probleme hatten. Sie kamen fast jeden Tag. Es waren sehr junge Mädchen ohne Erfahrung, mit mangelnden Deutschkenntnissen. Deshalb hat die Schule auch mich informiert, als das mit der Lehrerin passiert war. Ich habe Frau Kremel die Nachricht telefonisch überbracht, mit dem Resultat, dass der Richter mich und Konrad drei Wochen lang ignorierte und mit verachtendem Blick strafte. Man kennt das ja von Königen: Der Bote schlechter Nachrichten wird geköpft. Das war dann selbst Konrad zu viel und er hat Herrn Kremel zur Rede gestellt. Der fand sein Verhalten genau richtig. Ich hätte völlig übertrieben, sagte er, alles sei halb so schlimm gewesen und er hätte sich den Tag freinehmen müssen wegen nichts. Der denkt heute noch, er habe richtig gehandelt. Deshalb hat Konrad ihn später auch nicht auf das samstägliche Gartenritual angesprochen. Das ist nur ein Beispiel für das erwähnte Monadentum. Der Sohn ist üb-

rigens ein sehr netter junger Mann, grüßt offen und muss nicht zum Lachen in den Keller wie sein Vater. Ich weiß nicht mehr, wer mal gesagt hat: Hohe Hecken machen gute Nachbarn. Da ist jedenfalls was dran. Da haben Sie wieder die immanente Schizophrenie: Nachbarschaft und Hecken. Aber vor Herrn Kremel ist Konrad mit Sicherheit nicht geflohen.
Manchmal verließ er die Praxis später als sonst, aber zum Abendessen war er immer hier. Kann auch sein, dass er gar nicht so lange in der Praxis geblieben ist und einen Spaziergang gemacht hat, bevor er nach Hause kam. Weiß ich nicht. Man muss nicht zu jeder Zeit wissen, wo der andere sich aufhält. Dieses Nicht-Wissen ist Teil einer glücklichen Ehe. Das sage ich mir auch jetzt. Wir haben es geschafft, aus der Verliebtheit eine Gemeinschaft zu entwickeln, in der jeder seine Freiräume hat. Und das würde Konrad nicht aufs Spiel setzen. Der Brief ist eine Fälschung, wenn Sie mich fragen. Konrads Verschwinden hingegen hat mit seinen Patienten zu tun. Er hört eine Menge in den Sitzungen. Vielleicht hat einer ihm mehr erzählt, als andere wollten. Ab und an kam er nach Hause und ich sah, wie er voller Schnittwunden war, innerlich. Er hat nie mit mir über seine Fälle geredet. Durfte er gar nicht. Aber es fiel ihm schwer, zu schweigen. Er konnte nicht einfach abschalten, nachdem er die Praxis verlassen hatte. Die Geschichten der Patienten arbeiteten weiter in ihm. Manchmal verzweifelte er regelrecht. Zumindest sah es für mich so aus, wenn er still auf dem Sofa saß, etwas nach vorn gebeugt, als dürfe er sich nicht anlehnen, mit dem Blick zwischen den Teppichfasern. Ich habe nicht gesagt, erzähl einfach mal. Ich wollte gar nicht wissen, was er da alles in sich trug. Schon gar nicht, nachdem er die Fortbildung

gemacht hatte, um Folteropfern zu helfen. Politische Gefangene, denen die Flucht gelungen war. Migranten, die in ihren Ländern die »falsche« Religion gehabt hatten. Geschädigte des Krieges. Klar war, dass Konrad sich oft ablenken musste. An manchen Tagen hat er deshalb nur die Sportseiten in der Tageszeitung gelesen. Sonst nichts. Ich selbst habe Soziologie und Philosophie studiert und schaue in der jetzigen Situation abends Trash-Fernsehen. So ist das. Jedenfalls kann ich etwas mit Sicherheit sagen: So, wie das alles in der Öffentlichkeit dargestellt wird, passt es hinten und vorne nicht. Konrad hat sich bei aller politischen Auseinandersetzung nie außerhalb des Rahmens bewegt. Auch nicht, als seine Kritik im kleineren Kreis lauter wurde. Berichte über transatlantische Freihandelsabkommen, die geheim verhandelt wurden, obwohl sie die Bevölkerung massiv betrafen, haben ihn manchmal genauso lädiert auf dem Sofa zurückgelassen wie die Gespräche mit den Patienten. Politisch gesehen, saß das ganze Land bei ihm in der Praxis. Ich kann das verstehen. Man bekommt täglich die eigene Hilflosigkeit vor Augen geführt. Das ist ungesund. Das hält keine Gesellschaft auf Dauer aus. Aber deshalb richtet man noch keine Waffe auf einen Politiker. Oder würden Sie für Ihre Ansichten töten? …

2. Erste Befragung von Matthias Weber, genannt Matteck, aufgezeichnet am 15. August 2018

Ihren Namen, bitte.
Matthias Weber.

Wann und wo haben Sie Konrad Schnittweg kennengelernt?
Bei der Bundeswehr in Koblenz. Wir waren beide beim Sanitätsdienst 1971-73. Konrad fiel mir sofort auf, weil er völlig unauffällig war. Wie soll ich das sagen: Er redete wenig und wenn, dann leise. Er trank keinen Alkohol. Und er nickte schon damals so leicht mit dem Kopf, wenn man sich mit ihm unterhielt, so als ermutige er einen, weiterzusprechen. Dabei waren seine Augen weit geöffnet und signalisierten: Ich bin bei dir. Die meisten in der Kaserne redeten immer von sich, egal, ob du zuhörtest oder nicht, berichteten von ihren Eskapaden, ihren Weibergeschichten. Konrad aber erzählte selten von sich, zumindest nicht einfach so. Man musste fragen, nachhaken, dann ja. Was ich sagen will, er war nicht verschlossen, aber er hatte auch nicht diesen Rededrang der anderen jungen Männer. Dadurch wirkte er anders. Nicht wie ein Sonderling, denn das war er auf keinen Fall. Eher so, als laufe seine Testosteron-Produktion etwas stiller ab als bei den meisten. Manchmal konnte seine ruhige Art einen auch nervös machen. Und er wollte immer alles tausendprozentig genau wissen und fragte Hauptmann Sollner, der war unser

Arzt und Lehrer, ein Loch in den Bauch. Aber Konrad war beliebt. Das auf jeden Fall. Nicht als Kerl, als Saufkumpan oder so. Niemand hätte ihn gefragt, um nachts über die Mauer zu klettern und einen zu heben. Das nicht. Aber als jemand, auf den man zählen konnte. Ohne dass man es besonders erwähnen musste, war klar, wenn jemand ein Problem hatte, konnte er es Konrad erzählen. Und jeder von uns wusste, der Konrad behält das auch für sich. Da war so ein Vertrauen. Das hat mich beeindruckt und ich glaube, das hat mich auch beeinflusst. Ich muss meinen Gästen ja auch jeden Tag zuhören. Die kommen in meinen Laden und erzählen ihr ganzes Leben. Von manchen weiß ich mehr als deren Ehefrauen. Da kannst du nicht sagen, drink ding Kölsch un loss mich in Rau met dingem Driss. Manchmal ist das auch interessant. Man lernt ja was über die Menschen, wenn man hört, wie andere ticken. Und Konrad hat mir immer geholfen. In der Verbandslehre zum Beispiel. Der konnte all diese Behandlungstechniken ausm FF. Welche Verletzung verbinde ich wie? Klebe-Verband, Schlauchbinden-Verband, Gipsbinden-Verband, Krepppapier-Verband, Kunstharz-Verband, Drainagen-Verband. Ich kann das heute noch runterbeten, dank Konrad. Ob Zehen mit in den Verband gehören oder nicht, wie man eine Intermediärschicht anlegt. Es ging dabei auch um Tiere. Zum Teil mussten wir Pferde behandeln. Bei Konrad wurden direkt alle gesund. Dagegen waren meine Kompressen richtige Wundabschnürungen. Wir waren damals so was wie Zuarbeiter für Hauptmann Sollner, eher Krankenpfleger als Soldaten.

Aber an der Waffe sind Sie schon ausgebildet worden?
Ja, sicher. Es hieß, man müsse sich im Notfall verteidi-

gen können. Aber vor allem ging es um Blutdruck messen, Brust abhören nach Geräuschen und so. Für mich hörte sich das alles gleich an. Du musstest schon ordentlich Grippe haben, damit ich ein Geräusch hörte, das da nicht sein sollte. Konrad dagegen hatte ein ganz feines Gehör. Deshalb hat es mich auch gewundert, dass er überhaupt keinen Draht zur Musik hatte. Woodstock war gerade einmal zwei Jahre her und fast alle liebten Jefferson Airplane, The Who, Jimmy Hendrix, Janis und wie sie alle hießen. Auch wenn die beiden Letzteren schon tot waren. Bei manchen der Jungs hatte man das Gefühl, gerade deswegen fuhren sie auf deren Musik ab. Nur Peter Pleimer hörte Opern und wurde veräppelt. Zudem stand der auf Mädchen und Jungs, was bei den Kameraden auch nicht so gut ankam. Und Konrad hörte eben gar nichts. Mit dem konnte man nicht über die Songs reden. Man konnte nur versuchen, die eigene Begeisterung weiterzugeben. Konrad war natürlich ganz Ohr, nickte und hat bis heute keine dieser Bands gehört, jedenfalls nicht bewusst. Dabei mochte er die ganzen Friedens-Sprüche. Make love, not war. Flower-Power und so was. Ich habe ihn einmal gefragt, warum er nicht verweigert habe. »Man kann überall etwas lernen«, hat er geantwortet. Mir selbst waren die Hippies mit ihrem »wir haben uns alle lieb« egal. Ich hatte nichts gegen sie, spielte auch mit dem Gedanken, meine Haare nach der Zeit in Koblenz wachsen zu lassen, aber ich wäre nicht auf die Straße gegangen damals. Einige Jahre später schon, da haben Konrad und ich dann gemeinsam gegen den NATO-Doppelbeschluss demonstriert. Vorher Brokdorf wegen Atom. Da kam ja das mit dem Bruder. Zu den anderen aus der Kaserne hatte ich nie wieder Kontakt. Einmal habe ich den Peter Pleimer getroffen. Das ist aber gerade einmal fünf oder sechs Jahre her. Da war ich auf dem Weg in meinen Laden und der Peter Pleimer auf dem Weg in die Oper.

Hat Herr Schnittweg auch später noch mit Waffen zu tun gehabt? War er im Schützenverein oder so?
Nee. Definitiv nicht. Der war Pazifist von der Sandale bis zur Haarlocke. Vor allem ertrug er keinen Krach. Wenn jemand in seiner Gegenwart zu laut redete, bekam er Kopfschmerzen. Schon allein deshalb war so etwas wie Schützenverein nicht drin. Höchstens mit Schalldämpfer.

Mit Schalldämpfer?
Ein Scherz. Das war ein Scherz.

Sie nehmen das Ganze ja leicht.
Weil ich nicht daran glaube. Er ist verschwunden, gut. Er hatte die Schnauze voll, ja. Vielleicht macht er Urlaub auf den Malediven oder hat ein Haus in Neuenrath gemietet. Weg von all dem Lärm. Wissen Sie, wie oft er sich über die städtischen Kehrmaschinen aufgeregt hat, die täglich durch sein Viertel fuhren? Aufgeregt ist vielleicht das falsche Wort, dafür hat er sich zu besonnen geäußert, aber der sinnlose Lärm ging ihm an die Nieren. Er ist mehrmals zu einem der Fahrer hingegangen und hat ihn gebeten, woanders zu putzen, hier sei alles sauber, oder zumindest während der Mittagspause den Motor abzustellen. Sein Handy war immer auf stumm geschaltet, nur vibrieren ließ er es. Eine Türklingel gab es bei ihm nicht. Und die Nachbarn hat er gebeten, ihn zu informieren, falls größere Arbeiten anstünden, dann würde er am Wochenende nicht zu Hause bleiben. In meinen Laden ist er deshalb auch nie gekom-

men. Einmal nur hat er mich besucht, aber die Terrasse war ihm zu voll.

Und der Brief?
Nur, weil da Konrad Schnittweg drunter steht? Ich bitte Sie. Wenn ich einen Drohbrief in Ihrem Namen an mehrere Zeitungen und an Radiosender verschicke, dann heißt das doch gar nichts. Die Zeilen, die Sie mir gezeigt haben, wurden auf einem PC geschrieben. Keine Unterschrift. Nur sein Name steht da, nicht handschriftlich, sondern ebenfalls getippt. Was soll das beweisen?

Er stammt von seinem Drucker.
Glaube ich nicht. Glaube ich einfach nicht.

Dass Herrn Schnittwegs Praxis am gleichen Tag abbrannte, ist für Sie auch Zufall?
Weiß ich nicht.

Herr Weber, sollten wir feststellen, dass Sie mehr wissen, als Sie uns sagen, dann wäre das nicht vorteilhaft für Sie.
Ich wüsste doch auch gerne, wo er hin ist. Meinen Sie, ich will das nicht wissen? Natürlich will ich das wissen. Vielleicht ist ihm ja etwas zugestoßen. Vielleicht hat er sich umgebracht. Das würde ich ihm zutrauen. Ohne etwas zu sagen, sich aus dem Lärm machen. Einen Stein um den Hals und in den Rhein springen, damit auch ja niemand ihn findet. Das würde passen. Glauben Sie mir, ich mache mir weitaus mehr Sorgen, als Sie ahnen.

Sagt Ihnen der Name Axel Keider etwas?
Der Journalist?

Ja.
Ich habe gelesen, was er über Konrad geschrieben hat. Widerlich.

Er wurde letzten Monat zusammengeschlagen. Der oder die Täter haben ihm Kopien seiner Artikel mit Sekundenkleber an die Stirn geheftet, als er bewusstlos am Boden lag.
Dass bei dessen Geschreibsel jemand durchdreht, wundert mich nicht.

Sie wissen nicht zufällig, wer es gewesen sein könnte?
Nein.

Schade. Sind Sie nach dem Wehrdienst gemeinsam mit Konrad Schnittweg nach Köln gezogen?
Nein. Ich wusste nur, dass Konrad Medizin studieren wollte, aber nicht wo. Das kann man sich, glaube ich, auch gar nicht aussuchen. Keine Ahnung. Ich bin nach Köln gekommen, weil die Tine von uns ausm Dorf hier war. Wir haben im März 74 geheiratet. Sie hat in einer Apotheke gearbeitet und ich wollte einen Plattenladen aufmachen. Ist dann eine Kneipe geworden. Konrad hatte sich in Koblenz verabschiedet und war verschwunden, genau wie jetzt. Mit Tine hat es nicht geklappt. Die musste morgens immer früh raus, oft, wenn ich nach Hause kam, saß sie beim Frühstück. Ich habe damals noch gerne gefeiert. Sie war eifersüchtig. Drei Jahre hielt die Ehe. Auch da hat Konrad mir geholfen. Etwa ein Dreivierteljahr, nachdem wir uns in Koblenz verabschiedet hatten, sahen wir uns wieder. Nach einem Streit mit Tine war ich mit meinem Wagen an den Rhein gefahren, saß auf einer Bank, schaute aufs Wasser, während ich meine Ehe verfluchte, die immerhin

schon vier Monate alt war. Und plötzlich stoppte ein Radfahrer vor mir, nickte und ich musste lachen. Konrad trug so eine Zipfelmütze, die aus Wollresten gestrickt war und aus zahllosen, willkürlich zusammengesetzten Farben bestand. Es war Juli und der Rhein schillerte im Sonnenlicht, als probiere er ein Paillettenkleid aus für nächstes Jahr Karneval. Und Konrad kommt mit Wollmütze. Er hat mir die Hand gegeben, aber ich sah, dass er sich wirklich freute, auch wenn er nicht groß lachte. Ein anderer hätte mich umarmt oder mir auf die Schulter geklopft, laut von sich geredet. Konrad aber stellte sein Rad neben die Bank, setzte sich und sagte: »Erzähl mal.« Und es brach regelrecht aus mir raus. Dass ich glaubte, alles falsch gemacht zu haben, dass die Ehe mit Tine einfach nicht passte, dass die Kneipe nicht so lief, wie ich mir das vorstellte. Erst später dachte ich, du hast ihn gar nicht gefragt, wie es ihm geht. Aber da saß ich schon zu Hause am Tisch. Tine hatte Frikadellen gemacht und wir lachten über unseren Streit. So war das immer. Manchmal, wenn wir uns verabredeten, nahm ich mir vor, Konrad auszuquetschen, ihn über seine Kindheit auszufragen, über seine Eltern. Ich wollte wissen, was er machte, ob er eine Freundin hatte. Aber wenn wir dann fünf Minuten zusammensaßen, war ich schon wieder dabei, von mir zu erzählen. Während ich redete, sagte ich mir, gut, dieses Mal noch, aber nächstes Mal ist er dran. Aber auch beim nächsten Mal hörte er zu und ich erzählte. Eigentlich unfassbar, wie viel man von sich erzählen kann. Wenn Sie mich jetzt fragen würden, mein Leben zu resümieren, würde ich sagen: aufgewachsen in der Eifel, mäßiger Schüler, früh verheiratet, geschieden, Kneipier. Mehr nicht. Aber Konrad musste nicht einmal fragen. Er schaute einen mit diesen großen Augen an, nickte und es floss aus einem raus, als habe jemand eine Schleuse geöffnet.

Hat er Sie nie aufgefordert, mitzumachen?
Wobei mitzumachen? Kann ich etwas zu trinken haben?

…

3. Aus dem Sitzungsprotokoll »Guylain Kisula« (April 2001)

»Nein, ich habe auch als Kind schon gearbeitet«, sagte Herr Kisula, »aber ich kann das Dorf beschreiben. Wir selbst besaßen ein kleines Haus, zwei Räume. Es war aus Holz und blau gestrichen und es hatte ein Flachdach. Jedes Haus in der Reihe sah anders aus, manche zusammengezimmert, mit Planen, andere aus Stein und Wellblech. Wenn es stark regnete, waren die Straßen aufgeweicht und wir liefen durch den Matsch und freuten uns. Solche Dörfer gab es mehrere um den See herum. Ein paar tausend Menschen lebten dort. Wir Kinder gingen oft zum Wasser, um zu sehen, ob sich Fische in den Netzen verfangen hatten. Oder wir gingen schwimmen. Ich half meiner Mutter morgens auf dem Feld. Es war eher ein Garten. Fast jeder hatte so ein kleines Stück Land, wo er Gemüse anpflanzen konnte. Das Land gehörte uns nicht, sondern der Regierung, aber wir durften es bestellen. Später, als ich sechzehn war, arbeitete ich in einem der Gewächshäuser. Musste ich. Mein Vater trank viel, schüttete etwas Bier auf den Boden, um die Ahnen teilhaben zu lassen, ging weg und kam oft tagelang nicht nach Hause.

Am Naivasha-See habe ich wirklich gerne gewohnt. Eine meiner ersten Erinnerungen ist der aus dem Wasser auftauchende Kopf eines Nilpferdes. Ich muss fünf oder sechs gewesen sein und schwamm nahe dem Ufer, als mitten im See dieses Tier auftauchte. Ich weiß heute noch, dass ich

in Panik geriet, mit den Armen aufs Wasser schlug und nicht vom Fleck kam. Meine Mutter ist dann in den See gelaufen und hat mich rausgezogen. Sie konnte gar nicht schwimmen. Vielleicht war ich aber auch so nahe am Ufer, dass sie das nicht brauchte, weil sie noch Boden unter den Füßen hatte. Heute muss ich lachen, wenn ich mich im Wasser strampeln sehe. Wahrscheinlich hat das Nilpferd auch gelacht. Diese Gegend am See, hundert Kilometer von Nairobi, ist meine Heimat, auch wenn ich in einem anderen Land geboren wurde. Ich erinnere mich nicht an Lubumbashi, ich war einfach zu klein. Ich glaube, ich war drei Jahre alt, als wir den Kongo verließen und meine Familie nach Kenia kam. Ich habe meine Eltern nie gefragt, was der Grund war. Ich fühlte mich von Anfang an wohl am Naivasha-See. Wozu alte Geister beschwören? Ich glaube, meine Eltern hätten mir genau das geantwortet: Lass die Geschichte ruhen, hätten sie gesagt, geh raus und lebe dein Leben. Das habe ich immer getan, mein Leben gelebt. Aber hier in Deutschland ist das schwer. Nicht weil die Deutschen es schlecht mit mir meinen. Manchmal schaut der eine oder andere etwas zu lang, wenn wir zu fünft vor der Tür sitzen und reden, aber ansonsten sind sie in Ordnung. Vor allem, weil ich ihre Sprache spreche. Das mögen die Menschen.
Ich habe in den Gewächshäusern für einen Boss aus Hamburg gearbeitet und Herr Wollach mochte mich. Ich durfte über die Jahre jeden Tag eine Stunde Deutsch lernen. Aber hier ist die Luft so schlecht. Ich habe Kopfschmerzen, kann nicht schlafen, manchmal denke ich, ich muss mich übergeben. Dabei esse ich nur das, was ich kenne. Ich weiß nicht, ob es das richtige Land für mich ist. Als ich vor neun Jahren kam, fühlte ich mich stark, ich war wachsam, er-

laubte mir keine Fehler. Ich fühlte mich gut. Jetzt passe ich nicht mehr wirklich auf, tue jeden Tag das Gleiche. Blind. In der Werkstatt, wo ich arbeite, macht man gerne ein Päuschen und raucht. Ich habe auch damit angefangen. Mit achtundvierzig. Nicht intelligent. Vielleicht liegt es auch daran, ich meine die Kopfschmerzen.

Was ich von der Zeit in Elisabethstad in Katanga weiß, ist, dass mein Vater eine Tankstelle hatte. Aber in Kenia hat er nie versucht, wieder eine aufzumachen. Er reparierte das Haus, als wir es bezogen, und das war es. Vielleicht hatte der Kongo seine Kraft aufgesogen und jetzt war nichts mehr da. Irgendwann ist er gar nicht mehr nach Hause gekommen. Heute denke ich, er hatte eine andere. Meine Mutter hat schon vorher jeden Abend einen Geist auf ihn gehetzt, aber dieser Zauber hat meinen Vater eher vertrieben als was anderes. Wenn sie ihr Ritual vollzog, lag immer ein Kreuz auf dem Tisch. Ins Holz hatte sie ein Strichmännchen geritzt, das sehr echt aussah. Ich hatte lange Angst, dieses Kruzifix zu berühren. Das Holz sah glatt aus, wenn auch an einigen Stellen etwas abgegriffen. Aber die Jesusfigur, die meine Mutter hineingeritzt hatte, wirkte feucht, so als sei im Nachhinein Blut aus dem Holz in die Figur gelaufen. Ich sollte das nicht sagen, aber sie sah wie ein frisch geschlachtetes Tier aus. Ich dachte, wenn du das Kreuz berührst, zieht Jesus dich direkt in sein Reich.
›Du stirbst nicht, wenn du ein reines Herz hast‹, sagte Mutter und hielt mir das Kruzifix hin. ›Los.‹
Ich hob langsam den Arm, merkte, wie der Naivasha-See in meinem Mund zusammenlief und ich nicht schlucken konnte. Mein Zeigefinger näherte sich Jesus. Das Gesicht

meiner Mutter leuchtete im Licht, das durch das einzige Fenster ins Haus fiel. Ich hörte sie etwas sagen, das wie ein Chor in vielen unbekannten Sprachen klang. Im Haus roch es nach Spinnennetzen. Ich weiß, dass das verrückt klingt, aber so war es. Dann klappte meine Kinnlade nach unten, der Naivasha-See trat über meine Lippen, verwandelte sich in Schaum und meine Beine knickten weg. Ich fiel, merkte aber keinen Aufprall. Heute weiß ich, dass es ein epileptischer Anfall war. Als ich wach wurde, lag ich in einem fremden Haus und eine ältere Frau saß auf dem Boden und vermischte Pulver miteinander. Ohne den Kopf zu heben, sagte sie: ›Ich erinnere dich, ich bin Mukami. Bleib liegen.‹

Ihre Stimme federte gegen meine Stirn und ich ließ mich zurück auf die Matratze sinken. Wieso sagte sie, sie würde mich erinnern? Ich hatte ihren Namen vorher noch nie gehört.

Ich blieb mehrere Tage bei Mukami und erholte mich, spürte, wie etwas durch meine Adern zog. Etwa so, wie wenn du richtig Durst hast und dann trinkst du Wasser. Und ich fühlte, dass Mukami es war, die mir diesen Trank einflößte, so als melke sie die Ahnen, als könnten die Toten nicht anders, als einen Hauch von Güte und Kraft vorbeizubringen. Ich bin sicher, sie hätte auch meiner Mutter helfen können, ihren Mann zurückzubringen, aber meine Mutter mochte Mukami nicht. Sie glaubten an unterschiedliche Dinge, nicht in allem, aber die Methoden, wie man mit den Vorfahren kommunizierte, wichen stark voneinander ab. Erst im Laufe der Jahre wurden sie zu Freundinnen und ergänzten sich, bis sie am Schluss nicht mehr voneinander zu unterscheiden waren. Sie trugen die gleichen Stoffe, die gleichen Farben, und ihr Blick hatte diese glänzend funkelnde Eigenschaft von Wasser im Sonnenlicht. Es war schön, hineinzusehen, aber man bekam mit der Zeit ein Flimmern vor den Augen und wusste, dass die Tiefe unter der Oberfläche Dinge barg, die nie einer gesehen hatte.«

4. *Westliches Tageblatt*, Freitag, 01. Juni 2018

Wiederbelebung der RAF

Wie linker Terror verharmlost wird

Von Axel Keider

Vor zwei Wochen schickte der Kölner Psychotherapeut K. Schnittweg seinen Drohbrief an die hiesigen Medien und ist seitdem verschwunden. Am gleichen Tag zerstörte ein Brand seine Praxis. Seine Ankündigung, einem europäischen Politiker das Leben zu nehmen, scheint weder bei den Behörden noch in der Bevölkerung ungute Erinnerungen wachzurufen. Dabei liegen die Parallelen auf der Hand. Bereits 2011 erhielten einige Minister Briefe von sogenannten »Revolutionären Zellen«. Unter der Überschrift »Im Namen des Volkes« wurde versucht, die Politiker einzuschüchtern. Den Schreiben lagen jeweils Patronenhülsen bei. Nun also ist der linke Terror zurück. Die Behörden hingegen scheint das wenig zu interessieren. Auf unsere Nachfrage hin bekamen wir lediglich die ausweichende Antwort, man habe den Fall im Blick. Grund genug, selbst zu recherchieren.

Das Umfeld von K. Schnittweg wirkt auf den ersten Blick solide. Seine Frau leitet eine Firma für Messtechnik, die beiden Söhne haben Jobs im PC-Bereich und in der Entwicklungshilfe. Das Ehepaar wohnt in einem Reihenhaus aus den Fünfzigerjahren, in einer Siedlung, die damals für die

Angehörigen des englischen Militärs gebaut wurde. Um die Jahrtausendwende veräußerte der Bund die Liegenschaften an die Bewohner. Große Grundstücke für eine Stadt wie Köln, Vorgärten, Blumenbeete hinterm Haus. Manche mit kleinem Teich. Eine Idylle, möchte man meinen. Und doch ein Herd für Neid und Terror. Ein Nachbar, Richter von Beruf, beschreibt K. Schnittweg als unzufriedenen, kommunikationsunfähigen Menschen, der ununterbrochen zeigen möchte, dass er recht hat. Mehr sagt er nicht. Aber ihm ist anzusehen, dass die Angst vor Konsequenzen seinen Redefluss bremst. Andere Nachbarn wollen sich gar nicht äußern, so tief sitzt die Verunsicherung.

Dass Frau R. Schnittweg nicht viel spricht, ist verständlich. Das Leid hat ihr Gesicht gezeichnet. Ihr ist jeglicher Lebenssinn abhandengekommen. Als wir klopften – das Haus hat keine Klingel –, schien sie gerade erst aus dem Bett zu kommen und machte sich nicht die Mühe, das abgewetzte Nachthemd zu verbergen (siehe Foto). Sie wirkte verwirrt, nicht ganz bei sich, und die Frage stellt sich, wie es mit ihrer Firma weitergehen wird. Bislang international vernetzt und Großprojekten im In- und Ausland zuarbeitend, scheint dic Auftragslage bereits zurückzugehen. Die Vertrauensbasis sei angeschlagen, heißt es aus gut informierten Kreisen. Die wirtschaftliche Expansion dulde keine ausufernde Emotionalität. Da sei Sachlichkeit gefragt und mit der habe Frau Schnittweg momentan ihre Probleme.

140 Kilometer von Köln entfernt, mitten in der Eifel, liegt das Örtchen Neuenrath, der Geburtsort von K. Schnittweg. Dort wirkt alles wie immer. Aber schon die ersten Recherchen zeigen: Der Schein trügt. Hier will niemand

den Psychotherapeuten kennen oder sich an ihn erinnern. Eine Mauer des Schweigens. Vielleicht sogar aus Sympathie für einen, der sich als Robin Hood gebärdet und dafür den Tod anderer in Kauf nimmt. Viele Bauern fühlen sich von der Politik im Stich gelassen. Die EU-Verordnungen haben ihnen zu schaffen gemacht. Diejenigen, die nicht expandieren konnten und versuchten, mit zehn oder zwanzig Kühen zu überleben, sind gescheitert. Da mag Groll den einen oder anderen zu Gedanken verführen, die einem zivilisierten Menschen nicht in den Sinn kämen. Auch hier ist eine ähnliche Struktur wie damals im Umfeld der Roten-Armee-Fraktion auszumachen. Deren Bandenmitglieder hätten sich ohne die Hilfe der Sympathisanten nicht so lange im Verborgenen aufhalten können. Erinnert sei daran, dass der RAF-Terrorist Holger Meins am 9. November 1974 in der kaum fünfzehn Minuten entfernten Wittlicher Justizvollzugsanstalt an den Folgen eines Hungerstreiks verstarb.

Versteckt sich K. Schnittweg in Neuenrath? Die Stille, die das Dorf begräbt, lässt einen vermuten, dass hier die eine oder andere Leiche im Keller liegen könnte. Gardinen zittern, Haustüren stehen einen Spaltbreit offen. Wir werden beobachtet. Sitzt der Gesuchte womöglich in diesem Moment direkt hinter einer der Fassaden? Man fragt sich, warum die Behörden das Gebiet nicht systematisch durchsuchen.

Parteimitglied war der Verdächtige nie. Aber gesehen wurde er bei mehreren Treffen mit organisierten Linksradikalen, die ihre Sitzungen in einer Kneipe abhielten. Vor allem soll Schnittweg einem Mann hörig gewesen sein, der bis heute unbehelligt unter dem Code-Namen »Lenin« agiert, dem aber bislang nie etwas nachzuweisen war. Dessen Verbindungen zu Neuenrath liegen im Dunkeln. K. Schnittweg aber ist hier geboren. Die Eltern sowie die Tanten und Onkel leben nicht mehr. Von den Kindern wollte niemand den Hof übernehmen, der heute einer Familie Terwindt aus den Niederlanden gehört. Im Fenster klebt ein Schild, auf dem »Gästezimmer« steht. Wirft man einen Blick auf die Homepage des renovierten Anwesens, liest man von Wanderwegen und Mountainbike-Strecken, die hier die Vulkaneifel durchziehen und für Tourismus sorgen sollen. Auch wirbt man mit Führungen eines Försters durch das Waldgebiet, aber bei unseren Anrufen hob niemand unter der angegebenen Nummer ab. Die dort erwähnte Kapelle mit der Reliquie des Heiligen Willibrord (eine Rippe) konnten wir ebenfalls nicht finden.

Wie wird die Zukunft dieses Dorfes aussehen, wenn K. Schnittweg dereinst gefasst worden ist, die Handlanger dingfest gemacht worden sind? Wer möchte dann hier noch wandern? Vorerst aber stellen sich drängendere Fragen: Welcher Politiker in welchem Land wird das erste Opfer werden? Müssen wir tatsächlich warten, bis das Kind im Brunnen liegt, bevor die Justiz tätig wird? Wir bleiben für Sie dran.

5. Das Leben des Konrad Schnittweg. Romanfragment von Ingeborg Wollach

Friedrich Schnittweg mistete den Stahl aus, als er die Stimme seines Sohnes zum ersten Mal hörte. Er stellte die Forke an die Wand, tätschelte einer Kuh den Bauchlappen und ging ins Haus. Im Flur wechselte er das Schuhzeug, nahm die Treppe hoch zum Schlafzimmer. Als er die Tür aufdrückte, konnte er fast nichts sehen. Der Vorhang vorm Fenster war zugezogen. Ein Geruch aus Medikamentensud und Säure schlug ihm entgegen. Sein Sohn schrie noch immer. Friedrich riss den Vorhang beiseite und öffnete das Fenster. Sein Sohn schaute ins Licht und verstummte. Marie hatte Schweiß auf der Stirn und das Neugeborene im Arm. Friedrich trat ans Bett, nickte seiner Frau zu, während die Hebamme Handtücher und Waschschüssel entfernte.

»Hast es geschafft«, sagte er.

Marie strahlte.

Friedrich spürte, wie er sich entspannte. Er sah nach draußen. Unten ging die Mertens, die Frau des Dorfschullehrers. Die Spange in ihrem Haar glänzte. Dann war die Ladenklingel zu hören und Friedrich sagte: »Ich geh' schon. Ich muss auch wieder zu den Kühen.«

An diesem Samstag, dem 18. April 1951, hatten sich die Wolken über Neuenrath verzogen und die Helligkeit lag über den Dächern wie eine zerschlissene Daunendecke.

Einige wenige Sonnenstrahlen wühlten sich hindurch. Davon merkte Friedrich nichts, als er seinen dunklen Laden betrat und Frau Mertens ein Lächeln versuchte, bevor sie sagte: »Zwei Fallen für die Mäuse.« Drei Sekunden verstrichen, ehe sie ein »Bitte« hinzufügte. Dabei ließ ihr gespitzter Mund die Höflichkeit sofort entgleisen. Friedrich griff ins Regal, legte die Fallen auf die Theke. Frau Mertens öffnete ihren Geldbeutel, ließ einige Münzen in die Bauernhand fallen, achtete darauf, die fremde Haut nicht zu berühren. Friedrich verstaute die Einnahmen stumm in der Schublade. Er wusste nicht, was er mit dieser Frau reden sollte. Jeder Satz, kaum ausgesprochen, bekam in ihrer Gegenwart eine unangenehme Schwere. Also blieb er einfach stehen, schaute sie an.

»Ich habe das Schreien gehört«, sagte die Mertens, »Glückwunsch.« In Friedrichs Ohren nahm das Wort die Schattierung einer Beileidsbekundung an, so als wolle die Mertens sagen, ein Maul mehr zu stopfen.

»Er heißt Konrad«, antwortete Friedrich.

»Schön«, sagte die Mertens, meinte damit aber nicht, dass der Name ihr gefalle, sondern nur, dass das Gespräch beendet sei und sie aufbrechen müsse. Sie nickte, drehte sich um, nahm die Türklinke zwischen Daumen und Zeigefinger, ließ die Klingel ertönen und verließ den Laden.

Friedrich sah, dass Staub auf dem Türrahmen lag und die Wand daneben einen Riss hatte. Er ging zurück in den Stall, nahm seine Arbeit wieder auf. Seine Schwester Martha, die die Poststelle, die dem Hof angegliedert war, führte, hatte sich noch nicht blicken lassen, obwohl auch sie das Schreien gehört haben musste. Womöglich hatte sie gerade einen Kunden, jemanden, der auf einen Rückruf am einzigen Telefon des Dorfes wartete oder ein Telegramm aufgeben wollte. Oder es war wegen Oskar, der nicht mehr war.

Abends kamen Friedrichs Bruder Niklas und seine Frau Trude zu Besuch, um sich den Kleinen anzuschauen. Sie besaßen den Hof auf der anderen Straßenseite. Lange bleiben wollten sie nicht, aber gratulieren.

»Kommst aus der Kirch'?«, fragte Friedrich. Sein Bruder trug ein Jackett.

»Du warst nicht da«, antwortete Niklas.

»Nein«, sagte Friedrich, »der Herr war heute hier«, und schaute auf den kleinen Konrad in seiner Wiege.

»Niklas hat wunderbar vorgelesen«, sagte Trude, »aus Markus, die Segnung der Kinder.« Sie trug eine saubere weiße Bluse unter der Strickjacke, saß auf der Bettkante und hielt Maries Hand.

»Der Pfarrer fragt, wann ihr zur Taufe kommt«, sagte Niklas. »Er fährt in einer Woche für ein paar Tage weg.«

Friedrich nickte.

Als Martha das Zimmer betrat, verstummte das Gespräch. Sie grüßte nicht, stellte sich kurz neben die Wiege, schaute auf den kleinen Konrad, zupfte die Decke zurecht, nahm zwei leere Gläser vom Nachttisch und verließ das Zimmer wieder.

»Ich gehe morgen zum Pfarrer und regle das«, nahm Friedrich das Gespräch wieder auf.

»Tu das«, antwortete Niklas.

Dann verabschiedeten er und Trude sich.

Friedrich schaute auf das Kreuz an der Wand, sah zwei schwarze Stellen an der Metallfigur, als habe jemand dem Körper zwei weitere Wunden hinzugefügt.

»Willst was essen?«, fragte er seine Frau.

Marie schüttelte den Kopf. »Morgen«, sagte sie, »bin ich wieder bei Kraft.«
»Die Mertens wollte Mausefallen«, erwiderte Friedrich.
»Um acht mach' ich den Laden auf«, sagte Marie.
Konrad gab einen Laut von sich, als erinnere er seine Mutter daran, dass sie sich um ihn und um nichts sonst zu kümmern hatte.
»Schlaf erst«, sagte Friedrich, »morgen sehen wir weiter.«
»Die Leute wollen doch was kaufen«, antwortete Marie.
»Ich liege heute nebenan«, sagte Friedrich, ließ seine Finger zweimal auf das hölzerne Bettgestell klopfen und drehte sich um.
»Meinst, Martha mag den Jungen?«, fragte Marie.
»Ja, das tut sie«, sagte Friedrich.

In der Nacht war es still im Haus. Nur ab und zu brüllte eins der Rinder.

Konrad war ein sehr ruhiges Kind. Wenn Marie im Laden stand und die Kunden bediente, lag er in einem Korb auf der Theke und schaute sich die Waren im Regal an, ließ seinen Blick über die farbigen Aufdrucke auf den Dosen und Verpackungen gleiten und schien über alles zu staunen. Manchmal seufzte er, aber kaum jemand hörte ihn je schreien, so als habe er sich schon kurz nach seiner Geburt leer geschrien und sei nun mit sich und der Welt vollkommen zufrieden und im Einklang. Wenn Marie auf dem Feld arbeitete und der Laden geschlossen war, trug sie ihn in einem Tuch auf dem Rücken und Konrad verschlief die Stunden oder blickte zum Waldrand. Flog eine Amsel oder ein Sperling über ihn hinweg, hefteten seine Augen sich ans Gefieder. Er lachte selten, schaute die Menschen, die sich über seine Wiege beugten, an, nahm ihre Geräusche wahr, ihre Berührungen, und legte ihre Gesichter in seiner Erinnerung ab. Es war, als registriere er das Leben, ohne es zu sehr mit Gefühlen aufzuladen. Vielleicht sagte Martha deshalb eines Tages, als sie das Deckchen über ihm zurechtzupfte: »Bist ein Guter.«

Marie freute sich an diesem Nachmittag so sehr, dass die Mertens zu ihr sagte: »Unsereins trägt schwer am Leben.« Aber auch das konnte Maries Glück nicht dämpfen.

Als sie Martha nach dem Abendessen vorschlug, sie solle alles stehen lassen, sich ausruhen, sie selbst mache den Abwasch, fand auch Friedrich das merkwürdig. Es gab eine klare Aufgabenverteilung. Martha war für die Poststelle und den Haushalt zuständig. So war es vereinbart worden, als sie nach Oskars Tod zurück ins Haus gezogen war. Marie stand im Laden und half auf dem Feld, und Friedrich sorgte neben Saat und Ernte für das Vieh. Als seine Frau dann auf Marthas Einwand hin, der Haushalt sei ihre Aufgabe, seine Schwester umarmte und auf den tuchbedeckten Kopf küsste, dachte Friedrich, dass das Kinderkriegen manche Frauen wirr mache. In dem Moment ging die Haustür auf und Johannes Schmitz rief: »Einer zu Hause?« Dann trat er auch schon vom Flur in die Küche, schlug seine Kappe gegen das Knie und grummelte: »Der Tabak ist mir ausgegangen.«

Während Marie in den Laden ging und das Kraut holte, bot Friedrich dem Nachbarn ein Bier an. Martha räumte den Tisch ab und zog sich zurück. Und auch Marie nahm wenig später Konrad aus der Wiege und brachte ihn nach oben. Johannes Schmitz, den alle Jupp nannten, hatte eine laute Stimme, und wenn er auftauchte, blieb er eine Weile und redete. Er erzählte gern. Vor allem von früher, vor allem vom Krieg. Manchmal auch davon, dass er nie eine Frau gefunden hatte. Das war Marie unangenehm. Sie fühlte sich schuldig, obwohl sie selbst wusste, dass das Unsinn war. Jupp tat ihr leid. Einmal hatte sie Friedrich gefragt, ob es nicht gut wäre, wenn Martha und Jupp … »du weißt schon«. Friedrich hatte sie erst entgeistert angesehen und dann schallend gelacht. Seitdem hatte sie Angst, Friedrich erzähle dem Nachbarn davon.

Sie kniete sich neben das Bett, schaute auf das Kreuz an der Wand und betete. Sie bat Jesus um eine gute Zukunft für Konrad, hielt einen Moment inne und fügte hinzu: »Und gib Jupp eine Frau.« Von unten hörte sie die laute Stimme sagen: »Er oder ich.« Sie kannte die Geschichte, trat ans Fenster, schaute auf das Licht in der Küche gegenüber. Trude würde sicher auch gern ein Kind bekommen, dachte sie. Von Weitem hörte sie den Hund des Pfarrers bellen. Dessen Gekläff war gut zu erkennen, weil es klang, als huste er. Am dunkelblauen Himmel waren rötliche Linien zu sehen. Gott hatte die Fehler des Tages unterstrichen.

»Und zack!«, hörte sie Jupp sagen. Anschließend wurde es still. Konrad schlief in seiner Wiege. Sie lauschte nach unten, hörte die Holztür ins Schloss fallen, stieg die Treppe hinab.

Der Aschenbecher auf dem Tisch war voller Tabakreste. Jupp hatte so viele Zigaretten geraucht, dass die Küche der vernebelten Weide am Morgen glich. Die Stühle standen wie Zaunpfähle hinter einem Schleier. Die Kommode hätte der Wassertrog sein können.

6. Guido Immertals Audio-Rekorder, 01. Juni 2018

Keider, du bist ein widerliches Arschloch. Ich weiß, dass du das hier nie hören wirst, aber es bereitet mir Freude, diesen Satz auf Band zu sprechen. Keider, du bist ein widerliches Arschloch! Ein selten blödes Exemplar eines Schlechtweggekommenen, der es nicht einmal schafft, das klägliche Niveau eines Boulevardjournalisten zu halten. Erbärmlich. Du hattest damals nichts im Schädel und bis heute ist nichts dazu gekommen. Einen wie dich sollte man in die Luft sprengen. Niemand würde dich vermissen.

Möchtest du noch was zu trinken, Guido?
Nee, danke dir.

Aber war zu erwarten. Früher Denunziant, heute Denunziant. Nichts zu melden, aber immer auf Seiten der Herrschenden und dabei kräftig nach unten treten. Was hast du davon? Wie kann man so klein sein, dass man die eigene Größe nur durch die Diffamierung anderer erfährt? Ich garantiere dir, dass der Tag kommen wird, an dem Menschen wie du keinen Platz mehr hier haben werden, weil man euch die Basis entziehen wird. Das ist keine Drohung, Keider, das ist die Realität, die aus der Utopie wächst, aus dem Glauben an das Menschliche. Moral als Basis des Kollektivs. Das ist Arbeit, Keider, und wir arbeiten dran.

Ich werde Material über dich sammeln, den Genossen von dir erzählen, von früher, davon, wie du schon als Schüler den Tod gesät hast. Du wirst keine ruhige Minute mehr haben. Manche lernen es erst, wenn man ihnen den Kopf abreißt.
Ich erinnere mich sehr gut daran, wie du am ersten Tag in unsere Klasse kamst, fett wie eine Weihnachtsgans, und wir uns umsetzen mussten, damit du eine Bank für dich allein hattest. Wie du den anderen das Essen geklaut, ihre Mäppchen zerstört hast. Und die Lehrer dich in Schutz genommen haben, weil deine Eltern für die Schule spendeten. Vor allem Franz Bumach. Besser kann man nicht illustrieren, wie die Produktionsverhältnisse das Denken bestimmen. Auf uns wirkte das wie der Terror eines verzogenen, adipösen Jungen. Heute weiß ich, es war Erwachsenen-Politik, in der du dich suhlen durftest. Bumach konnte alles, aber keinen Unterricht halten. An dir hatte er einen Narren gefressen, uns hat er im Vorbeigehen mit der Schuhspitze gegen das Schienbein getreten, wenn unsere Füße nicht unter der Bank standen. Keider, du bist ein widerliches Arschloch.

Hör mal, Guido, sei mir nicht böse, aber da stehen Gäste, ich brauche den Tisch.
Okay, bin schon weg.

7. Details aus dem Schnok-Archiv (Juni 2018)

Er habe sich, so der ermittelnde Polizeibeamte Schnok, die Ernährung des mutmaßlichen Terroristen angesehen und sei auf interessante Details gestoßen, wisse aber noch nicht, in welchem Zusammenhang bestimmte Essgewohnheiten mit den politischen Aktivitäten stünden. So habe Konrad Schnittweg jeden Morgen einen Apfel vor sich auf den Tisch gelegt und ihn eine Weile angeschaut, als suche er das Zwiegespräch. Dann habe er dieses Obst nicht ohne Freude geschält, um dann erst die abgetrennten Schalen zu essen, nur die Schalen, bevor er den Apfel selbst in vier Teile zerlegt und ihn mitsamt Kernen und Gehäuse verspeist habe. Das sei in dieser Ausführung im Allgemeinen unüblich, so Schnok, zumindest kenne er niemand anderen, der ähnlich frühstücke. Ein solches Verhalten weise auf ein nicht reibungsloses Verhältnis zur Welt hin. Ja, in der Tatsache, erst eine Verbindung zu einem Objekt aufbauen zu wollen, um dieses Objekt dann im Anschluss zu häuten, könne durchaus der tiefliegende Wunsch nach Misshandlung freigelegt werden, nach Folter, was wiederum direkt zu Konrad Schnittwegs Arbeit führe. Aber das sei nur eine Theorie. Er, Schnok, wolle niemanden zichtigen, sprich beschuldigen, er gehe allen Spuren nach und sage sich immer: Wer ein lückenloses Straßennetz abbilden wolle, müsse auch die Einbahnstraßen berücksichtigen.

In diesem Zusammenhang habe er, Schnok, sich auch die Sitzungsprotokolle von Guylain Kisula noch einmal angesehen und sei auf Ungereimtheiten im Narrativ gestoßen.

Herr Kisula sei 1950 in Elisabethstad, heute Lubumbashi, in der Provinz Katanga im Süden von Belgisch-Kongo geboren worden, das habe er, Schnok, überprüft, in einer Stadt, die damals rund hunderttausend Einwohner gezählt habe. Guylain Kisulas Vater soll, laut Aussage des Sohnes, dort Tankstellenbesitzer gewesen sein. Eine Aussage, die mit geschichtlichen Fakten kollidiere, denn die belgische Kolonialmacht sei in dieser Zeit nicht dafür bekannt gewesen, Einheimischen einen eigenen Betrieb zu gewähren. Zwar hätten die Kongolesen in den 1950er-Jahren die Möglichkeit gehabt, durch einen Sprach- und Kulturtest zu beweisen, dass sie in hohem Maße europäisiert seien, was in manchen Fällen dazu geführt habe, dass man ihnen eine vermeintliche Gleichstellung zugesprochen habe, sie also ihre Immatrikulation, wie das damals hieß, so Schnok, erhalten hätten, aber zur wirtschaftlichen »Elite« hätten nur Weiße gehört. 1955 habe es in Belgisch-Kongo gerade einmal 116 solcher Immatrikulierter bei einer Bevölkerung von 18 Millionen gegeben. Die Familie Kisula soll aber, laut Patient, bereits 1953 das Land Richtung Kenia verlassen haben. Nun versuche er, Schnok, herauszufinden, was der Vater tatsächlich gearbeitet habe. Angefangen habe er mit einer Recherche im Geburtsregister von Lubumbashi. Aber während er zu Guylain Kisula recht schnell Antwort bekommen habe, stellten die dortigen Behörden sich im Falle des Vaters quer. Zumindest sei das sein Eindruck. Man habe ihm mitgeteilt, es gebe keine Akten über den Vater. Das erscheine ihm, Schnok, sonderbar, sei die belgische Kolonialregierung doch sehr gut organisiert gewesen. Nach wiederholten Anfragen bei diversen Stellen sei ihm aufgefallen, dass die Antwortschreiben womöglich gar nicht von offiziellen Stellen gekommen seien. Die Absender trügen unterschiedliche Adressen, die wiederum mit keiner der Anschriften der Behörden übereinstimmten. Natürlich könne es sein, dass Akten von den sich zurückziehenden Kolonialbeamten zerstört oder nach der Unabhängigkeitserklärung von den neuen Machthabern vernichtet worden seien, aber sein Instinkt, so Schnok, sage ihm etwas anderes. Ein mit ihm befreundeter Schriftsteller aus Kinshasa habe ihn nun aufgeklärt, die Meldekarten für Geburten aus der Kolonialzeit seien um die Jahrtausendwende auf einige wenige einflussreiche Familien verteilt worden. Man habe Platz schaffen, aber das Archiv nicht zerstören wollen. Ob das stimme, wisse er, Schnok, nicht, aber es erkläre zumindest die unterschiedlichen Absender. Trotzdem blieben Zweifel, zumal ein anderer Mann, gebürtig aus Lubumbashi, der ein Bekannter des Schriftstellers aus Kinshasa sei, diese These für Unfug halte. Wenn man also spekuliere, so Schnok, dass auch der Vater von Guylain Kisula in Lumbumbashi zur Welt gekommen sei, vielleicht um die zwanzig Jahre früher als sein Sohn, dann könne man davon ausgehen, dass dieser entweder wie viele in der Luiswishi-Kobaltmine geschuftet oder vielleicht in einem Krankenhaus ausgeholfen, geputzt habe oder im besten Fall bei der Post tätig gewesen sei. Für eine eigene Tankstelle spreche gar nichts. Er, Schnok, habe deshalb versucht, Guylain Kisula ausfindig zu machen, aber unter der Adresse, wo er sich offiziell in Köln angemeldet habe, wohne niemand mehr, weil das Haus schon vor einem Jahr für baufällig erklärt

worden sei und nun kurz vor dem Abriss stehe. Nun seien also bereits zwei Personen verschwunden und womöglich gebe es einen Zusammenhang.
Er, Schnok, stehe trotz des vergangenen Monats, also seit Konrad Schnittwegs Verschwinden, noch immer am Anfang seiner Ermittlungen. Natürlich konzentriere er sich auf den Psychotherapeuten, aber das bringe unweigerlich weitere Personen und deren Verbindungen in den Fokus. Es gelte, in diverse Sozialisationsgeschichten einzutauchen.

Bislang beispielsweise habe er den Bruder Rainer Schnittweg noch nicht erwähnt, aber dieser habe der Ehefrau des Verdächtigen Briefe geschrieben, die für Verwirrung hätten sorgen können, gesetzt Konrad Schnittweg hätte sie gelesen, was er, Schnok, bislang nicht bestätigen könne, was wiederum nicht heiße, dass es nicht so gewesen sei. Es handele sich um Liebesbriefe. Erst zurückhaltend das drängende Gefühl artikulierend, Sätze beinhaltend, bei denen man zwischen den Zeilen lesen müsse, um hinter die vorgeblich familiäre Zuneigung zu steigen, dann seien die Briefe ins Schwärmerische abgedriftet, um zu guter Letzt das Ende der Ehe zu fordern. Immerhin 78 Briefe seien ihm, Schnok, zugespielt worden. Kopien der Originale. Der erste Brief trage das Datum vom 14. August 1992. Da seien Konrad und Rieke Schnittweg gerade knapp sieben Wochen verheiratet gewesen. Das müsse man sich vorstellen. Der Bruder habe die Ehefrau das erste Mal auf der Hochzeit gesehen, am 27. Juni desselben Jahres.
»Sie war eine Erscheinung.« Das seien die Worte Rainer Schnittwegs gewesen, als er, Schnok, ihn befragt habe. Obwohl das Verb »befragt« nicht zutreffend sei, denn Rai-

ner Schnittweg habe ohne Punkt und Komma geredet und keine Frage zugelassen, darin tatsächlich der Ehefrau von Konrad Schnittweg ähnelnd. Im Falle des Bruders könne man aber von einer regelrechten Beichte sprechen. Es sei nur so aus ihm herausgeflossen. Als habe der Mann Jahre auf diesen Augenblick gewartet, als sei er dankbar, endlich sein geheimes Treiben in die Öffentlichkeit entlassen zu können, wobei diese Öffentlichkeit natürlich nur aus ihm, Schnok, bestanden habe. Und auch jetzt bitte er, und das nicht nur, weil die Ermittlungen ja noch andauerten, um Diskretion. Rainer Schnittweg habe nicht einmal gefragt, wer der Polizei seine Briefe zugeschickt habe. Es seien übrigens nur Briefe des Bruders gewesen, denn Rieke Schnittweg habe nicht ein einziges Mal respondiert.

8. Behördliche Transkription von Axel Keiders Interview/Aufnahme mit Silke Bracht. Teil 1.1. (20. September 2018)

Aufnahmegerät wird eingeschaltet. Stimmen im Hintergrund. Schritte. Geräusche von vorbeifahrenden Autos. Rauschen.

A.K.: Können wir?

S.B.: Klar.

A.K.: Frau Bracht, Sie haben Konrad Schnittweg 1976 geheiratet, aber die Ehe hat nur drei Jahre gehalten. Weshalb?

S.B.: Ganz einfach: Er hat alles genagelt, was nicht bei drei auf den Bäumen war. ... Ja, was? Bin ich Ihnen zu direkt?

A.K.: Nein, nein. Es erstaunt mich nur, dass Herr Schnittweg, also wie soll ich sagen ... Ich hatte ein völlig anderes Bild ...

S.B.: Er war ein Hippie. Ist er heute noch. Er hat mir das mit der freien Liebe schon vor der Ehe erzählt. Ich habe das nicht ernst genommen. Aber er hat es ernst gemeint.

A.K.: Wieso wollte er dann heiraten?

S.B.: Wollte er gar nicht. Ich wollte. Ich hatte romantische Vorstellungen von der Liebe. Ich war naiv. Konni hat das ausgenutzt. Klar, im Nachhinein konnte er behaupten, er habe es mir doch vorhergesagt. Aber ein Psychotherapeut checkt doch, wenn ein junges Mädchen vor ihm sitzt und ihn anhimmelt.

A.K.: Sie wirken nicht, als würden Sie jemanden anhimmeln.

S.B.: Tue ich auch nicht mehr. Wär' ja noch schöner in meinem Alter. Ich weiß nicht, wie das bei Ihnen ist, aber ich habe mich im Laufe der Jahre weiterentwickelt. Damals hatte ich dieses Selbstbewusstsein nicht.

A.K.: Und Herr Schnittweg war 1976 auch noch kein Psychotherapeut.

S.B.: Was wissen Sie denn schon. Ja, er hatte keine Praxis. Er hat wild studiert. Pädagogik auf Diplom und parallel auf Lehramt Biologie und Religion. Aber den Psychotherapeuten hat er schon damals gegeben.

A.K.: Sie wissen, dass seine Praxis abgebrannt ist.

S.B.: Ja, sicher. Habe ich gelesen. Er war wortkarg aus Berechnung. Er dachte, er wirkt dann wie ein Intellektueller, wenn er den Mund nicht aufmacht. In Wirklichkeit hat er damit jedes gesellige Gespräch zerstört. Meine Freundinnen trauten sich kaum noch, etwas in seiner Anwesenheit zu sagen. Das war schon richtig scheiße. Ich mein', können Sie sich das vorstellen: Man sitzt zu zehnt zusammen, ist lustig, feiert. Und dann kommt so ein Zausel, der sich dazu setzt, den Mund spitzt, jeden beobachtet und nichts sagt? Das ist, als würdest du einen Hahn leicht aufdrehen. Den ersten Tropfen hörst du noch nicht, aber irgendwann ist das Tropfen nicht mehr zu überhören, obwohl es leise ist, ja geradezu geräuschlos still. Und genau von dieser Stille ist eine Stunde später das ganze Zimmer geflutet und deine Freundinnen verabschieden sich.

Gelächter von Weitem. Vogelgezwitscher.

A.K.: Was hat Sie denn angezogen an ihm?

S.B.: Er hatte auch andere Seiten. Ich mein', am Anfang sieht man vor allem das Positive. Ich habe ihn sozusagen im Sonnenlicht kennengelernt. Ich lag hier im Park, Juli 75, dahinten, direkt am Decksteiner Weiher, und er hat sich auch dort hingesetzt. Yoga-Haltung, also mit gekreuzten Beinen, geradem Rücken und die Hände nach oben geöffnet über den Schenkeln. Ich musste einfach hinschauen. Ich wog damals gerade mal 59 Kilo bei 1,75 Größe. Ein Klappergestell, kraftlos. Ich hätte mich nie so hinsetzen können.

A.K.: Frau Bracht, könnten Sie langsamer gehen. Ich ...

S.B.: Etwas Sport täte Ihnen ganz gut. Sie sind mindestens zehn Jahre jünger als ich.

A.K.: Ja, ich weiß.

S.B.: Erst fand ich den lustig. Der Wollpulli im Sommer, die Jesuslatschen. Man fragt sich ja schon, würdest du den ranlassen? Erst dachte ich, nee, du. Dann, vielleicht. Am Ende habe ich ihn angesprochen und nicht er mich. Da waren gut eineinhalb Stunden vergangen. Und ich checkte, dass ich mich die ganze Zeit nur mit dem Typen beschäftigt und dabei alle möglichen Emotionsschwankungen durchlaufen hatte. Abwehr, auch Überheblichkeit dem gegenüber, was ich selbst nie gemacht hätte und deshalb ablehnte, Sympathie, Respekt vor dem bewegungslosen Sitzen und dabei nicht einmal zu schwitzen. In praller Sonne. Lustige Einfälle: Wie wird der reagieren, wenn ich kaltes Wasser über ihn kippe? Zuletzt Interesse, der Wunsch, zu wissen, was den antreibt. Ich habe dann zu ihm gesagt: »Hey, lebst du noch?« Nicht sehr einfallsreich. Aber der hatte sich neunzig Minuten nicht bewegt. Und wissen Sie, was er geantwortet hat? »Ja«, hat er gesagt, »immer mehr.« Die Antwort hat zu seinem Verhalten gepasst. Ich wollte sofort wissen, was das bedeutet. Das hat er mir zwei Stunden später dann in meiner Wohnung gezeigt.

Naturgeräusche. Ab und an Wortfetzen von Spaziergängern. Axel Keider atmet hörbar.

A.K.: Neigte Herr Schnittweg zu Aggressionen?

S.B.: Mir gegenüber nie. Aber er machte einen aggressiv mit seiner Art. Das ja, aber eben erst später. Da waren wir schon verheiratet. Er selbst war damals ganz Zen. Außer auf Demos.

A.K.: Haben Sie in der Zeit auch studiert oder gearbeitet?

S.B.: Nicht wirklich. Ich habe das getan, was ich musste, um über die Runden zu kommen. Ich hatte nicht die Energie, ganz im Gegenteil zu Konni. Der hätte am liebsten noch Wirtschaft und Jura und was weiß ich nebenbei studiert. Aber ich wollte nicht vollends von ihm abhängig sein. Wenn ich ihm schon emotional verfallen war, wollte ich nicht auch noch sein Geld.

A.K.: Woher hatte er das Geld? Er war doch Student.

S.B.: Keine Ahnung. Von den Eltern, nehme ich an. Oder Bafög? Jedenfalls hatte ich auch meinen Stolz. Und der zwang mich, zumindest zu kellnern. Das habe ich ein Jahr lang gemacht. In Mattecks Laden. Zweimal die Woche. Dann habe ich in einem Dritte-Welt-Laden ausgeholfen. Die hießen damals so. Hatten lauter Sachen aus Asien und Afrika oder auch Südamerika. Die Jobs hat mir Konni vermittelt. Er kannte ja Matteck und auch Pleimer.

A.K.: Was hatte Peter Pleimer denn mit Dritte-Welt-Läden zu tun?

S.B.: Einen hatte er selber. Andere belieferte er mit Statuen und Krimskrams. Da standen viele drauf. Räucherstäbchen. Jute statt Plastik. Fair Trade. Damals fing das an. Ich habe abends, wenn ich nach Hause kam, immer sofort geduscht, um den Patschuli-Geruch aus den Poren zu bekommen. Aber der klebte in der Nase, in den Klamotten, auf der Zunge, einfach überall.

Laufschritte. Jemand ruft: »Hallo, Silke!« Die Schritte entfernen sich schnell.

A.K.: Aber später haben Sie dann doch noch studiert.

S.B.: Ja, als Konni und ich auseinandergingen. Ich brauchte etwas, das mich auffing, die Leere ausfüllte. Die Freundinnen waren weg, der Mann war weg, die Jobs. Also studierte ich Sonderpädagogik. Da konnte ich mir vormachen, dass ich was tue, um anderen zu helfen und nicht mir selbst. Ich war noch immer das Klappergestell, aber als ich vor der ersten Klasse stand, begriff ich sofort, dass ich stärker werden musste. Mental und körperlich, wenn ich nicht untergehen wollte. Ich fing an zu laufen und machte Krafttraining. Das ist dann zur Sucht geworden. Aber mir war klar, dass ich mich wehren musste, auch gegen Schüler. Heute mache ich am Anfang des Schuljahres einmal Armdrücken mit denen und danach halten sie die Klappe. Die haben mich jetzt reaktiviert. Kaum in Rente, durfte ich wieder antanzen. Mach' ich aber gerne.

A.K.: Warum waren denn damals auch die Freundinnen weg?

S.B.: Wenn wir zusammensaßen und Konrad tauchte auf, flohen sie. Habe ich ja erzählt. Das hinderte sie aber nicht daran, seinem Charme zu erliegen, wenn sie ihn auf der Straße trafen. Er hat sie eine nach der anderen flachgelegt. Und sich noch nicht einmal die Mühe gemacht, das zu verheimlichen. Vor allem, dass er meine damalige beste Freundin Monika gevögelt hat, war schwer zu verdauen für mich. Monika Laugenholz. Sie war eine Schönheit. Zwei Jahre jünger als ich, gerade neunzehn geworden. Mit der hätte ich auch gerne mal eine Runde gedreht.
Sie atmen ja wie eine Dampflok. Ist das wegen der Sexgeschichtchen oder wegen der kleinen Lunge?

A.K.: Ich brauche mal eine Pause, habe noch nicht einmal richtig gefrühstückt. Kommen Sie auf dem Rückweg wieder hier vorbei? Dann warte ich.

Schritte, die sich entfernen. Axel Keider schnauft. Aufnahme endet.

9. Aus dem Sitzungsprotokoll »Constanza Sommer« (August 2010)

Constanza Sommer ist am 9. September 1963 in Köln geboren. Der Vater, Emil Sommer, war CDU-Politiker, die Mutter Helene Sommer, geborene Freistatt, kümmerte sich um den Haushalt und die Kindererziehung. Im Januar 1971 wanderte die Familie nach Chile aus.

»Mich hat das ganz und gar nicht gefreut«, sagte Frau Sommer. »Ich hatte eher das Gefühl, zu sterben. Meine Eltern hatten mich in eine ausweglose Situation gebracht. Ich verstand noch nicht einmal die Sprache. Wenn ich zurückdenke, fühle ich mich einsam, trostlos, als hätte jemand die Bilder von den Wänden genommen, aber dafür eine stärker leuchtende Glühbirne in die Lampe gedreht. In Köln hatte es geschneit, in Santiago de Chile explodierte das Licht. Doch ich durfte nicht allein vor die Tür. Auf dem Grundstück ums Haus laufen, das ja. Ein enormes Anwesen, aber genauso fade. Rasen, ein paar Bäume und Sträucher, Blümchen. Nichts für ein Mädchen, das seine Freundinnen zurückgelassen hatte und dachte, dass es sie nie wiedersehen wird. Ein Gedanke, der sich, trotz der Versicherungen meiner Mutter, wir würden oft nach Deutschland zu Besuch fahren, als wahr herausstellen sollte.
Ich schaute aus dem Fenster und wollte mich umbringen. Andere Kinder, mit denen ich hätte spielen können, sah ich nicht, weil ich Privatunterricht erhielt. Meine Mutter

kümmerte sich um die Einrichtung des Hauses und Vater stieg morgens in den Wagen, fuhr zum Flughafen, tauchte tagelang nicht wieder auf. Und wenn er zu Hause blieb, saß er in seinem Arbeitszimmer über Plänen. Oder er unterhielt sich mit Männern hinter verschlossenen Türen.

Meine Lehrerinnen, es waren alles Frauen, waren nett, aber eben Lehrerinnen. Sie machten ihren Job und gingen nach Hause. Das änderte sich, als Isidora auftauchte. Sie war die Erste, die auch nach dem Unterricht noch blieb. Sie hatte schulterlanges schwarzes Haar, genauso dunkle Augen und braune Haut. Wenn ich meine blasse Mutter neben ihr sah, dachte ich jedes Mal, dass meine Mutter krank ist und bald sterben wird. Und dann der Name Isidora, der fremd wie alles um mich herum klang, aber zugleich wie ein Geräusch aus der Zukunft. Das hatte etwas Versöhnliches, sodass mein Leben doch zu etwas gut zu sein schien. Sie verwandelte schon bei unserer ersten Begegnung meinen eigenen Namen von Konstanze in Constanza. Das mag kindisch klingen, aber diese Angleichung an die chilenische Sprachpraxis half mir. Ich ahnte plötzlich, dass ich in diesem Land doch nicht unmittelbar sterben musste, sondern vielleicht sogar in fünf oder zehn Jahren glücklich werden könnte.
Isidora brachte mir Spanisch bei. Sie war sehr hektisch und fuchtelte immer mit der Hand vor ihrem Gesicht, wenn ich etwas falsch machte, so als wolle sie Moskitos vertreiben. Und sie hatte Zeit, tauchte selbst, als ich ein Dreivierteljahr später in eine Privatschule kam, noch regelmäßig bei uns auf, machte Ausflüge mit mir. Wir besuchten andere Viertel, gingen Eis essen. Manchmal packten wir einen Korb und fuhren zehn Minuten bis in die ›Wildnis‹, wie

Vater die Natur nannte. Schmale Pfade, Echsen, Pflanzen, fremde Geräusche. Und oben von den Hügeln hatte man eine fantastische Sicht auf unser Viertel: Las Condes. Isidora erzählte mir Geschichten, die sie erlebt oder Filme, die sie gesehen hatte. Manchmal vermengte sie beides. Ich lernte schnell, Spanisch zu sprechen.

In meine Schule kamen nur Ausländer, Deutsche, Franzosen, Italiener und andere. Ich freundete mich dort zwar mit Angelika und Hannelore an, aber ich durfte sie damals nie zu Hause besuchen, sah sie immer nur auf dem Schulhof. Umso wichtiger blieb Isidora für mich. Ab und zu begleitete ich sie in ihre Wohnung. Sie legte eine Platte auf und spielte mir Lieder der chilenischen Sängerin Violeta Parra vor. Vor allem »Gracias a la vida« fand ich schön. Ich verstand anfangs nicht den ganzen Text, aber ich sang trotzdem mit. Bis mein Vater mich eines Abends hörte, mich fragte, woher ich das kennen würde und mir verbot, es zu singen. Ich erinnere mich sehr gut an den Tag, weil es mein zehnter Geburtstag war und meine Eltern mir einen Plattenspieler und zwei Platten geschenkt hatten. Die größten Erfolge von Christian Anders und eine Scheibe von Vicky Leandros. Wer ihnen die besorgt hatte, weiß ich nicht, aber ich bezweifele, dass man deutschen Schlager in Santiago im Laden kaufen konnte. Und genau an dem Tag, an dem sie mir Musik schenken, verbietet mein Vater mir, dieses Lied zu singen. Er muss meinem Gesicht die Enttäuschung angesehen haben, jedenfalls nahm er sich die Zeit, sich neben mich zu setzen und mir zu erklären, dass das Musik von Umstürzlern sei, von Kommunisten, die uns das Haus wegnehmen wollten und das Land ins Chaos stürzen würden, wenn sie könnten. Diese Leute seien Anhänger des Präsidenten Allende. Aber der werde

bald nicht mehr Präsident sein und dann werde alles gut. Nur sei es eben falsch, wenn ich diese Musik hörte. Vor allem sollte nie einer der Gäste ein solches Lied aus meinem Mund vernehmen.
Isidora hatte mir erzählt, dass Violeta Parra sich umgebracht hatte, schon vor einigen Jahren. Sie konnte uns das Haus also gar nicht wegnehmen. Und das sagte ich meinem Vater auch. Er lachte, wurde schnell wieder ernst und antwortete, es sei nicht speziell dieses Lied, da gebe es viel schlimmere, aber es gehe um diese Menschen, die schlecht für Chile seien. Ich wollte Namen wissen. Wer war schlecht für Chile? Er schaute kurz auf, von mir weg, und antwortete: ›Victor Jara zum Beispiel, der singt, spielt Theater und hetzt so die Menschen auf. Du hast doch schon mitbekommen, wie seit Monaten in der Stadt demonstriert wird. Da wurde auch geschossen. Menschen starben. Und Jara war ein Freund von Violeta Parra. Sie haben zusammen in ihrem Café hier in Santiago gearbeitet. Wir können nicht mehr in die Innenstadt. Das ist alles grauenhaft.‹
Ich war verwirrt und versprach, das Lied nicht mehr zu singen. Aber ich hatte es die ganze Zeit im Kopf. Tatsächlich waren Isidora und ich in den letzten Monaten immer über Umwege zu ihr gefahren. Es hatte gebrannt, Menschen waren zu Hunderten aufeinander losgegangen, aber für mich war das bislang trotzdem weit weg gewesen. Jetzt erreichten diese Geschehnisse die Musik, die ich mochte.
Am nächsten Tag fragte ich Isidora, ob sie mir etwas von Victor Jara vorspielen könne. Das konnte sie. Sie erklärte mir auch, dass er von armen Leuten singe, von Bauern, aber sie konnte mir nicht erklären, was daran schlecht sei. Also fragte ich weiter, ob auch sie eine Kommunistin und ob es wahr sei, dass die Kommunisten mir und mei-

nen Eltern das Haus wegnehmen wollten. Isidora stand auf, nahm die Platte vom Teller und antwortete, ich müsse jetzt nach Hause. Sie fuhr mich zurück nach Las Condes und schwieg. Ihr Gesicht hatte eine fahle Ernsthaftigkeit bekommen. Das irritierte mich mehr als die Tatsache, dass sie nichts sagte.

Tags darauf, am 11. September, verbot Vater mir, zur Schule zu gehen. Es sei zu gefährlich. Von unserem Grundstück aus sah ich die Flugzeuge über der Stadt und den Rauch, der hochstieg. Die Zeit Pinochets begann. Für mich war das bloß ein Name. Ich hatte damals nicht das Gefühl, dass sich etwas für uns geändert hatte. Wir blieben in Las Condes wohnen. Ich konnte bald wieder zur Schule. Auch dort war alles wie immer, nur Angelika kam nicht mehr. Es hieß, die Familie sei zurück nach Deutschland gegangen. Auch Isidora besuchte mich gut zwei Monate nicht. Danach aber wieder, als sei nichts geschehen. Warum sie nicht mehr gekommen war, erzählte sie mir nicht. Vater flog wieder in den Süden Chiles und Mutter sagte, er wolle dort Zuchtanlagen für Lachs bauen. Deshalb seien wir überhaupt in dieses Land gekommen. Die Männer, die Vater ab und an besuchten, seien Geschäftspartner. Ich stellte mir meinen Vater mit einer Angel vor und musste lachen.
›Weißt du‹, sagte meine Mutter, ›viele Menschen wollen Lachs essen und die Zucht bringt viel Geld.‹
Trotzdem blieb die Verbindung Vater und Fisch für mich eine merkwürdige.

Als ich dreizehn war, nahm mein Vater mich und meine Mutter einmal mit in den Süden. Den Flug nach Puerto Montt fand ich aufregend, weil das Flugzeug so klein war,

das, was danach kam, eher langweilig. Auf so einer Fischfarm gibt es nicht viel zu sehen, und Mutter und ich fuhren zurück in die Stadt und machten einen Einkaufsbummel. Von da an roch ich immer heimlich an meinem Vater, wenn er in meiner Nähe war. Aber nie verströmten seine Sachen einen Fischgeruch.
Heute gibt es dort unten unzählige Lachsfarmen. Sie wissen, was das für die Gewässer bedeutet? Letztes Jahr verabreichten die Züchter ihren Tieren über dreihundert Tonnen Antibiotika. Mein Vater ist damit sehr reich geworden und hat seine Farmen im vergangenen Jahr verkauft. Heute glaube ich auch, dass es meinen Eltern genau darum ging, sehr reich zu werden, mit allen Mitteln, ohne Rücksicht auf Verluste. Denn die Männer, die uns zwischen 1971 und 1973 in unserem Haus in Las Condes besucht haben, das waren keine Geschäftspartner für Lachs. Es waren Politiker der chilenischen Opposition. Manche waren Christdemokraten, andere gehörten der rechtsextremen Gruppierung Patria y Libertad an, die damals mit Gewalt gegen die Anhänger Allendes vorging und Attentate durchführte, um die Arbeit der Regierung zu destabilisieren. Welche Rolle mein Vater dabei genau spielte, weiß ich nicht. Ich habe die Kraft nicht, jeder Spur nachzugehen. Es ist einfach beschissen, wenn die eigenen Eltern auf der falschen Seite stehen. Ich weiß, Sie denken jetzt, was ist denn die falsche Seite? Für mich ist das, wenn demokratisch gewählte Regierungen durch totalitäre Regime ersetzt werden, weil einige Geld auf Kosten anderer verdienen wollen. Mein Vater hat sicher nicht allein gehandelt, aber das macht die Sache nicht besser. Vor allem, wenn ich daran denke, dass Victor Jara drei Tage, nachdem Vater mir von ihm erzählt hatte, verhaftet und schließlich

im Stadion von Santiago de Chile erschossen wurde. Die Soldaten hatten ihm vorher die Hände gebrochen, damit er keine Gitarre mehr spielen konnte. Wie er starben Tausende. Mein Vater hat die Diktatur unterstützt, damit er mit Lachs reich werden konnte. Seit ich Chile 1990 verlassen habe, gab es keinen Kontakt mehr zu meinen Eltern. Das Geld, das Vater mir nach dem Verkauf der Farmen überwies, habe ich trotzdem angenommen. Ich weiß, dass das moralisch falsch ist. Aber wem hätte es geholfen, wenn ich das vorgezogene Erbe abgelehnt hätte?«

10. Details aus dem Schnok-Archiv (Januar 2019)

Konrad Schnittweg sei seit gut zwei Jahren Veganer gewesen, so der Polizeibeamte Schnok, aber dies nicht freiwillig, obwohl er selbst die Entscheidung getroffen habe. Man müsse sich ja die Frage stellen, was überhaupt freiwillig geschehe, was das heiße, seien doch alle Entscheidungen abhängig von Vorangegangenem, von Einflüssen, die wir im besten Fall analytisch durchdacht haben. Und womöglich, so Schnok, sei genau das der Stempel der Freiwilligkeit einer Handlung, nämlich die Sezierung der Belange vor dem Entscheid. So paradox das auch klinge, müsse man, um freiwillig handeln zu können, sich der beschleunigenden Kräfte bewusst sein, die die auf Analyse basierende Freiwilligkeit untergraben, eingedenk auch der Tatsache, dass unser Handeln durch einen hohen Grad an Emotionalität forciert werde. Überspitzt formuliert ließe sich sagen, dass nur derjenige freiwillig handeln könne, der sich darüber im Klaren sei, dass vieles ihn bestimme und er so nie völlig freiwillig handeln kann. Nun sei Konrad Schnittweg ein die Dinge hinterfragender Mensch, bringe also die intellektuelle Durchforstung mit, die zum freiwilligen Handeln dazugehöre, aber zugleich müsse man in seinem Fall von einer regelrechten analytischen Gier sprechen, einer unaufhörlichen Suche nach Fäden, die ins Gegenteil dessen zu führen drohen, was er, Schnok, als freiwilligen Akt bezeichne. Denn Konrad Schnittweg habe nach geraumer Zeit in allem eine Problematik gewittert, was seine Handlungsfähigkeit geradezu lahmgelegt habe. Das berechtigte Hinterfragen wirtschaftlicher Verstrickungen und des damit verbundenen Abbaus des Primats des Politischen habe im Falle des Psychotherapeuten die Form einer Selbstkasteiung angenommen, so Schnok, die, einem Strudel ähnlich, zur Auflösung des eigenen Willens geführt habe. Kein Schritt, keine Aussage, geschweige denn Tat sei noch unreflektiert möglich gewesen. Konrad Schnittweg habe bei jeder Kleinigkeit den Gesamtzusammenhang gesucht, sich als kleines Rädchen im Weltgetriebe reflektiert und sich damit in einem Netz verfangen, das augenscheinlich der Freiwilligkeit zuwiderlaufe, zumal das Ganze von einem hohen Grad an Gefühlswallung getragen worden sei. Natürlich sei es zu begrüßen, sich klarzumachen, so Schnok, dass die eigene Ernährung Konsequenzen für die Tierhaltung habe, dass die gekaufte Kleidung die Produktionsverhältnisse beeinflusse und so weiter, aber wenn man sich einmal frage, ob man überhaupt noch essen dürfe, ohne sich schuldig zu machen, dann sei eine Grenze ins Ungesunde überschritten. Hierbei habe Konrad Schnittwegs Sohn Pascal, der in Westbengalen in Indien unweit von Kolkata Teil einer Hilfsorganisation sei, die sich gegen die Verschmutzung des Grundwassers engagiere, womöglich eine Rolle gespielt, sei er doch durch die beständige Konfrontation mit dem Elend der ländlichen Bevölkerung zu einem nimmermüden Mahner geworden, der bei sporadischen Treffen im Kreis der Seinen kein anderes Thema mehr zugelassen habe als die Verbesserung der Welt. Inwiefern hierin ein Schritt Konrad Schnittwegs in die Radikalität zu suchen sei, wage er, Schnok, ad hoc nicht zu beantworten, aber dass die Entwicklung eines Menschen,

der sich über Jahrzehnte durch das Gespräch definiert habe, dem das Wort, um es so hochtrabend zu formulieren, heilig gewesen sei, dass dieser Mensch mit einem Mal das Verbale hinter sich lasse, um Menschenopfer zu wählen, das setze einen veritablen Druck von allen Seiten voraus. Eben auch aus dem familiären Kreis. In den letzten beiden Jahren habe Konrad Schnittweg so nicht nur sein Essverhalten, sein Kaufverhalten, ja seinen kompletten Konsum geändert und reduziert, sondern darüber hinaus den Fokus seines Denkens und Handelns in einer Art politisiert, dass darin auch die Handschrift seines Sohnes Pascal nachzuweisen sei. Natürlich sei ihm, Schnok, bewusst, dass es Missstände gebe, auch in der westlichen Welt, auch in der EU, aber Widersprüchlichkeiten gehörten nun einmal zu einer kapitalistischen Demokratie dazu. Und genau an diesem Punkt hätte seiner, Schnoks, Meinung nach, Konrad Schnittweg wohl den Kopf geschüttelt und behauptet, dass Kapitalismus und Demokratie sich grundlegend widersprächen und niemals Versöhnung finden könnten.
Auch müsse die Essensumstellung des Psychotherapeuten zu Spannungen mit seiner Frau geführt haben, denn Rieke Schnittweg, so viel stehe fest, liebe Fleisch. Sie sei geradezu versessen auf Steaks, Hähnchenkeulen oder Lammhackrollen und rechtfertige die Befriedigung ihres Appetits mit dem Hinweis, sie kaufe ausschließlich Bio-Produkte. Das habe ihr Mann aber mit Sicherheit so nicht einfach hingenommen. Ständige Reibereien könnten zu einer Verfestigung der eigenen Position führen und die Diskussionsfähigkeit tangieren, so Schnok. Dass aufschäumende Emotionalität unsere Moral beeinflusse, sei ja längst bekannt. Dies auf die gemeinsamen Abende übertragen, sei also Konfliktpotenzial vorstellbar. Am

Rande wolle er, Schnok, aber noch erwähnen, dass Rieke Schnittweg entgegen dem, was ihr Fleischkonsum vermuten lassen könne, eine hochgewachsene, schlanke Person sei, die meist in körperbetonten, also eng sitzenden Hosenanzügen auftrete und dazu hochhackige Schuhe trage. Aber das, wie gesagt, nur am Rande.

Einen weiteren Aspekt des erwähnten Drucks auf den Verdächtigen bildeten die wenigen erhaltenen Berichte seiner Patienten, so der Polizeibeamte, zeigten sie doch, auch wenn das Einzelschicksal im Mittelpunkt stehe, eine eigennützige Unterstützung westlicher Kräfte in Kriegen und Diktaturen, die den Werten unserer Demokratie entgegenstünden. Also Wasser auf die Mühlen Konrad Schnittwegs.
Um zurück zum Begriff der »Freiwilligkeit« zu kommen und sich damit der Antwort auf die Schuldfrage anzunähern, so Schnok, müsse man all diese erlittenen Einflüsse zusammentragen, um zu begreifen, wieso ein rechtschaffener Bürger, wenn man ihm denn diesen verstaubten Ausdruck erlaube, dahin komme, einen Drohbrief, ein Ankündigungsschreiben für einen Mord, an Presse und Medien zu versenden.

Ob auch die Liebesbriefe des Bruders an die Gattin dabei eine Rolle spielten, wisse er nach wie vor nicht, da ihm unbekannt sei, ob Konrad Schnittweg überhaupt Kenntnis von diesen gehabt habe. Aber die Beziehung Rainer und Konrad Schnittweg sei eine sehr komplexe. Die Brüder hätten sich mehr beeinflusst, als ihnen selbst womöglich klar gewesen sei. Getroffen hätten sie sich selten, aber die Begegnungen seien nachhaltig gewesen, wie man an der

Hochzeit von Konrad und Rieke Schnittweg sehen könne. Diese Vermählung habe den Bruder womöglich mehr affiziert als das Brautpaar. Und auch wenn der Bräutigam nichts von der Verliebtheit des Bruders geahnt haben mochte, so könne man doch davon ausgehen, dass Rainer Schnittweg wiederum, bei aller Fokussierung auf die Gattin, den eigenen Bruder die ganzen Jahre lang im Kopf gehabt haben musste, dass folglich immer ein hässlicher Fleck die Schönheit seines Gefühls ruiniert habe. Auch müsse er, Schnok, noch beleuchten, was die Tatsache, dass Rainer Schnittweg sich in jungen Jahren für die Polizeilaufbahn entschieden habe, in Konrad Schnittweg ausgelöst habe. Er könne sich kaum vorstellen, dass dieser Beruf eine wählbare Option für den Psychotherapeuten gewesen sei, auch wenn der junge Mann von damals noch weit entfernt von der heutigen Radikalität gelebt habe. Aber das Engagement von Konrad Schnittweg in der neu aufblühenden Friedensbewegung, die Märsche gegen den NATO-Doppelbeschluss oder auch seine aktive Teilnahme an den Demonstrationen der Antiatomkraftbewegung Ende der Siebziger ließen durchaus das Fazit zu, ein Bruder, der für die andere Seite tätig sei, habe die brüderliche Zuneigung verwirkt. Diese These werde auch durch die aufgenommenen Gespräche Konrad Schnittwegs mit Lenin, einem Mann, der das Wort »Revolution« mit Leichtigkeit auf der Zunge herumwirbele, unterstützt, artikuliere der Psychotherapeut in ihnen doch Unverständnis diesem, wie er, Konrad Schnittweg, es formuliere, repressiven Berufszweig gegenüber. Im Übrigen zeigten diese Gespräche auch, wie verzweifelt der Verdächtige gewesen sei, wenn er sich über die demokratische Handlungsfähigkeit des Systems ausgelassen habe. Lenin habe sich das zunutze gemacht und seinen Gesprächspartner in dieser seiner Verzweiflung bestätigt, in der Hoffnung, ihn für seine Ziele zu rekrutieren. Worin die allerdings genau bestünden, außer dass der Staat als Feind identifiziert würde, könne er, Schnok, nicht sagen, denn Lenin habe selten Ideen des Aufbaus artikuliert, sei vielmehr an Destruktion interessiert gewesen. Der Drohbrief, an einem Politiker ein Exempel zu statuieren, passe in das Schema des selbsternannten Revolutionärs, weshalb es legitim sei, die Autorschaft des Schreibens zu bezweifeln. Könnte Lenin den Brief verfasst und in Konrads Praxis ausgedruckt haben? Auch dieser Spur sei auf jeden Fall nachzugehen.

Alles zusammengenommen, so Schnok, angefangen beim Bruder, dann hinzugezählt den Sohn, die Differenzen in der Ehe, die Geschichten der Patienten bis hin zur tatsächlichen Schieflage der Welt – und Konrad Schnittweg habe sich ja alles zu eigen gemacht, von der Klimakatastrophe über die Neokolonisierung durch Wirtschaftsverträge bis hin zum Tierrecht –, nicht zu vergessen die damit einhergehende steigende Emotionalisierung dieser Themen durch jemanden wie Lenin, dies also alles bedenkend, müsse man einen unfassbaren Druck annehmen, der den Verdächtigen getrieben habe, weshalb, wie bereits eingangs erwähnt, die Freiwilligkeit des Handelns zur Debatte stünde. Man müsse fragen, ob der Mensch in einer für ihn ausweglosen Situation nicht aus reinem Überlebenstrieb eher um sich schlage, als still zugrunde zu gehen, was wiederum das Verfassen des Drohschreibens erklären könnte, vorausgesetzt dass die Annahme, Lenin habe das Schreiben verfasst, sich als falsch herausstelle. Kompliziert sei das, so Schnok, aber genau das gefalle ihm an seinem Beruf.

11. Das Leben des Konrad Schnittweg. Romanfragment von Ingeborg Wollach

Kurz nach Konrads zweitem Geburtstag kam sein Bruder Rainer im Wittlicher St. Elisabeth Krankenhaus zur Welt. Zwar hatte Marie erneut eine Hausgeburt gewollt, aber die Hebamme war beunruhigt über die Reglosigkeit des Kindes gewesen und hatte Marie geraten, in der Stadt zu entbinden. Deshalb war Friedrich, als die ersten zaghaften Wehen eingesetzt hatten, zu Niklas gelaufen, hatte dessen Wagen ausgeliehen und während der ganzen Fahrt gedacht: Hoffentlich passiert es nicht im Auto. Er hatte bislang vielen Kühen beigestanden, den Kälbern die Geburtsstricke um die Fesselgelenke gebunden und gezogen, aber was zu tun war, wenn seine Frau am Straßenrand niederkäme, das wusste er nicht. Allein der Gedanke, Marie ein verschmiertes Kind aus dem Bauch zu nehmen, machte ihn fassungslos. Aber die Wehen nahmen nicht zu, auch nicht, als sie die Klinik erreichten. Der diensthabende Arzt schickte Marie nach kurzer Untersuchung auf den Flur, sie solle Treppensteigen. Also liefen sie und Friedrich eine Stunde lang vom Erdgeschoss bis unters Dach und wieder hinab, ohne dass sich etwas tat, außer dass die werdenden Eltern die Lust am Gehen verloren. Als sie sich unten hinsetzen wollten, ging die große Tür auf und Herr und Frau Mertens betraten die Klinik. Der Dorfschullehrer schaute sofort in eine andere Richtung, als er die Schnittwegs erblickte, las die Hinweisschilder, während seine

Frau ihnen kurz zunickte. Marie fiel auf, dass ihr eigener Bauch kleiner war als der von Eva Mertens. Auch ging die Lehrersgattin gebückt, als ziehe Schmerz ihren Körper zusammen. Eine Krankenschwester kam zu Hilfe, stützte die Mertens, während sie zur Geburtsstation gingen.
Friedrich rückte seinen Stuhl zurecht, atmete, im Glauben, das unsinnige Gelaufe nun hinter sich zu haben, tief durch, aber Marie sagte: »Das Kind kommt nie raus, wenn ich hier herumsitze.« Sie verspürte mit einem Mal den Wunsch, der Mertens zuvorzukommen. Ihr Sohn musste vor dem Lehrerkind geboren werden. Sie wusste selbst, dass dieser Gedanke absurd war, aber er pochte so laut und andauernd in ihr wie ein zweiter Herzschlag.
Also stieg Friedrich seiner Frau erneut Etage um Etage hinterher, deutete alle paar Stockwerke an, dass das doch alles nichts bringe, aber Marie war nicht zu bremsen, bis ihr Mann sich schließlich weigerte, eine weitere Treppe hinaufzulaufen.

Zwei Stunden später ließ der diensthabende Arzt einen Wehen-Cocktail für Marie anrühren, eine Mischung aus Aprikosensaft, Sekt und Rizinusöl. Marie hätte gern gewusst, ob die Mertens ihr Kind schon hatte, aber sie traute sich nicht, zu fragen. Dann fingen die Koliken an. In immer kleineren Abständen musste Marie die Toilette aufsuchen, hatte dabei Angst, ihr Kind könne dort herausrutschen. Sie schwitzte, als sei sie bei der Feldarbeit. Friedrich wusste nicht, wie er ihr helfen sollte und schwieg. Er fühlte sich fehl am Platz. Das Nichtstun fiel ihm schwer. Aber was hätte er schon machen können?
Schließlich hatte Gott ein Einsehen und der kleine Rainer kam im Kreißsaal auf die Welt. Der Junge schrie ordent-

lich und Marie und ihr Mann waren erleichtert. Dann sahen sie das Gesicht ihres Neugeborenen und erschraken. Auch im Mehrbettzimmer wollte Rainer nicht aufhören zu schreien. Er hatte Mühe, an der Brust zu trinken, weil eine Lippenspalte ihm das Saugen erschwerte. Zwar beruhigte der Arzt die Eltern, nur die Oberlippe und nicht der Gaumen sei betroffen, eine Kleinigkeit, die man in ein paar Monaten operativ beheben würde, aber das Gesicht des Jungen sah entstellt aus.

Wieder zu Hause wollten weder Marie noch Friedrich das Kind den Nachbarn zeigen, aber wie konnte man den Verwandten oder dem Pfarrer das Neugeborene vorenthalten? Konrad schaute seinen kleinen Bruder mit Verwunderung an und fragte, warum Rainers Mund größer sei als sein eigener, ob dieser mehr Essen brauche. Niklas und Trude stellten keine Fragen. Auch Martha schaute nur kurz in die Wiege und verschwand aus dem Zimmer wie damals bei Konrads Geburt. Nur Jupp erklärte Friedrich am Abend, als er sich eine Flasche Branntwein holte, dass eine Hasenscharte daher komme, dass die Frauen während der Schwangerschaft Heißhunger auf Hasenfleisch gehabt hätten. Aber gegen solche Gedanken könne man halt nichts machen. Friedrich hätte ihn gern vor die Tür gesetzt, fragte aber, woher Jupp das mit der Lippenspalte wisse.
Die Mertens, antwortete Jupp, die habe zur gleichen Zeit ein Kind im Krankenhaus bekommen, ein sehr dickes Mädchen, Else. Der Arzt habe es der Mertens gesagt.

Tatsächlich blieb, nachdem Rainers Oberlippe fünf Monate später operiert worden war, lediglich eine Narbe übrig, die unter dem linken Nasenloch begann und hinab zum Mund führte, dabei die Lippe an der zusammengefügten Stelle leicht in die Höhe zog. Die Narbe verblasste mit der Zeit mehr und mehr, wurde zu einem schmalen, weißen Strich, der kaum auffiel, aber Rainer würde sich später immer als einen Zusammengeflickten sehen, als einen, der von Anfang an beschädigt war und deshalb nie recht dazugehörte.

In den ersten Monaten nach der Geburt kam die Mertens auffallend oft in den Laden, schob den Kinderwagen mit der stattlichen Else vor die Theke und erkundigte sich freundlich nach der Hasenscharte, nicht ohne zu erwähnen, dass jeder sein Kreuz zu tragen habe, denn sie selbst habe es sich schließlich auch nicht ausgesucht, hier in Neuenrath Jahre ihres Lebens zu vergeuden, wo ihr doch die ganze Welt offenstünde. Nicht einmal Dankbarkeit erfahre sie von den Bauern, deren Kinder ihr Mann unterrichte, obwohl bei den meisten Hopfen und Malz verloren sei. Was im Übrigen nicht schlimm sei, denn zum Kühe-Melken brauche man schließlich keine Arithmetik. Marie blieb ihr die meisten Antworten schuldig, behandelte die Mertens aber zuvorkommend, während sich in ihrem Inneren etwas anstaute, das erst zu Abneigung wurde, dann zu Zorn führte und sich schließlich als blanker Hass in ihr ausbreitete. Ein niederschmetterndes Gefühl, von dem sie nie geahnt hatte, dass es einmal in ihr Platz haben könnte.

Während mehr und mehr amerikanische Kampfflugzeuge den Himmel über dem Dorf durchschnitten, spielten die größeren Kinder auf der wenig befahrenen Straße, die Neuenrath durchzog, Völkerball oder Fangen. Konrad saß

oft still am Rand und beobachtete die anderen. Neben ihm kutschierten Rainer und Else eine zu große Puppe mit einem zu kleinen Laster durch die Gegend. Die Jagdgeschwader hörte Konrad lange bevor das Geräusch den anderen Kindern ins Ohr drang und sie hochblickten, um die Piloten zu erkennen, was ihnen nie gelang.
An einem dieser Tage tunkte Rainer Elses Puppe in eine Güllelache, weil er, wie er sagte, die blonden Haare schwarz färben wollte. Else weinte und Konrad tröstete sie, was Rainer dazu brachte, Else anzurempeln, sodass sie selbst in besagte Pfütze fiel. Konrad brachte Else daraufhin nach Hause und wurde von Eva Mertens ausgeschimpft und mit allerlei Tiernamen belegt. Wenig später stand Elses Mutter mit dem verdreckten Kleid ihrer Tochter im Laden und fand keine Möglichkeit, sich zu beruhigen. Als Marie ihr auf die Frage, was sie denn nun mit diesem Kleid machen solle, antwortete: »Waschen. Waschen Sie es«, verlor die Frau des Dorfschullehrers vollends die Fassung und bezeichnete die Familie Schnittweg als hergelaufenes Pack. Marie trat daraufhin hinter der Theke hervor, öffnete die Eingangstür des Ladens und bat die Mertens, wiederzukommen, wenn sie bei Atem sei. Ab diesem Tag tauchte Frau Mertens nicht mehr im Laden auf, fuhr vielmehr ins Nachbardorf, um ihre Besorgungen zu erledigen. Sah sie Konrad mit Else spielen, fand sie einen Vorwand, die beiden zu trennen. Woraufhin Else und Konrad unausgesprochen Strategien entwickelten, sich nicht zusammen erwischen zu lassen. Meist war auch Konrads Bruder mit von der Partie und der ließ kaum eine Gelegenheit aus, Else zu ärgern. Konrad redete auf seinen kleinen Bruder ein, hob mahnend den Zeigefinger, wie er es bei seiner Mutter gesehen hatte, aber das half wenig. Mal riss Rainer das

Mädchen an den Haaren, dann wieder plusterte er die Backen auf, um ihr zu zeigen, wie dick sie sei. Wenn Else weinte, nahm Konrad sie in den Arm und gab ihr einen Kuss auf die Wange.

Im Spätsommer, kurz bevor Konrad das erste Mal in die Schule musste, fuhr Friedrich mit seinen beiden Söhnen zum amerikanischen Stützpunkt. Dort wurde ein Tag der offenen Tür mit Flugschau veranstaltet, und die beiden Kinder durften sich in einen Thunderjet mit ungepfeilten Flügeln setzen. Den englischen Namen sprach der Vater deutsch aus und auch die Kinder riefen in den folgenden Tagen »Tunderjet«, wenn ein Flugzeug über sie hinwegschoss.
»Du wirst bestimmt Pilotin werden, so gut, wie du siehst«, sagte Konrad am Tag danach zu Else, als sie schon von Weitem die Himbeersträucher am Straßenrand unweit der Kuhweide von Niklas und Trude entdeckte und er selbst nur ein wildes Blättergemisch erspähte. Rainer lief sofort los, versuchte sich alle Beeren in den Mund zu stopfen, aber es waren zu viele. Er musste auch den anderen welche übrig lassen, wischte seine rot gefärbten Hände dafür an Elses hellem Kleid ab und rief: »Ich blute!«
Frau Mertens tauchte trotz des ruinierten Kleides nicht bei den Schnittwegs auf, aber Konrad wurde wenig später beim ersten Betreten des Klassenraums von Herrn Mertens angewiesen, in der letzten Reihe, bloß weit weg vom Lehrerpult, Platz zu nehmen. Das wiederum war nicht das Schlechteste, neigte der Lehrer doch zu Wutanfällen, die mehr als einmal dazu führten, dass die Schüler in der ersten Reihe Ohrfeigen erhielten, obwohl sie selbst nicht falsch geantwortet hatten. Gefiel Herrn Mertens nicht,

was Konrad zum Unterricht beitrug, begnügte er sich mit einem: »Gott, wie kann man so dumm sein!« Ansonsten hätte er den ganzen Klassenraum durchschreiten müssen, um zuzuschlagen.
Nur einmal, in der vierten Klasse, erging es Konrad sehr übel. Lehrer Mertens hatte eine große grüne Filzwiese an die Tafel gehängt und darauf rote Kaninchen gepappt, um erste Probleme der Mengenlehre zu erläutern. Konrad hatte von hinten Schwierigkeiten, die Tierchen zu erkennen, und gab eine falsche Antwort. Lehrer Mertens befahl ihn daraufhin nach vorn. In der Klasse wurde es noch stiller als sonst. Nicht einmal mit den Füßen wurde gescharrt. Konrad stand vor der grün behängten Tafel und wartete auf eine neue Frage. Aber der Lehrer legte seine Hand um Konrads Nacken und schlug den Schülerkopf mehrmals gegen die Hasen. Als er abließ, blutete Konrad aus der Nase und Mertens schrie: »Jetzt versaust du auch noch den Klassenraum! Geh nach Hause!«
In der Poststelle stopfte Martha ihm Watte in die Nasenlöcher. Er hatte Kopfschmerzen, legte sich im Wohnzimmer aufs Sofa und wachte erst auf, als er die Hand seiner Mutter spürte, die ihn streichelte. Anschließend hörte er ein Gespräch durch die offene Küchentür. Sein Vater bat Marie, die Sache auf sich beruhen zu lassen, aber Marie sagte in scharfem Ton, dass das aufhören müsse. Dann fiel die Haustür ins Schloss.

Einen Monat später kletterte Konrad auf den Dachboden der Scheune und verlor das Gleichgewicht.
Er war in den letzten vier Wochen oft dort oben gewesen, hatte zwischen den Heuballen gelegen und aus seinem Versteck heraus die Dorfbewohner, die vorbeigingen, be-

obachtet. Else hatte er danach seine Beobachtungen zugeflüstert, davon erzählt, wie unterschiedlich die Menschen sich fortbewegten. Manche liefen ganz langsam mit gebeugtem Rücken, andere hetzten immer und wiederum andere kamen gar nicht voran, weil sie dauernd stehen blieben und ein Schwätzchen hielten. Er beobachtete auch die anderen Kinder beim Spielen, sah, wie sie lachten, sich rauften, dass Rainer den anderen Holzmurmeln stahl oder auch Äpfel aus Onkel Niklas' Garten.
An diesem Morgen aber stieg er die Leiter hoch, streckte sich auf der letzten Sprosse, um den Fuß auf den Boden zu stellen, verlor das Gleichgewicht und fiel seitwärts hinab auf eines der hochstehenden Pflugmesser, das ihm die halbe Wade durchschnitt. Vor allem aber ging ein jäher Schmerz durch seinen Arm, auf dem er gelandet war. Er rieb sich den Ellenbogen und schaute dem Blut zu, das über die Erde lief. Tante Martha trat aus der Tür der Poststelle und er winkte ihr. Sie nickte, wollte ins Haus gehen. Da rief Konrad: »Tante Martha, kannst du mal kommen? Ich habe mir wehgetan.«

Im Krankenhaus gab der Arzt ihm eine Spritze und nähte sein Bein zusammen.
»Er hatte großes Glück«, sagte der Mann im weißen Kittel, »etwas tiefer und …« Er brach ab. Aus seiner Nase standen die Haare büschelweise. Onkel Niklas wuschelte Konrad über den Kopf. Er hatte sofort gewusst, was zu tun gewesen war, hatte das Bein fest abgebunden und war in die Stadt zum Krankenhaus gerast, obwohl Martha gesagt hatte, er solle den Jungen zu Dr. Zubel, dem Dorfarzt, bringen, das sei näher. Aber Onkel Niklas hatte ihn ins Auto getragen. Nicht einmal der Mutter auf dem Feld hat-

te er Bescheid gegeben. Die Wiesen und Felder waren an der Scheibe vorbeigejagt, so schnell, dass Konrad sich trotz der Schmerzen gefreut hatte.

Sechs Tage später saßen abends viele im Wohnzimmer neben seinen Eltern und beteten. Sie baten Gott, ihn schnell gesund werden zu lassen. Der Chor der Stimmen drang durch die Holzdecke in sein Schlafzimmer und er hatte das Gefühl, die Worte trügen ihn auf Händen, schaukelten ihn sanft hin und her. Er schlief ein.
Eine Woche darauf konnte er wieder fest auftreten und Martha sagte: »Du hattest ganz schön hohes Fieber, mein Junge.«

12. Erster Monolog von Rieke Schnittweg (August 2018, Fortsetzung)

... Die Frage, wie man sich in einer Demokratie jenseits von Wahlen wehren kann, muss erlaubt sein. Genauso die Frage, ob das, was die Europäische Kommission treibt, überhaupt noch etwas mit Demokratie zu tun hat. Wenn eine Kommissarin auf die Bemerkung, die meisten Menschen in Deutschland und anderen Ländern seien mit der Geheimniskrämerei um die Freihandelsabkommen nicht einverstanden, antwortet, sie habe ihr Mandat nicht von den Bürgern der EU, dann ist das ohne Frage richtig, aber eben auch bedenklich. Konrad war nie gegen die Europäische Union. Im Gegenteil, er ging mit der EU-Politik hart ins Gericht, eben weil er ein glühender Anhänger der Europäischen Idee war und sah, dass diese Idee eines länderübergreifenden Gesellschaftsvertrages, bei der keiner durchs Netz fiel, die Menschen von ihrer Rente leben und sich Gesundheit leisten konnten, bei der nach Tarif bezahlt wurde, dass diese Idee dem neoliberalen Handeln der Kommission diametral entgegenstand. Als Griechenland in der Krise war, zwang die EU die griechische Regierung, die Renten zu kürzen, Sozialleistungen abzubauen, das Land auf Kosten der Bevölkerung gesund zu schrumpfen, während die Europäische Zentralbank zur gleichen Zeit eine halbe Milliarde mit Staatsanleihen von Griechenland verdiente. Das nennt sich europäische Solidarität. Und Sie wissen sicher, dass es damals ein Referendum gab. Die Griechen entschieden sich klar gegen das Maßnahmenpaket aus Brüssel. Also wurde das Referendum auf Druck der Europäischen Union ignoriert – man sprach von gefundenem Kompromiss – und die Reformen wurden umgesetzt. Wie wehrt man sich, wenn die Politik den Bürgern den Atem nimmt? Das ist eine wichtige Frage. Was sind probate Mittel? Diese gedankliche Auseinandersetzung, zu welchem Resultat sie auch kommt, bedeutet keineswegs, dass man das Ergebnis auch umsetzt. Aber verzweifeln kann man schon manchmal. Wie wird man damit fertig? Der einfachste Weg ist natürlich, zu sagen, ich kann es eh nicht ändern, und es hinnehmen. Der etwas schwierigere Weg ist, darüber zu diskutieren. Aber Diskussionen werden immer unerwünschter. Die Lager haben sich gebildet und die Devise lautet: Entweder bist du meiner Meinung oder du bist der Feind. Und der dritte und schwierigste Weg ist der Protest. Ohne den geht es nicht. War Zufall, aber als ich Konrad 1990 kennenlernte, ging es in den Nachrichten auch gerade um die Konsequenzen von Protest. Ich saß abends in Sülz in einer Eckkneipe, hatte mich mit einer Freundin verabredet, die dann verhindert war. Außer mir hielt sich niemand im Laden auf, und der Wirt schaltete den Fernseher ein. In Südafrika hatte das Parlament die Rassentrennung in öffentlichen und betrieblichen Einrichtungen beendet. Jetzt durften alle die Schwimmbäder und Bibliotheken nutzen. Die Menschen hatten Jahrzehnte protestiert, sich gewehrt, waren auf die Straße gegangen, hatten gekämpft. Ich weiß noch, dass ich dachte, unfassbar, dass die Apartheid bis ins Jahr 1990 andauern konnte, als die Tür aufging und dieser Mann mit Wollmütze hereinkam. Er stellte sich neben mich und fragte den Wirt nach einer Schüssel Wasser.

»Für den Hund?«, brummte der Wirt.
»Nein«, sagte der Mann, »fürs Fahrrad.«
Ich musste lachen. Und der Mann erklärte, er habe einen Platten, brauche das Wasser, um die defekte Stelle im Reifen zu finden. Während er anschließend draußen den Schlauch reparierte, kam ich mit dem Wirt über die Situation in Südafrika ins Gespräch, trank noch zwei Kölsch. Der Mann mit der Zipfelmütze brachte die Schüssel wieder rein, bedankte sich. Ich zahlte und machte mich auf den Heimweg. Damals wohnte ich um die Ecke. Und plötzlich radelt die Zipfelmütze an mir vorbei, bleibt stehen, fragt: »Soll ich Sie mitnehmen?«, und zeigt auf den Gepäckträger. Ich musste erneut lachen und ließ mich die fünfzig Meter über den Bürgersteig nach Hause kutschieren. Prompt stoppte uns ein Polizist. Und Konrad sagte zu dem: »Entschuldigung, aber wir sind frisch verliebt, da macht man schon mal eine Dummheit.«
Und der Polizist drückte ein Auge zu und sah von einem Bußgeld ab. Ich habe Konrad dann spontan geküsst. Das war schön, so anders.
Donnerstag drauf war Weiberfastnacht und wir haben zusammen gefeiert. Konrad mit Watte in den Ohren gegen die laute Musik. Die Fortsetzung kennen Sie ja. Eineinhalb Jahre später Hochzeit. Ab da wurden wir uns auch der Unterschiede bewusst. Ist was anderes, ob man sich ein paarmal in der Woche sieht oder tagein, tagaus alles teilt. Vor allem das Gebete fand ich schräg. Halt ungewohnt. Ich bin nicht mal getauft. Meine Großeltern waren stramme Sozialisten, KZ überlebt, und die hatten viel zu sagen in unserer Familie. Und dann kommt Konrad, der keinen Happen zu sich nehmen konnte, ohne unserem Herrn zu danken. So war das auch bei der Hochzeit. Ich

wollte Opulenz, Konrad die Kirche. Verstehen Sie mich nicht falsch. Wir haben das gut hinbekommen. Ich habe ihm weder Vorhaltungen noch Vorschriften gemacht und er mir auch nicht. Man muss die Eigenheiten des anderen einfach hinnehmen können. Oder wollen Sie ihr Ebenbild heiraten?

Ich selbst glaube weder an Gott noch an den Sozialismus. Für Ersteren fehlen mir die Beweise und Letzterem widerspricht der Eigennutz des Menschen. Ich finde es in Ordnung, dass derjenige, der mehr arbeitet, dafür auch mehr Lohn möchte. Aber dabei belassen es viele nicht. Um ans Ziel zu kommen, ist den meisten jedes Mittel recht.

Können Sie sich vorstellen, wie ich ausgesehen habe, als dieser Journalist mich mitten in der Nacht aus dem Bett holte? Ich habe tief geschlafen und plötzlich hämmerte es unten gegen die Tür, als versuche jemand, sich gewaltsam Zutritt zu verschaffen. Um zwei Uhr nachts. Ich war erst völlig verwirrt. Dann dachte ich, dass es Konrad sei. Ich bin runtergelaufen, habe die Tür aufgerissen und stand im Nachthemd im Blitzlicht. Und dieser schwergewichtige, glatzköpfige Journalist fragt, was ich dazu zu sagen hätte, dass mein Mann der RAF angehört? Ich war sprachlos. Dann wieder das Blitzlicht und die Frage, ob die Kunden meiner Firma diese Entwicklung guthießen. Ich habe ihm die Tür vor der Nase zugeknallt. Schlafen konnte ich danach nicht mehr. Und zwei Tage später sehe ich mich in der Zeitung. Furchtbar. Mein Anwalt riet von einer Anzeige ab. Die hätte nur noch mehr Öffentlichkeit gebracht, was schlecht für die Firma gewesen wäre. Aber das werde ich nicht vergessen. Man trifft sich immer zweimal im Leben. Wer mich wirklich unterstützt, ist Matteck. Der ist ein Guter. Lebenslustig. Hätte der studiert, wäre was ganz anderes aus ihm geworden. Der hat auch Konrad immer aufgebaut. Bei dem konnte mein Mann abschalten. Als Wirt ist das Gold wert. Der steht ja jetzt wieder öfter selbst hinterm Tresen. Ich zum Beispiel schaue gerne Fußball. Konrad wollte wegen des Lärms aber nie mit mir ins Stadion. Also habe ich gar nicht erst versucht, an Karten zu kommen. Was macht Matteck, als er hört, dass ich Fußball-Fan bin? Nimmt mich mit ins Stadion. Er besitzt, seit seiner Ehe damals, zwei FC-Dauerkarten. Und verschenkt jedes Mal die zweite für die Heimspiele. Fand ich nett. Nach Konrads Verschwinden haben wir viel miteinander telefoniert. Das hat mir Halt gegeben. …

13. Erste Befragung von Matthias Weber, genannt Matteck, aufgezeichnet am 15. August 2018 (Fortsetzung)

Hat Konrad Schnittweg Sie nie aufgefordert, an den Versammlungen der Schwarzen Zellen teilzunehmen?
Was soll das denn sein? Schwarze Zellen. Klingt nach Chemotherapie.

Der Kapitalismus als Geschwür?
Ach, kommen Sie. Das ist doch albern.

Finden Sie? Sie hatten ab Ihrer Begegnung am Rhein regelmäßig Kontakt mit Herrn Schnittweg?
Klar. Wir waren ja schon Freunde beim Bund. Daran hat sich bis heute nichts geändert. Sie mögen denken, so ein Intellektueller und dann ein Wirt, das passt nicht zusammen. Und wie das passt. Wir haben ab 74 sehr viel zusammen unternommen, nicht immer aus der gleichen Motivation heraus und auch die Ziele waren oft anders, aber gemeinsam. Für mich waren die Demos damals beispielsweise reinstes Abenteuer, Abschalten von der Kneipe, von der Ehe, rein ins Vergnügen. Für Konrad war das Ganze ein ernstes Anliegen. Wie soll ich das sagen? Für mich war es auch ernst, aber eben nicht so, eben vermischt mit der Lust an Freizeit. Konrad hat argumentiert und er war sehr überzeugend, wenn es gegen den Bau des Atomkraftwerkes ging. Er wäre ein guter Grünen-Politiker ge-

worden. Ich habe damals nur gesagt: »Das will ich nicht, dieses AKW«, und basta. Aber wir sind zusammen hin. Wir waren schon bei der ersten Demo im Oktober 76 in Brokdorf. Mir hat das gefallen. Ich war auf der Heimfahrt total aufgekratzt. Konrad eher niedergeschlagen, als hätte er geahnt, dass all das Demonstrieren nichts helfen wird. Aber wir sind auch zusammen ins Schwimmbad oder haben uns im Park gesonnt.

Hatten Sie so viel Zeit? Sie mit der Kneipe. Und Herr Schnittweg als fleißiger Student.
In meinem Gewerbe heißt das: Leever ene Buch vum Suffe wie ene Buckel vum Arbeide. Ich hatte von Anfang an Studenten, die hinterm Tresen standen. Tine hat deshalb immer Probleme gemacht, weil sie fand, dass nicht genug Geld reinkomme. Und Kinder wollte sie auch. Da sind Welten aufeinandergeprallt. Konrad wusste, dass der Mensch ohne Muße gar nicht denken kann. Aber ich war schon baff, als er mir dann sagte, er studiere Philosophie und nicht Medizin. Ich habe da aber auch nie durchgeblickt. Der hat ja zwei Studiengänge gleichzeitig gemacht. Mindestens. Aber keiner davon war Medizin, was er doch eigentlich wollte. Und dann hat er irgendwann doch Medizin studiert. Erst Philosophie und Psychologie. Parallel dazu ein Lehramtsstudium in Biologie, Sport und Religion. Da drin hat er 1976, während der Brokdorf-Zeit, sein erstes Staatsexamen gemacht. Und dann sagt er mir zwei Jahre später, er habe gerade seine Diplomarbeit in Pädagogik über jugendliche Strafgefangene abgegeben. Und während ich denke, wie geht das zusammen, erklärt er mir, er sei nun für Medizin eingeschrieben. Da habe ich dann aufgehört, nachzufragen. Er hat halt alles ausprobiert, aber

auch miteinander in Beziehung gesetzt. Selbst erlebt und dann kombiniert. Das ist schon eine Stärke. Auch wie er Theorien verband, sie nicht einfach nebeneinander stehen ließ, als wüchsen dazwischen riesige Buchenhecken. Ich kenne mich da nicht aus, aber wenn es um Theorien ging, war Konrad gesprächig. Er hat mir mal erklärt, dass in der Bindungstheorie viele Links zur Individualpsychologie zu finden sind und von da aus Fäden zur kognitiven Psychologie und zur Familientherapie verlaufen. Ich mein', allein, dass ich diese Begriffe noch im Kopf habe, zeigt, wie fantastisch er davon erzählen konnte. Ich krieg' die Inhalte aber nicht mehr zusammen. Er hat sogar während des Studiums an einer Selbsterfahrungsgruppe teilgenommen. Aus reinem Willen, zu lernen.

Ich dachte, Herr Schnittweg hat eher zugehört als gesprochen?
Ja, er hat nichts von sich erzählt, aber wenn es um Fachliches ging, loderte er.

War Herr Schnittweg religiös? Oder war das auch reiner Wissensdurst?
Er war religiös. Aber als Form der Moral. Das hatte nichts mit Kirche zu tun. Ich weiß noch, wie er in den Achtzigern den Kopf über Papst Johannes Paul II. schüttelte. Sie werden sich daran kaum erinnern können, so jung, wie Sie sind. Aber der Papst damals hat ziemlich deutlich gemacht, was für eine politische, machtbesessene Institution der Vatikan ist. Auf der einen Seite die massive Unterstützung von Solidarność in Polen, was wir gut fanden. Auf der anderen Seite Aktionen gegen die Befreiungstheologie in Südamerika, was wir scheiße fanden. Für einen wie

den Papst passte das zusammen: Hauptsache, nirgends setzten sich linke Ideen fest. Es ging ihm gar nicht um das Wohl der Unterdrückten. Die Polen litten unter der kommunistischen Regierung. Aber die Bauern in Nicaragua setzten ihre Hoffnungen auf die Sandinisten, weil die den Armen halfen. Jemand wie Ernesto Cardenal war katholischer Priester und saß dort in der Regierung, und prompt verweigerte der Papst diesem Mann seinen Segen, als der am Flughafen vor ihm kniete. Andere verloren ihr Amt als Priester. Wir fanden das so widerlich reaktionär, ein Schlag ins Gesicht der Armen.

Das klingt durchaus nach dezidierter Positionierung.
Vom Papst?

Von Ihnen und Herrn Schnittweg.
Natürlich waren wir engagierte Zeitgenossen. Wir waren jung und überall wurden uns Missstände bewusst. Wissen Sie, was das für Zeiten waren?! Es gab die Friedensbewegung, die Demos gegen AKWs. Die Grünen formierten sich. Das waren Hunderttausende, die auf die Straße gingen.

Es war auch die Zeit der RAF.
Ja, die gab es auch.

Wie schätzen Sie denn das Verhältnis von Herrn Schnittweg zu Frau Silke Bracht ein?
Silke war leicht unsichtbar, hat gerne auf unschuldiges Mädchen gemacht, aber die hatte es schon damals faustdick hinter den Ohren. Konrad kam immer allein zu unseren Treffen. Ich ja auch. Und damals erzählte er, wie gesagt, nichts von sich. Deshalb war ich ziemlich baff, als

dann plötzlich die Einladung zu seiner Hochzeit mit Silke im Briefkasten lag. Leck mich en der Täsch, habe ich gedacht.
Die Party lief dann eher in aller Stille ab. Nach dem Standesamt ging es in ein Lokal in der Nähe. Anwesend waren die Eltern der beiden und die Trauzeugen, also ich und eine Freundin von Silke, deren Namen ich vergessen habe. Nicht mal die Geschwister waren eingeladen. Silkes Vater war Architekt und die Mutter Kinderärztin. Konrads Eltern waren Bauern. Die haben kein gemeinsames Thema gefunden. Silkes Freundin fand ich fürchterlich mit ihrer aufgesetzten Heiterkeit. Und Silke selbst spielte das Mauerblümchen, das Angst hat, gleich die Jungfernschaft zu verlieren. Ich habe mich dann so betrunken, dass ich später über einen Tisch gefallen bin und am Kopf blutete. An viel kann ich mich nicht mehr erinnern.
Die Jahre danach fuhr Silke ab und an mit zu den Demos und ich ließ sie bei mir im Laden kellnern. Da habe ich auch mitbekommen, was sich hinter der unschuldigen Fassade versteckt. Weil einige Stammgäste sich beschwerten. Sie hatte so einen miesen Ton drauf, der immer aus dem Hinterhalt kam. Man machte einen Witz, alle lachten, und da rein sprach die Silke einen schuldig, sodass der ganze Raum sich sofort mit Frost überzog. Alles wurde kalt. Einfach unangenehm. Ich habe mit ihr geredet. Auch mit Konrad. Der hat aber nur zugehört und nichts geantwortet. Silke hingegen hat mich »Arschloch« genannt und angefangen, Rum und Whisky zu klauen. Dauernd fehlten Spirituosen. Keine Ahnung, ob sie die Flaschen verkaufte oder in den Mülleimer warf, nur um mir zu schaden. Ich habe sie trotzdem behalten, weil Konrad mein Freund ist. Aber irgendwann ging es nicht mehr. Sie hatte den

Kopf von Bernd, einem immer betrunkenen, aber harmlosen Stammgast, auf die Theke geknallt. Ich weiß nicht, was der zu ihr gesagt hatte. War mir auch egal. Da war dann Schicht. Ich kann keinen Laden für eine bescheuerte Kellnerin führen und die Gäste bleiben weg. Die Ehe ging ja auch schnell den Berg hinab, was ich schon am Hochzeitstag hätte unterschreiben können. Was Konrad an der gefunden hat, ist mir bis heute ein Rätsel. Vielleicht war die auf anderen Gebieten 'ne Granate. Oder er hat sie geheiratet, weil sie oft still war. Konrad mochte, wie gesagt, keinen Krach.

Und die jetzige Frau Schnittweg? Wie schätzen Sie diese Relation ein?

»Die Präsidentin« ist da 'ne ganz andere Nummer. Für mich war sie immer »die Präsidentin«. Die hat so was Aristokratisches, aber ohne Arroganz. Einfach angeboren. Vielleicht würden einige sagen, die hat einen Stock verschluckt, aber die hat einfach Haltung, Würde. Läuft ja auch immer in diesen Hosenanzügen rum, die ihren Körper betonen, aber zugleich sagen: Bleib mal schön fern. Auf Männer wirkt so eine Unnahbarkeit. Die werden dann zu kleinen Jungs, die das wollen, was sie nicht haben dürfen. Also im übertragenen Sinne. Ich glaube, von der hat sich Konrad gerne unterdrücken lassen. Das ist vielleicht das falsche Wort. Er hat gerne nachgegeben. Also alles in allem eine normale Ehe.

Auf der Hochzeit waren geschätzt hundertfünfzig Leute. Ich bin mir sicher, Konrad kannte nicht mal ein Drittel davon. Aber das passte zur Präsidentin. Und gegen die Musikkapelle hatte er sich Wachsbällchen in die Ohren gestopft. Rieke schritt die Reihen der Tafelnden ab und war die perfekte Gastgeberin. Natürlich war vorher kirchlich geheiratet worden. In Weiß und mit einer Schleppe, Halleluja. Und fürs Essen hatte sie sich umgezogen, heller, beigefarbener Hosenanzug, der sie als Braut und Managerin zeigte.

Herr Schnittwegs Bruder Rainer soll auf der Hochzeit aufgefallen sein.
Wieso?

Er soll der Braut übertrieben viel Aufmerksamkeit geschenkt haben.
Davon weiß ich nichts. Die Brüder sind schon sehr verschieden und auch wieder nicht. Zumindest auf den ersten Blick passen sie zusammen, weil beide nicht viel reden, eher zuhören. Aber während Konrad immer weiter alles in sich aufnimmt, gibt es bei Rainer den Moment, wo er gefüllt ist und nichts mehr aufnehmen will, und dann kann er die Kontrolle verlieren, verbal und physisch. Eben wie damals in Brokdorf. Eigentlich passt der gut zu Silke. Aber nicht zur Präsidentin. Die es e Nummer ze jroß.

Das Kölsche hat es Ihnen aber angetan.
Noch ben isch ene Imi un kei Kölsche. Ävver wat net es, dat kann noch weede.

…

14. *Kölnische Tagespost*, Freitag, 29. Juli 2011

Ich möchte alles vergessen!

Die tragische Geschichte der Konstanze Sommer

Von Axel Keider

Es sah nach einem Neuanfang aus und endete in der »Kolonie der Würde«.

Konstanze Sommer ist gerade einmal vier Jahre alt, als ihre Eltern 1967 beschließen, Deutschland den Rücken zu kehren und ihrem Vorbild Paul Schäfer zu folgen, einem Sektenführer, gegen den zur damaligen Zeit aufgrund von Anzeigen wegen Vergewaltigung von zwei Jungen ermittelt wurde. Der in Troisdorf bei Köln geborene Schäfer war 1961 zusammen mit seinen Anhängern nach Chile geflohen und hatte auf einem Charterflug für eine angebliche Chorfahrt etwa hundertfünfzig Kinder, die ihm anvertraut worden waren und die hätten gegen ihn aussagen können, mit nach Südamerika genommen. Die größte Massenentführung, die es je in der Bundesrepublik gab. Vierhundert Kilometer südlich der chilenischen Hauptstadt gründete er seine Colonia Dignidad, eine Siedlung, die für die Anhänger zum Arbeitslager wurde. Die Mitglieder mussten ihr gesamtes Vermögen der Gemeinschaft übergeben und sechzehn Stunden am Tag unentgeltlich schuften. Dafür wurde ihnen ein urchristliches Leben im gelobten Land versprochen, eine Täuschung, auf die auch Konstanzes Eltern hereinfielen. Kaum angekommen, wurde das Mädchen von den Eltern getrennt und auch das Ehepaar musste in Unterkünften übernachten, die jeweils nur einem Geschlecht vorbehalten waren. Während der Sektenführer von seinen Mitgliedern sexuelle Enthaltsamkeit forderte, verging er sich regelmäßig an ihren Kindern. Vor allem die Jungs hatten es dem Pädophilen angetan. Die Mädchen hingegen erlitten Misshandlungen, wurden geschlagen und versanken in einem Alptraum aus Angst und Terror, der sie willenlos machte.

So auch Konstanze Sommer, die an manchen Tagen solche Schmerzen hatte, dass sie kaum gehen konnte. Helfen konnten ihr weder die Mutter noch der Vater, die selbst Opfer dieses Terrors wurden. An Flucht zu denken, schien unmöglich, wurde die Siedlung doch durch Sicherheitspersonal sowie Kameras und Abhörmikrofone überwacht. Die angrenzenden Wälder waren mit Drähten durchzogen, die bei Berührung Warnsignale auslösten. Konstanze Sommers Mutter hielt die Schläge und Misshandlungen nach vier Jahren nicht mehr aus und wagte es, trotz aller Gefahren, die Umzäunung zu überwinden. Sie schaffte es tatsächlich bis zur deutschen Botschaft in Santiago de Chile. Aber der dortigen Diplomatie war das Ansehen deutscher Institutionen, also auch der Colonia Dignidad, wichtiger als die Hilfe für einige Siedler. Noch in der Botschaft erhielt Frau Sommer vom herbeigeeilten Sicherheitspersonal der Kolonie eine Betäubungsspritze und wurde zurückgebracht. Im Krankenhaus der Colonia wurde sie mit Elektroschocks behandelt und anschließend unter Medikamente gesetzt. Sie magerte so sehr ab, dass ihr die Kraft fehlte, das tägliche Arbeitspensum zu bewältigen, was zusätzliche Strafen nach sich zog.

Konstanzes Vater fügte sich den Regeln der Gemeinschaft und überließ Frau und Tochter ihrem Schicksal.
Nach außen wirkte die »Wohltätigkeits- und Bildungsgemeinschaft Würde« wie ein hervorragend geführtes landwirtschaftliches Gut, dessen Gemeinde sich aus reinem Altruismus auch um kranke Kinder außerhalb der Siedlung kümmerte und sie im eigenen Hospital zur Behandlung aufnahm. Schäfer ließ vor allem elternlose Kinder und solche armer Bauern im Krankenhaus behandeln, mit der Absicht, sie so der Sekte zuzuführen. Auch die achtjährige Consuela war aus der heimischen Behausung abgeholt worden, weil man von ihrem Fall gehört hatte. Sie litt an Hepatitis. Zurück zu den Eltern kam sie nie wieder.
Konstanze Sommer freundete sich mit Consuela an, obwohl private Gespräche untersagt waren. Die beiden entwickelten ein Zeichensystem, um miteinander zu kommunizieren, ohne dass die Aufseher dies mitbekamen. So sprachen sie sich gegenseitig Mut zu, wenn sie tagelang nur einmal am Morgen und einmal am Abend Wasser trinken durften. Oder wenn eine von ihnen misshandelt worden war. Sie hatten nur wenige Zeichen, aber diese zeigten: Du bist nicht allein. Manchmal durften sie zusammen mit anderen zum Fluss gehen und die Füße hineintauchen. Schuhe trugen sie sowieso nicht. Bei dreißig Grad im Schatten waren sie gezwungen, barfuß über den heißen Boden zu laufen, um die Sohlen des Schuhwerks, das nur für besondere Anlässe vorgesehen war, nicht abzunutzen.
Heute sagt Konstanze Sommer, sie hätte die Colonia Dignidad ohne Consuela niemals überlebt.

Eines Nachts, nachdem Konstanze die Wunden ihrer Freundin gesäubert hatte und beide eingeschlafen waren, rissen zwei »Tanten«, wie die Aufpasserinnen genannt wurden, ihnen die Decken vom Leib und brüllten sie an, sie hätten gesündigt. Draußen war es stockdunkel. In ihren Nachthemden wurden sie zu Schäfer gebracht, der sie einzeln verhörte. An seiner Seite standen die Tanten, die zuschlugen, wenn die Mädchen nicht schnell genug antworteten. Der Vorwurf lautete: Unzucht, heimliche Berührungen, gleichgeschlechtlicher Sex. Unter Tränen gab Konstanze an, nur die Wunden von Consuela gesäubert zu haben, Wunden, die durch Schläge der Tanten entstanden waren. Was dann folgte, ist kaum zu beschreiben. Konstanze gab unter den Misshandlungen schließlich zu, gegen Gott gehandelt zu haben, was dazu führte, dass nicht sie weiter bestraft, sondern Consuela über Wochen in einem Keller eingesperrt wurde. Zur gleichen Zeit brachte der chilenische Geheimdienst unter Pinochet politische Gegner in die Siedlung und folterte sie im Keller nebenan. Brachte man Consuela etwas zu essen, hieß es: »Die du schreien hörst, haben auch gegen Gott gehandelt.«

Während Schäfer über die Schlechtigkeit der Welt außerhalb der Siedlung predigte, die Apokalypse heraufbeschwor und die Geborgenheit der eigenen Gemeinschaft hervorstrich, kämpfte Konstanze mit der Schuld, ihre Freundin verraten zu haben. Als Consuela aus ihrem Verlies entlassen wurde, mied sie Konstanze, ging ihr aus dem Weg, beantwortete deren Zeichen nicht mehr. Zwei Wochen später erhängte sie sich mit einem Laken an einem Haken im gemeinsamen Schlafzimmer. Sie war achtzehn Jahre alt.

Von da an versank Konstanze Sommer in einem Nebel, aus dem sie bis zuletzt nicht mehr herausgefunden hat. Sie machte nicht nur sich Vorwürfe, sondern unausgesprochen auch ihren Eltern, die sie manchmal bei der Arbeit

auf dem Feld sah, die ihr aber so fremd geworden waren, als hätte sie nie etwas mit ihnen zu tun gehabt.
Heute steht fest, dass der deutsche Botschafter in Chile sowie der Bundesnachrichtendienst bereits seit 1966 um die Zustände in der Kolonie wussten und nichts unternahmen.
1991, ein Jahr, nachdem Pinochet die Macht im Land abgeben musste, wurde die Colonia Dignidad offiziell aufgelöst. Paul Schäfer tauchte unter und entzog sich der Festnahme. Die Siedler aber lebten ihr Sektenleben weiter. Die Angst, ihr Anführer könne zurückkehren, wurde von Mitarbeitern wachgehalten. Doch Schäfer kam nicht wieder. 2005 wurde er in Argentinien verhaftet und in Chile zu zwanzig Jahren Zuchthaus verurteilt. Er starb 2010. Erst nach seinem Tod verließ Konstanze Sommer die Kolonie und machte sich auf den Weg zurück nach Deutschland.
Heute, im Jahr 2011, ist sie eine gebrochene Frau, tablettensüchtig, die über vierzig Jahre ihres Lebens nicht nur verloren hat, sondern diese Zeit so traumatisiert überlebte, dass eine normale Existenz für sie wie eine ferne Utopie wirkt. Die Helfershelfer von Paul Schäfer sind nach wie vor größtenteils auf freiem Fuß. Einer davon, der Arzt der Sekte, der ihre Mutter mit Elektroschocks behandelt hatte, lebt heute in Deutschland. Was für eine Vorstellung für Konstanze Sommer, diesem Mann hier in der Fußgängerzone zu begegnen.

15. Guido Immertals Audio-Rekorder, 19. Mai 2010

Hallo, Guido.
Hi, Konrad.

Was trinkst du denn da?
Bier mit Grenadine. Ich mag die Mischung, herb und süß.

Und sonst?
Wie soll es mir schon gehen, wenn rundum alle so tun, als sei der Neoliberalismus kein Problem? Manchmal habe ich das Gefühl, Empathie ist ein Gendefekt. Die in Griechenland demonstrieren auch nur, weil es um die eigene Tasche geht. Hör dir mal die Interviews in den Nachrichten an.

Kann man niemandem verdenken.
Doch. Als würde deren Ausbeutung rein zufällig passieren. Die Banken werden gerettet, die sozial Schwachen niedergedrückt. Wieso setzen die, die auf die Straße gehen, nicht tiefer, radikaler an?

Die Ausschreitungen in Athen sind voller Gewalt. Es brennt.
Gut so!

Wovon lebst du eigentlich?
Was meinst du?

Wenn der Staat das Böse ist, wirst du ihn wohl kaum mit deiner Arbeitskraft unterstützen.
Richtig.

Was darf ich bringen?
Ein Wasser, bitte. Sprudel.
Mir noch mal das Gleiche. … Für die Revolution wird man nicht bezahlt. Da hast du recht. Ich lebe von Sozialhilfe. Und sage das mit Stolz.

Mit Ende vierzig?
Was soll das? Ich dachte, du hättest begriffen, in welcher Falle wir sitzen.

Weil du mir seit drei Monaten die Revolution predigst?
Ich verstehe dich nicht. Du siehst, dass wir immer mehr an Demokratie einbüßen, siehst den Rechtsruck in Europa als Folge der europäischen Politik, weil sie die Gräben in der Gesellschaft vertieft. Du sagst, dass die Überwachung zunimmt und die Polizei immer repressiver wird. Du sprichst von Machtmissbrauch. Aber wenn ich dann sage, lass es uns ändern, wirst du ironisch. Dann lass dich weiter treten.

Ich mag das Schwarz-Weiße nicht.
Welcher Aspekt ist denn gut an Ausbeutung?

Es geht um die Methode. Menschen zu verletzen oder zu töten, ist kein Kollateralschaden. Vieles, was politisch gerechtfertigt sein mag, kann ich moralisch nicht akzeptieren. Das ist das Dilemma.
So produziert man die eigene Handlungsunfähigkeit und rechtfertigt das Nichtstun.

Ein Sprudel. Und einmal Kölsch-Grenadine.
Danke.
Danke.

Dich nennen sie »Lenin«. Findest du das toll, was Lenin geschaffen hat?
Ich hasse den Namen. Habe ich mir nicht ausgesucht. War auch jemand mit Ironie, der auf diesen bescheuerten Spitznamen kam. Und weitere Ironiker fanden die Ironie dann lustig. Ich habe es noch nicht einmal mit Marx, obwohl er vieles gesehen und analysiert hat. Bakunin beschreibt ihn als einen durch und durch autoritären Denker. Und Bakunin liegt mir näher. Keine Macht für niemanden. Für Bakunin spielt es keine Rolle, ob Herrschaft durch eine Monarchie oder durch die Diktatur des Proletariats ausgeübt wird. Freiheit ist ein Zustand der gleichen Freiheit für jeden durch die Freiheit aller. Und das kriegen wir nur durch Gewalt hin, weil niemand seine Privilegien freiwillig aufgibt. Dafür sitzt die Gier zu tief.

Was du Gier nennst, ist ein menschliches Bedürfnis. Genug Platz zum Wohnen. Nicht jeden Tag das Gleiche essen zu müssen. Hat Bakunin nicht auch gesagt: »Jedem nach seinen Bedürfnissen«?
Er hat auch gesagt: »Seien wir Sozialisten, aber werden wir nie Herdenvölker.« Gleichheit ist keine Gleichmacherei. Das hatten wir damals im Ostblock. Ich lade dich zu unseren Treffen ein. Komm mal mit zu den Schwarzen Zellen. Vielleicht glaubst du jemand anderem mehr. Da sind helle Köpfe dabei.

Es geht nicht um Glauben. Es geht darum, adäquat auf die Handlungsunfähigkeit des Staates zu reagieren. Wir brauchen das Primat des Politischen wieder und nicht wie jetzt die Vormachtstellung der Wirtschaft.
Also, wenn einer es mit dem Glauben hat, dann ja wohl du.

Das ist was anderes.
Nee. Dein Gott schaut doch zu, wie alle verrecken. Gerade dein Glaube führt zur Untätigkeit. Gott wird es schon richten. Wer Gott sagt, sagt Unterwerfung. Wenn du Freiheit haben willst, ist die Voraussetzung die Ablehnung der Idee Gottes.

Schöne markige Sprüche, die so einseitig daherkommen, dass ich mich frage, ob du das ernst meinst. Der Glaube gibt Stärke. Das Ziel, das du verfolgst, ist doch genauso durchtränkt von Glauben. Nur heißt dein Gott Revolution.
Ich selbst bin die Revolution. Ich verlagere nichts irgendwohin, damit ich die Hände in den Schoß legen kann. Ich stehe in keiner Abhängigkeit. Ich bin Widerstand. Meine Aufgabe ist es, durch Zerstörung der Herrschaftsverhältnisse – und da denke ich Gott mit – das Fundament freien Denkens zu schaffen.

Frag doch mal die Kölner, ob sie bereit sind, den Staat zu zerstören. Ich bezweifele, dass du einen findest, der mit »Ja« antwortet. Die Mehrheit ist gegen Revolution. Deshalb wäre dein Handeln zutiefst undemokratisch.
Irrtum. Solange die Produktionsmittel in den Händen weniger sind und dieser Zustand das Denken bestimmt, haben wir keine Demokratie, weil der Abhängige in seiner Entfremdung das denkt, was die Gesellschaftsverhältnisse

ihm eingeben. Er ist nicht frei, sondern fremdbestimmt. Deshalb braucht es auch den Revolutionär, weil der bereits den Kreis der Abhängigkeit durchbrochen hat. Er ist in der Freiheit.

Also du bist frei und ich nicht?
Ja. Du kannst ruhig lachen. Aber wer meint, eine Gesellschaft entwickele sich einfach so zum Guten, zeigt deutlich seine Denk-Abhängigkeit von den Produktionsverhältnissen. Nenn mir einen Fall, bei dem die Unterdrückten frei wurden, weil sie nichts taten. Den gibt es nicht.

Nenn du mir einen Fall, bei dem die Revolution zu einer besseren Gesellschaft führte. Richtig ist, dass die Kämpfe die Dinge änderten, aber für die meisten Betroffenen wurde das Leben nicht besser. Schau dir die Unabhängigkeitskämpfe an, durch die berechtigterweise die Kolonialmächte vertrieben wurden. Algerien, Tunesien oder auch Haiti. Meinetwegen China. Alle rutschten schnell in einen Einparteienstaat.
Es geht halt nicht alles auf einmal. Wer sein Leben lang nicht frei war, muss Freiheit lernen.

Durch eine Diktatur? Das ist ein Witz!
Hörst du eigentlich zu? Ich habe doch klar und deutlich gesagt, dass ich jegliche Diktatur ablehne. Aber alles braucht seine Zeit. Wie soll denn jemand von heute auf morgen seine Gier vergessen, wenn er nie was anderes gelernt hat? Zudem sind die Produktionsverhältnisse bei deinen erwähnten Befreiungskriegen nie geändert, sondern nur übertragen worden, von den Kolonisatoren auf eine neue Nomenklatura. Es ist nun einmal so, dass Freiheit ohne

Sozialismus eine Privilegienwirtschaft nach sich zieht. Ich möchte niemanden vertreiben, ich möchte die Verhältnisse ändern. Das ist die Dialektik des Befreiungskampfes. Wir leben in einer Gesellschaft, in der die Produktionsverhältnisse nicht stimmen. Das ist die These. Die Antithese lautet, ich begehe Attentate, um diese Verhältnisse zu stören, und aktiviere so den Denkprozess über sie. Das Resultat ist eine bessere Gesellschaft, weil durch diesen immer wiederkehrenden Wecker mehr und mehr Menschen die Verhältnisse in Frage stellen. Eigentlich eine einfache Addition zweier Negationen, die als Synthese ein positives Resultat ergeben.

Unsere Existenz ist keine Gleichung. Es ist ein gewaltiger Fehler, zu denken, der Mensch funktioniere wie eine Maschine. Man kann nicht davon ausgehen, ihn mit etwas füttern zu können, damit etwas Bestimmtes mit Sicherheit herauskommt. Das geht komplett am Menschen vorbei.
Die Alternative ist, ihn gar nicht zu füttern, ihn verhungern zu lassen. Oder ihn von der Ideologie der Wirtschaft füttern zu lassen. Das Resultat, und das sagst du doch selbst, ist ein Jean-Marie Le Pen in Frankreich, ein Geert Wilders in den Niederlanden, in Italien findet Matteo Salvini mehr und mehr Zulauf, Großbritannien hat Nigel Farage, Österreich hat die FPÖ und in Ungarn wurde gerade Viktor Orbán gewählt. Und deren Anhänger werden nicht so viele Bedenken haben, wenn es darum geht, ihre Ziele zu erreichen. In den nächsten Jahren werden zunehmend Terroranschläge von rechts kommen. Da gebe ich dir mein Wort drauf.

Ich kenne die Lage, danke. Aber wenn wir es fertigbringen, das Politische wieder dominieren zu lassen, seine Rolle neu definieren, weg von seiner momentanen Funktion als verlängerter Arm der Wirtschafts- und Finanzlobby, dann ist unsere parlamentarische Demokratie eine wunderbare Möglichkeit, Gerechtigkeit zu schaffen.
Diese Möglichkeit hatte die Demokratie schon immer. Hat sie sie je ergriffen? Warum stehen wir denn da, wo wir stehen? Jeder in diesem Land ist für Frieden, mit dem Resultat, dass die Bundesrepublik einer der größten Waffenexporteure weltweit ist. Tendenz steigend. Jeder in Europa, schätze ich mal, ist dafür, dass der Hunger in der Welt aufhört, mit dem Resultat, dass die EU Handelsverträge abschließt, die die Binnenmärkte in den nichteuropäischen Ländern zerstören und den Menschen ihre Existenzgrundlage nehmen. Ich sage dir heute voraus, dass beides zusammen, Waffen und Handelsverträge, uns in nächster Zeit eine unfassbare Zahl an Flüchtlingen bescheren wird. Die Rechten werden dadurch noch stärker werden und Europa wird sich einmauern.

Ja. Aber die Frage bleibt, ob man das durch Attentate, durch den Versuch, den Staat zu zerstören, ändern wird. Oder ob es einen Zusammenhang zwischen Frustration und Gewaltbereitschaft bei Terroristen gibt, der mehr mit ihrer eigenen Psyche zu tun hat als mit dem Willen, die Welt zu verbessern.
War klar, dass so etwas früher oder später von einem Psychotherapeuten kommt. Ab und an tut es gut, über den eigenen Tellerrand hinwegzusehen, sonst gilt man im Volksmund allgemein als Fachidiot.

Soll ich meiner Frau sagen, dass sie die Firma unter ihren Technikern aufteilen soll? Und wir dann gemeinsam ein paar Nachbarn in die Luft sprengen werden?
Du unterschätzt deine Frau. Sie hat mehr revolutionäres Blut in den Adern, als du ahnst.

Sie ist einfach intelligent und eine gute Analytikerin.
Es gibt Chefs, deren Intelligenz zu anderen Resultaten führt als einer Umsatzbeteiligung für die Beschäftigten. Ich würde sogar sagen, deine Frau ist radikaler als du.

Das mit der Umsatzbeteiligung haben wir vorher gemeinsam besprochen. Ich fand das auch eine gute Idee.
Sie hat den Schwarzen Zellen schon Freundschaftsdienste erwiesen.

Jetzt wird es lächerlich. Ich muss auch mal los.
War trotzdem schön, sich mit dir zu unterhalten.

Jo. Wir sehen uns. Hier, bezahlst du mein Wasser mit?
Mach' ich.

16. Aus dem Sitzungsprotokoll »Guylain Kisula« (April 2001)

»Es war, als hätte ich zwei Mütter gehabt«, sagte Herr Kisula, »wenn die eine verhindert war, lief ich zur anderen. Meine leibliche Mutter hieß Marie Munongo. Sie hatte eine Formel gefunden, damit das Gemüse in unserem Garten immer größere Erträge brachte und sie alles auf dem Markt verkaufen konnte. Ich wusste nicht, wie sie das machte. Sie hat immer gesagt, dass Jesus uns hilft. Und so habe ich viel gebetet. Mutter begann irgendwann, öffentliche ›Messen‹ zu organisieren. Die Gläubigen versammelten sich an einem Ort hinter den Häusern, an dem ein großer Baobab stand, und sangen. Mir gab sie vor diesen Treffen einen alkoholhaltigen, scharfen Sud zu trinken, der meinen Kopf durcheinanderbrachte. Dann führte sie mich in die Mitte, hob das Kreuz mit dem eingeritzten Strichmännchen, näherte es meinem Gesicht und ich wusste, dass die Ahnen unterwegs waren und wenig später durch mich mit den Lebenden kommunizieren würden. Die ersten Jahre am Naivasha-See krampfte ich tatsächlich nur angesichts des Kreuzes. Schließlich bekam ich einen Anfall, ohne dass Jesus mir nahe gekommen war, einfach so auf der Straße. Die anderen Kinder, die bei mir gewesen waren, flüchteten, aus Angst, auch sie könnten Schaum vor dem Mund bekommen. Ein Anwohner hob mich aus dem Schlamm und brachte mich zu Mukami. Dort redeten die Ahnen anders mit mir, verlangten meinem Körper nichts ab. Sie kamen mit den Träumen, die ich Mukami anschließend erzählen musste. Manchmal lächelte sie dabei, manchmal sprang sie auf, zündete ein Büschel aus Gräsern und Kräutern an und wedelte damit durchs Wellblechhaus, bis es überall nach Rauch roch.

Meinen Vater Celestin Kisula habe ich nie wiedergesehen. Es hieß, er sei Chauffeur in Nairobi geworden, fahre einen wichtigen Mann durch die Gegend. Ich fand die Vorstellung von meinem Vater in einem Ledersitz hinterm Steuer schön, vermutete aber schon damals, dass das nicht sein konnte. Obwohl ich bis heute nicht wirklich weiß, ob es so war.

Mit sechzehn fing ich bei der deutschen Firma im Gewächshaus an zu arbeiten, weil ich begriff, dass meine Mutter meine Epilepsie-Anfälle missbrauchte, um den Gläubigen ihre Macht zu zeigen. Ich verstand, dass wir gar nicht mehr Gemüse als andere im Garten hatten. Mutter ging nicht zum Markt, um etwas zu verkaufen, sie ging zu denen, die Angst vor ihr hatten und die ihr Geld gaben, damit sie sie schützte und die Ahnen befragte. Weil ich nicht mehr ihr Medium sein wollte, suchte sie die Nähe zu Mukami, ging Kompromisse ein und blieb gefürchtet. Jetzt nicht nur von denen, die zu ihren Gottesdiensten gekommen waren, sondern auch von denen, die Mukami für die fähigste Heilerin am See hielten.
Das war die Zeit, in der unter den Schülern eine Lachepidemie ausbrach. Es gab immer mehr Kinder, die nicht mehr aufhörten zu kichern oder laut losprusteten. Erst war es eine Handvoll, dann waren es so viele wie eine Ziegenherde, schließlich Tausende und die Schulen mussten

geschlossen werden. Die Kinder bekamen keine Luft mehr, hatten verzerrte Gesichter. Es war gespenstisch. Sie wachten morgens auf und begannen zu lachen, konnten nichts essen, ohne sich zu verschlucken. Manche lachten sogar im Schlaf. Alle nahmen rapide ab. Viele weinten ununterbrochen vor Schmerz, während etwas sie zwang, weiterzulachen. Und meine Mutter und Mukami gaben mir die Schuld daran. Jesus lasse mich auslachen, weil ich Angst hätte, mit den Ahnen zu sprechen. Ich beraube die Gemeinschaft. Ich sei die Zunge für das Glück und verstecke meine Worte. Wenn ich nicht bald wieder mit den Ahnen in Kontakt träte, schneide mir Jesus die Zunge ab. Aber sie machten mir keine Angst mehr. Und das Lachen hörte nach zwei Monaten wieder auf. Dass ich dem Druck standgehalten hatte, habe ich Herrn Wollach zu verdanken. Er mochte mich wirklich sehr und gab mir eine Stunde am Tag Deutschunterricht. Jeden Morgen empfing er mich vor Schichtbeginn, brachte mir Grammatik, Aussprache und Vokabeln bei, ehe er mich zu den Rosen entließ. Deshalb zog ich auch von Anfang an den Neid der anderen auf mich. Ich kam aus dem Ausland und der Chef persönlich kümmerte sich um mich. Herrn Wollachs Rosenzucht war eine der ersten, die sich am See niedergelassen hatten. Danach kamen immer mehr. Und die zogen immer mehr Menschen an, die Jobs suchten. Ich weiß, dass Ende der Sechziger um die 7000 Einwohner dort lebten. Heute sind es über 200.000, schätze ich. Ich weiß, dass viele sagen, dass der Wasserstand durch die Rosenfabriken ständig abnimmt und dass sie den See verschmutzen. Aber ohne sie hätten wir keine Arbeit gehabt.

Ein Mann namens Kamau sollte mich einweisen. Als er zur Begrüßung sagte: ›Du kommst aus dem Kongo‹, und

dabei den Mund leicht verzog, wusste ich sofort, dass er mich nicht mochte. Das, was er mir zeigte, hätte ich auch ohne ihn am ersten Tag herausgefunden. Das, was er mir verschwieg, wäre nützlich gewesen. Er wusste, dass ich mir beim Schneiden der Rosen die Hände aufreißen und durch die versprühten Chemikalien Ausschlag bekommen würde. Herr Wollach sprach mich vierzehn Tage später auf mein Ekzem an und ich erzählte ihm, dass ich keine Handschuhe bekommen hätte. Danach hörte ich, wie Herr Wollach mit Kamau schimpfte. In dessen Augen flimmerte ab da nur noch Hass. Er ging mir aus dem Weg, hetzte die anderen Arbeiterinnen und Arbeiter auf. Wenn ich in ihre Nähe kam, verstummten die Gespräche. Das ging zwei Jahre lang so. Dann besprühte mich Kamaus Freundin Wambui eines Tages angeblich aus Versehen mit einem Pflanzenschutzmittel. Ich schrie und sie zuckte mit den Achseln, stellte das Gerät zur Seite. Es war gar nicht ihre Aufgabe, die Rosen von Ungeziefer zu befreien. Sie schnitt Rosen genau wie ich. Meine Lungen fühlten sich nach kurzer Zeit wie verklebt an. Ich lief zum See, sprang hinein, um die Pestizide von meiner Haut abzuwaschen. Danach legte ich mich ins Gras und versuchte zu Atem zu kommen. Dort fand mich Herr Wollach, der wissen wollte, warum ich mich während der Arbeitszeit sonnte.
Wambui und Kamau wurden entlassen. Und ich wurde Vorarbeiter. Ich denke bis heute, dass diese Aktion mit dem Sprühgerät verantwortlich für mein schlechtes Gedächtnis ist. Manchmal versuche ich, mich an verschiedene Dinge in Mukamis Haus oder an eine bestimmte Zeit am See zu erinnern und mir fallen nur Bruchstücke ein. Ich habe die Namen der Nachbarn vergessen, verwechsle die Arbeiterinnen im Rosenschnitt. Und ich habe mich seitdem nicht

mehr sicher gefühlt, schrecke bei jedem Schatten zusammen, fühle mich verfolgt, habe Kopfschmerzen. Als Vorarbeiter habe ich versucht, auch diejenigen, die auf Kamaus und Wambuis Seite waren, fair zu behandeln. Aber sie machten es einem nicht leicht. Mir konnten sie nichts mehr anhaben, also spuckten sie Antoinette vor die Füße. Antoinette Kyungu kam wie ich aus dem Kongo und wir hatten schnell geheiratet. Da war ich neunzehn. Herr Wollach half uns mit dem Hausbau, stellte uns Arbeitskräfte zur Verfügung. Das war eine schöne Zeit. Aber Antoinette hatte eine Fehlgeburt. Ich denke, wegen der Pestizide. Aber ich weiß es nicht. Für die anderen war der Teufel schuld am Tod des Kindes, weil wir ihm unsere Seelen verkauft hatten. So kippte die Zeit beständig. Mal Pech, mal Glück, mal Pech, mal Glück. Aber das Gefühl, jemand verfolge mich, ist immer stärker geworden. Bis heute. Das macht mich schlaflos. Wenn ich nachts hier durch die Stadt laufe, drehe ich mich alle paar Meter um, weil ich Geräusche höre, wo keine sind. In vorbeifahrenden Autos vermute ich meine Mörder. Sogar tagsüber erschrecke ich vor Hunden, die mich anbellen, weil ich denke, die werden jetzt von der Leine gelassen. Die Geschichten sind stärker als mein Kopf.«

17. Telefonat Silke Bracht/Guy Helminger (Februar 2019)

Helminger.

Hallo. Ich habe gehört, Sie schreiben ein Buch über Konrad Schnittweg.

Ich …

Wenn Sie mich erwähnen, möchte ich dafür Geld.

Mit wem spreche ich denn?

Silke Bracht. Ich bin die erste Frau von Konni.

Frau Bracht, es ist nicht üblich, Geld an jemanden zu bezahlen, nur weil man seine Person erwähnt.

Ich komme namentlich vor?

Weiß ich noch nicht. Vielleicht ändere ich alle Namen. Vielleicht auch nicht.

Ich empfinde das als Missbrauch.

Sie wissen doch gar nicht, was ich schreiben werde.

Wenn ich etwas über mich lese, das nicht stimmt, verklage ich Sie.

Wenn ich Ihren Namen ändere, kommen Sie in diesem Buch gar nicht vor.

Sie können kein Buch über Konni schreiben und mich nicht erwähnen.

Ich schreibe einen Roman, der auf Begebenheiten basiert. Das ja. Aber wenn ich die Dinge niederschreibe, wird aus ihnen Fiktion.

Sie erfinden dazu.

Nicht unbedingt. Aber ich kann die Geschichte natürlich so oder so erzählen.

Es gibt Fakten.

An die halte ich mich auch. Aber sie sind nur das Material. Ich schreibe keine Dokumentation.

Und nachher wird mich jeder erkennen?

Vielleicht.

Bei wem informieren Sie sich denn? Bei mir waren Sie ja noch nicht.

Ich habe meine Quellen.

Schnok. Jede Wette.

Woher kennen Sie denn Herrn Schnok?

Fragen Sie den doch mal nach Peter Pleimer. Da bin ich gespannt, wie der reagieren wird.

Woher kennen Sie Schnok?

Vielleicht, weil der mich besucht und Fragen zu Konrad gestellt hat.

Und was hat das mit Peter Pleimer zu tun?

Das fragen Sie mal Schnok. Ich meine nur, man darf nicht alles glauben, nur weil ein Polizeibeamter es einem erzählt. Aber Sie sind höchstwahrscheinlich gar nicht an der Wahrheit interessiert, sondern nur an Verkaufszahlen.

Frau Bracht, wenn Sie mir etwas mitteilen wollen, dann tun Sie das doch einfach. Diese Versteckspielchen sind kindisch.

Fick dich doch!

18. Details aus dem Schnok-Archiv (Februar 2019)

Wie man denn auf die Idee kommen könne, so der Polizeibeamte Schnok, jemanden wie Peter Pleimer, der nachweislich keine große Rolle im Leben von Konrad Schnittweg gespielt habe, zu verdächtigen? Da blitze wohl eher der Versuch auf, von der eigenen Handlungsweise abzulenken. Frau Bracht sei ja eh ein Fall für sich, wenn er, Schnok, das mal so salopp formulieren dürfe. Natürlich habe er sich auch mit Peter Pleimer beschäftigt. Dieser sei ein von Grund auf sympathischer Mensch. Er, Pleimer, habe ihm, Schnok, ohne Umschweife seine Tagebücher überlassen, in denen er über die Jahre minutiös seine Beobachtungen festgehalten, vor allem die Menschen, die ihm begegneten, deskribiert habe. Sogar über ihn, Schnok, habe er sich nach einem ersten Treffen Notizen gemacht. Dort heiße es: *Während Gerd Schnok spricht, fallen seine ritualisierten Gesten auf, etwa die Art, wie er kontrolliert, ob seine Brille richtig sitzt oder wie er über das glatte Blatt vor ihm streicht, bevor er zu lesen beginnt. Diese Bewegungen geschehen mit Präzision, geradezu knackig, und lassen keine Variante zu. Im Abstand von wenigen Minuten fahren beide Hände immer wieder gleichzeitig hoch zu den gebogenen Enden der Brillenbügel, bewegen diese leicht nach unten, sodass sich die Gläser samt Nasensteg heben und wieder senken. Anschließend rutschen die Hände an den Bügeln entlang nach vorn. Zeigefinger und Daumen beider*

Hände umrahmen kurz die Gläser, ehe Gerd Schnok die Arme sinken lässt, die Hände mit den Innenflächen nach oben übereinanderlegt, damit sie im Schoß zur Ruhe kommen.
Schnok ist in seinem Wesen aus der Zeit gefallen, in Vielem geradezu penetrant rückwärtsgewandt. 1977 geboren, erinnert sein Erscheinungsbild an eine leicht magersüchtige Fantasiefigur, die ihren Mittelpunkt im vorherigen Jahrhundert hat. Über einem weißen Hemd trägt er meist ein kariertes Sakko, das ihn als Schottland-Fan ausweist, denn die Tartans, die Webvorlagen der auf Maß geschneiderten Jacketts, sind den Clan-Mustern alteingesessener Familien nachempfunden. Eine blau-weiße Fliege rundet das Bild flaggenartig ab. Sein Wortschatz enthält Vokabeln, die niemand mehr gebraucht. Die Überkorrektheit seiner Manieren weist ihn als eine Art Nerd aus, der nie jung war oder vor der Zeit gealtert ist.

Er, Schnok, lese mir das nur vor, damit klar sei, dass er auch vor seiner Person nicht haltmache und auch sich selbstverständlich hinterfrage, sein Handeln, sein Denken, sein Sein. Er unterhalte sich im Übrigen so bereitwillig mit mir, weil er von meiner Diskretion ausgehe und dem späteren Kunstwerk, wenn denn der Fall gelöst sei, nicht im Wege stehen wolle. Man müsse ja irgendwann irgendwo zu einem Ergebnis kommen, sonst bringe man sich um den Verstand. Denn es sei doch so: Man picke in eine Blase und entdecke dabei zwei weitere. Versuche man dann, diese beiden zu leeren, erschienen vier weitere. Im Endeffekt sei das Ganze eine wilde Verflechtung. Das laute Aussprechen gebe einem deshalb ein wunderbares Instrument zur Durchleuchtung dieses Knäuels in die Hand,

sozusagen eine Methode, durch Verbalisierung den eigenen Geist zu ordnen. Kurzum, das Erzählen helfe ihm beim Memorieren und Überprüfen und sei so ein analytischer Zugriff höchster Güte. Er, Schnok, lese sich deshalb auch jedes Mal aufs Neue die Akten laut vor. Was die Kollegen für eine Macke hielten und ihm ein Einzelbüro beschert habe, sei nichts anderes als ein klingendes Echolot, das aus den Tiefen der Wirrnis Klarheit berge. Er habe sich dementsprechend auch das Sitzungsprotokoll von Guylain Kisula immer wieder vorgelesen und dabei weitere Ungereimtheiten entdeckt. Zum Beispiel seien es vom Kongo aus, also von Lubumbashi, damals Elisabethstad, etwa 2300 Kilometer bis zum Naivasha-See in Kenia. Der direkte Weg führe durch Sambia, 1953 noch Nordrhodesien, ein britisches Protektorat, und durch Tanganjika, heute Tansania. Ein beschwerlicher Weg, zumal die Kontrollen so streng gewesen sein dürften, dass niemand ungehindert habe durchreisen können. Oder die Familie sei hoch nach Bukavu und dann durch das damalige UN-Treuhandgebiet Ruanda-Urundi und durch Uganda, was nicht weniger diffizil gewesen sei. Wie aber habe die Familie gleich welche dieser Strecken zurückgelegt? Sicher nicht mit einem Auto oder Flugzeug. Also zu Fuß? Ohne Genehmigung? Sein Instinkt und sein Verstand sagten ihm, so Schnok, dass er an dieser Annahme Zweifel hegen solle.
Und warum gerade Kenia, wo zur angegebenen Zeit der Mau-Mau-Krieg gegen die britische Kolonialmacht ausgebrochen gewesen sei? Einer der Kriegsgründe dieser Auseinandersetzung sei gewesen, dass alles fruchtbare Land europäischen Großgrundbesitzern gehört habe. Wer nicht pariert habe, sei in die britischen Internierungslager gekommen. Eine Welle der Gewalt habe das Land zerfetzt.

Und dahin sei die Familie gezogen und habe sofort eine Parzelle zugesprochen bekommen, die sie für den eigenen Gebrauch bestellen durfte? Entweder erinnere sich Guylain Kisula an nichts aus dieser Zeit und erfinde, um seinem Leben Stabilität zu geben, so Schnok, oder aber er lüge, weil er etwas zu verbergen habe. Eine weitere Möglichkeit sei die, dass die Eltern ihm nie etwas erzählt hätten. Aber dann stelle sich die Frage, aus welchem Grunde Guylain Kisula sich eine lückenlose Vita erfinde? Auch aus Stabilitätsgründen? Hätte er in letzterem Fall nicht einfach sagen können, man habe es ihm nicht mitgeteilt? Vielleicht wisse er ja tatsächlich nicht genau, wann er nach Kenia gekommen sei, obwohl auch das fraglich scheine, denn je älter er zu dem Zeitpunkt gewesen sei, desto klarer habe ihm auch die Zeit als solche vor Augen gestanden. Er, Schnok, vermute, dass Konrad Schnittweg die Ungereimtheiten im Narrativ seines Patienten ebenfalls aufgefallen seien und er ihn auch darauf angesprochen habe. Womöglich sei dies ein Konfliktherd gewesen. Aber zu dieser These fehlten ihm, Schnok, leider die Beweise. Es könne genauso gut sein, dass es zu Konrad Schnittwegs Befragungsmethode gehört habe, erst einmal die Erklärungen der Patienten für bare Münze zu nehmen. Schließlich sei das Ziel einer solchen Therapie, dass der Patient ins Reden komme, um Schicht um Schicht tiefer in die eigene verdrängte Geschichte hinabzusteigen. Unmittelbar mit der entlarvenden Tür ins Haus zu fallen, wenn er ein solch krummes Bild denn benutzen dürfe, so Schnok, also Guylain Kisula von Anfang an mit den eigenen Widersprüchen zu konfrontieren, wäre wohl eher weniger zielführend gewesen und hätte zur Konsequenz haben können, dass Konrad Schnittweg einen Patienten verloren hätte.

Wahrscheinlich sei auch, dass eine Familie, die in ein fremdes Land emigriere, sich erst einmal in der Hauptstadt niederlasse. Nach dieser Annahme hätte Guylain Kisula in Nairobi gelebt, ehe er an den Naivasha-See gekommen sei, was ihn, Schnok, im Moment aber weniger interessiere als die Zeit im Kongo und das Jahr, bevor Guylain Kisula nach Deutschland gekommen sei, wo er um Asyl gebeten habe, weil er in Kenia verfolgt worden sei.

Viele blinde Flecken, so Schnok weiter, bildeten die DNA der einzelnen Figuren in diesem Schachspiel, und des Öfteren gerate eben auch eine Figur aufs Brett, die aus einem ganz anderen Spiel stamme, wie eben Peter Pleimer. Von einem Bauernopfer zu sprechen, scheine ihm fehl am Platze, aber Frau Bracht werde nicht ganz uneigennützig diesen Herrn an die vorderste Front geschoben haben, was sie selbst wiederum verdächtig mache. Affaire à suivre, wie der Franzose sagen würde.

Er, Schnok, habe zuletzt versucht, die Achtzigerjahre Konrad Schnittwegs zu rekonstruieren, und in dieser Zeit tauche kein Peter Pleimer auf, dafür etliche politische Krisen, die durchaus das Potenzial hätten, jemanden wie Konrad Schnittweg, der dafür empfänglich gewesen sei, in seinem moralischen Gleichgewicht einseitig zu belasten. Es sei ja folgendermaßen: Falle ein Stein ins Wasser, so hänge die Anzahl der aufspritzenden Tropfen eben nicht nur vom Gewicht des Steines ab, sondern auch von der Menge an Flüssigkeit, sprich der Tiefe des Wassers, in die der Stein eintauche. Es sei nun mal ein Unterschied, ob besagter Stein in eine flache Lache oder einen tiefen See falle. Ich solle ihn bitte richtig verstehen, er, Schnok, versuche ganz

einfach, sich in das Gehirn des Verdächtigen hineinzuversetzen, dessen Denken nachzuempfinden, um so zu sehen, wohin die Reise gehen könne.
Zu den erwähnten Krisen: 1979 sei der persische Schah durch die Islamische Revolution gestürzt worden, ein Umstand, an dem Konrad Schnittweg damals womöglich nichts auszusetzen gehabt habe, da er der seit Jahrzehnten andauernden Diktatur von Mohammad Reza Pahlavi wohl kaum positiv gegenübergestanden haben dürfte. Als ihm, Schnittweg, anschließend jedoch klar geworden sei, dass Ruhollah Khomeini erneut eine Diktatur etabliere, werde der angehende Psychotherapeut sich wohl gefragt haben, wie es dazu habe kommen können. Viel später, nämlich als 2013 die Dokumente der »Operation Ajax« zugänglich gemacht worden seien, habe der Verdächtige dann zwei und zwei zusammengezählt und begriffen, dass am Anfang dieser Entwicklungen der Putsch gegen den iranischen Premierminister Mohammad Mossadegh im Jahre 1953 gestanden habe, ein Staatsstreich, forciert von Churchill und Eisenhower, durchgeführt vom englischen und amerikanischen Geheimdienst, weil Mossadegh die Ölindustrie verstaatlicht habe. Es sei dies das erste Mal gewesen, dass westliche Geheimdienste aus Wirtschaftsinteressen eine Demokratie gestürzt hätten. Der danach aus seinem kurzen Exil zurückkehrende und von ihnen unterstützte Schah Mohammad Reza Pahlavi habe von den Verstaatlichungsideen Abstand genommen und die Interessen der USA und Englands im Auge behalten. Ein westlicher Putsch also, mit dessen Folgen die Welt heute noch zu kämpfen habe, so denke er, Schnok, habe Konrad Schnittweg gedacht, und sich darin bestätigt gefühlt, dass das vom Westen propagierte Wertesystem und das

politische Handeln Europas und der USA immer stärker auseinanderklafften. In diesem Zusammenhang sei auch die sogenannte Iran-Contra-Affäre in den USA zu erwähnen, bei der 1986 ans Tageslicht gekommen sei, dass die Reagan-Regierung dem verhassten Khomeini-Regime im Geheimen Waffen verkauft habe, um mit dem Erlös die rechtsgerichtete Guerilla-Bewegung der Contras in Nicaragua gegen die linken Sandinisten zu unterstützen. Zudem habe das Reagan-Team beide Augen zugedrückt und den Contras jahrelang erlaubt, tonnenweise Kokain in die USA zu schmuggeln, denn auch das habe viel Geld für den reaktionären Kampf gebracht. Er, Schnok, lasse jetzt mal den Einmarsch der Sowjetunion in Afghanistan im Jahr 1979 beiseite, obwohl jemand wie Konrad Schnittweg in der damaligen Unterstützung der Taliban durch den Westen mit Sicherheit den Grundstein für die heutige Lage in Kabul, wenn nicht gar die Keimzelle des islamistischen Terrorismus sehe. Er erwähne auch nur kurz die Aufrüstungsspirale, Stichwort »NATO-Doppelbeschluss«, die zu Massendemonstrationen geführt habe, an denen Konrad Schnittweg teilgenommen habe, wie er, Schnok, durch das Verhör von Matthias Weber, genannt Matteck, wisse. Nicht zu vergessen sei die Atomreaktor-Katastrophe in Tschernobyl im Jahre 1986, die alle wachgerüttelt habe, außer der Politik. 1987 sei dann die Angst vorm Überwachungsstaat umgegangen, bedingt durch die angesetzte Volkszählung in der Bundesrepublik. Dies alles, wie gesagt, so Schnok, zur Auffrischung des Gedächtnisses und um sich auf Wellenlänge mit dem Denken Konrad Schnittwegs zu bringen. Und dann sei da noch das Oktoberfest-Attentat vom 26. September 1980 gewesen, bei dem durch einen rechtsextremen Terroranschlag dreizehn Personen

getötet und 221 verletzt worden seien. Der damals ermittelte Täter Gundolf Köhler, Mitglied der Wehrsportgruppe Hoffmann, habe durch seinen Akt den CSU-Politiker Franz Josef Strauß anlässlich der vor der Tür stehenden Bundestagswahl darin unterstützen wollen, Kanzler zu werden, weil er, Gundolf Köhler, in ihm, Franz Josef Strauß, die geeignete Person gesehen habe, den Führer wie Phönix aus der Asche aufsteigen zu lassen.
Unterstützende Effekte auf das Reflektieren Konrad Schnittwegs werde damals die Gründung der Partei Die Grünen im Rahmen des aufblühenden ökologischen Bewusstseins in Deutschland gehabt haben, sei deren Einzug ins Parlament doch mit der Hoffnung verbunden gewesen, die neue Opposition könne im Rahmen der allgemeinen Politik eine entscheidende Kehrtwende herbeiführen. Heute, im 21. Jahrhundert, müsse sich jemand wie Konrad Schnittweg von dieser Partei verraten fühlen, habe sie doch ihren Pazifismus revidiert, am Abbau des Sozialstaates mitgewirkt, und in Deutschland liefen noch immer einige AKWs. Leider verweigere die Gattin des Vermissten, Frau Rieke Schnittweg, die Antwort auf die Frage, welcher Partei Konrad Schnittweg im letzten Jahrzehnt jeweils seine Stimme gegeben habe, und verstecke diese Information hinter einem gespielten Nichtwissen.
Zu guter Letzt wolle er, Schnok, noch den Fall der Mauer am Ende der Achtziger zur Sprache bringen, denn der sei ein hervorragendes Beispiel dafür, dass anhaltender Protest Wirkung zeigen könne. Und das, so vermute er, Schnok, habe Konrad Schnittweg sich zu Herzen genommen, nur agiere er momentan auf einsamer Front und begreife nicht, dass seine Art des Protestes in eine Richtung laufe, die die meisten seiner Zeitgenossen nicht schätzten.

Aber noch sei ja der Fall nicht geklärt und er, Schnok, wolle niemanden voreilig zichtigen.

19. Sitzungsprotokoll »Constanza Sommer« (August 2010)

»Leider muss ich jedes Mal, wenn ich Lachs im Supermarkt sehe«, sagte Frau Sommer, »an Medikamente denken, weshalb ich keinen mehr kaufe. Manchmal rieche ich auch an Banknoten. Absurd, ich weiß, aber da mein Geld größtenteils von meinem Vater kommt, ist der Fischgeruch zu einer Obsession geworden. In der Apotheke ist mir mal genau das Gegenteil passiert, da habe ich auf dem Regal plötzlich einen Moment lang Aquarien gesehen, Lachsbecken, dort, wo die Arzneischachteln aufgereiht waren.

Als ich nach dem Pinochet-Putsch wieder zur Schule ging, wurde die Freundschaft zu Hannelore enger. Wir sprachen oft über Angelika, die verschwunden war, und fragten eines Tages einen der Lehrer nach ihr. Wir erfuhren nichts Neues, die Familie habe halt beschlossen, nach Deutschland zurückzukehren, was uns traurig machte. Zum einen, weil Angelika eine Freundin war, zum anderen aber auch, weil sowohl Hannelore als auch ich unsere Heimat nicht vergessen konnten, obwohl wir uns mittlerweile in Santiago besser eingelebt hatten als anfangs gedacht. Trotzdem wurden unsere alten Zimmer und die Plätze und Straßen jenseits des Meeres immer schöner, je länger wir in Chile wohnten. Ich habe mich damals bei Isidora ausgeheult und sie hat mich getröstet. Ich bat sie, zu der Adresse zu fahren, die Angelika mir mal gegeben hatte. Ich wollte nachschauen, ob meine Freundin tatsächlich weg war. Isidora fuhr mich hin. Aber ich traute mich nicht, aus dem Wagen zu steigen und zu klingeln, zumal Isidora mir davon abgeraten hatte. Und abends stellte mich mein Vater zur Rede. Der Lehrer habe ihn angerufen, Hannelore und ich würden anderen Mädchen hinterherschnüffeln. Ich war völlig perplex, verstand die Welt nicht mehr. Wir hatten doch nur nach unserer Freundin gefragt. Aber Vater drohte mir, schrie, dass ich die ganze Familie noch ins Gefängnis brächte mit meiner Blödheit. Und dann gab er mir eine Ohrfeige. Und dieser Schlag tat nicht nur weh, er impfte mir Angst ein, Angst vorm Lehrer, der meinen Vater angerufen hatte, Angst vor Hannelore, die am nächsten Morgen fröhlich auf mich zu sprang, und Angst vor allen Augen, die mich anschauten. Nur Isidora nahm mich in den Arm und sagte, dass ich der größte Schatz sei, den sie habe.

Kurz darauf kamen wieder ›Geschäftspartner‹ zu uns nach Hause, aber es waren andere als früher. Sie waren höflicher und ignorierten mich nicht, grüßten und fragten, was ich mal werden wolle. War Vater nach den früheren Treffen oft ernst gewesen, dabei aufgeregt, ja reizbar, verhielt er sich, nachdem ›die Jungs aus Chicago‹, wie er sie nannte, unser Haus verlassen hatten, aufgeräumt und machte Scherze. Ich hatte keine Ahnung, was in der Stadt Chicago los war, aber wenn deren Bewohner Vater so gut gelaunt stimmten, lebten dort mit Sicherheit nette Menschen. Obwohl ich nach Vaters Schelte weniger Fragen stellte, sprach ich Mutter doch einmal, als wir allein waren, auf ›die Jungs aus Chicago‹ an. Mutter wusste auch nicht viel, aber sie sagte, das seien Denker, so eine Art Philosophen, die hier in Chile etwas ausprobieren wollten, damit es

allen Menschen besser gehe. Ich erfuhr auch, dass diese Leute Chilenen und gar keine Amerikaner waren, sondern nur in Chicago studiert hatten, und dass sie gut für Vaters Fischfarmen waren.
Wäre Isidora in dieser Zeit nicht gewesen, ich hätte mich zu Tode gelangweilt. Ein Tag glich dem anderen. Ich kam in die Pubertät und hatte einiges mit Isidora zu bereden. Sie lachte zwar bei jeder meiner Fragen, beantwortete sie aber anschließend umstandslos. Mit meiner Mutter hätte ich solche Gespräche nie führen können. Allein der Gedanke, dass sie mit meinem Vater Sex gehabt hatte und dass ich daraus entstanden war, trieb mir damals Ekel in den Hals.

Mitte 1978, noch war ich vierzehn, machten Vater, Mutter und ich einen Ausflug, wie sie es nannten, zu einer deutschen Siedlung mit Namen Colonia Dignidad. Es war eine elend lange Autofahrt, während der mir speiübel wurde. Als wir ankamen, war mir noch immer schlecht, obwohl wir dreimal angehalten hatten, damit ich mich übergeben konnte. Die Bewohner der Siedlung trugen merkwürdig alte Kleidung und sprachen nicht viel. Meine Eltern begrüßten den Mann, der so was wie der Bürgermeister des Ortes war und ein Glasauge hatte. Heute weiß ich, dass es Paul Schäfer war. Mutter erlaubte mir, draußen an der Luft zu bleiben, während die Erwachsenen sich unterhielten. Da ich nicht wusste, was ich machen sollte, lief ich einfach los, kam an Feldern vorbei und stand nach etwa zwanzig Minuten an einem Fluss, wo ein Mädchen aus der Siedlung saß. Als sie mich sah, erschrak sie und wollte weglaufen, entschied sich dann aber anders. Ich grüßte und setzte mich neben sie. Sie hieß Johanna und war

Chilenin. Die Tanten hatten ihr den Namen gegeben, weil er besser als ihr richtiger Name Consuela klinge. Sie war so alt wie ich, schätzte ich, aber sie sprach wie ein kleines Mädchen und rollte dazu mit den Augen. Ich erfuhr, dass man sie als fünfjähriges Kind zu Hause abgeholt hatte, weil die Eltern zu arm waren, sie zu ernähren. Seitdem hatte sie ihre Mutter und ihren Vater nicht wiedergesehen. Aber ihr gefalle es hier nicht, sagte Consuela. Die Tanten würden sie bei jeder Gelegenheit schlagen und sie müsse viel arbeiten. Wenn man sie hier mit mir erwischen würde, komme sie bestimmt ins Krankenhaus. Ich war schockiert, ließ mir aber nichts anmerken. Consuela hatte keine Ahnung, wo Deutschland lag. Sie hatte aber auch von sonst nichts eine Ahnung. Sie wusste wirklich nichts und ich dachte, dass sie geistig zurückgeblieben sei. Als eine Frauenstimme ›Johanna!‹ rief, sprang sie auf, drückte mich an sich und lief weg.
Ich schlenderte zurück zu den Häusern. Die Sonne brannte. Mir war nicht mehr schlecht, aber die Atmosphäre in der Siedlung, die ich anfangs als langweilig empfunden hatte, war plötzlich bedrohlich geworden. Ich sah die Arbeiterinnen und Arbeiter auf dem Feld und hatte das Gefühl, dass sie litten. Ich bemerkte, dass es überall still war und sich nirgendwo draußen Menschen aufhielten, wenn sie nicht etwas zu tun hatten. Deshalb erschrak ich, als eine Krankenschwester mich laut ansprach und mich aufforderte, ihr zu folgen.
Wir betraten ein Haus und dort einen großen Raum, der wie eine Empfangshalle wirkte. Die Wände aber waren schmucklos, keine Gemälde oder Dekorationen. Nur über der Tür zum nächsten Zimmer hing ein schwarz-weißes Porträt eines dicken Mannes. Heute weiß ich, dass es eine

signierte Fotografie von Franz Josef Strauß war. Und im nächsten Raum standen meine Eltern. Paul Schäfer erklärte ihnen, wie glücklich hier alle seien. Ich schloss die Augen.
Wenig später saßen wir wieder im Auto und fuhren nach Chillán, wo Vater zwei Zimmer im Hotel reserviert hatte. Auf meinen zaghaften Einwand, das sei eine merkwürdige Siedlung, antwortete mein Vater nur mit ›Mmmh‹, und meine Mutter versuchte ein Lächeln, streckte ihren Arm zwischen den Sitzen nach hinten und tätschelte mir das Knie.
Einige Tage danach, als wir wieder zu Hause waren, hatte ich Consuela schon vergessen. Sie verschwand aus meinem Kopf, genau wie die Siedlung, bis Vater drei Monate später sagte, wir würden nächstes Wochenende noch einmal zur Colonia Dignidad fahren. Ich wollte wissen warum. Und Vater antwortete: ›Darum.‹

Natürlich erbrach ich mich auf dem Weg dorthin. Übrigens genauso auf dem Rückweg. Die Siedlung wirkte nicht mehr bedrohlich auf mich, eher wieder fade. Da ich auch bei diesem Aufenthalt nicht wusste, was ich hier sollte, lief ich abermals zum Fluss. Aber dort war niemand. Ich schlenderte umher, sah wieder Frauen, Männer, Jugendliche auf den Feldern arbeiten, ging zurück zu den Häusern, als ich Consuela hinter einer Wohneinheit entdeckte, wie sie mir heimlich Zeichen machte, ich solle zu ihr kommen. Sie wirkte noch kindischer als beim letzten Mal. Sie bat mich zu flüstern, schaute beständig in alle Richtungen. ›Ich bin froh, dass du wieder da bist‹, sagte sie. ›Du bist meine Freundin.‹
Mir war das unangenehm.

Dann sagte sie: ›Du musst mir helfen. Ich will nach Hause.‹
›Sollen wir dich nachher mitnehmen?‹, fragte ich.
›Die Tanten werden mich nicht lassen‹, erwiderte sie. ›Ich will fliehen.‹
Ich muss sie etwas verwirrt angesehen haben, denn sie setzte hinzu: ›Sie schlagen mich die ganze Zeit. Und ich muss Pillen nehmen, von denen mir schwarz vor Augen wird.‹
›Wer macht das?‹, fragte ich.
›Der Doktor und die Krankenschwestern‹, antwortete sie. ›Und wenn ich zu schwach zum Arbeiten bin, schlagen mich die Tanten.‹ Sie zog ihr altmodisches Kleid von den Schultern und ihr Rücken war voller Striemen.
›Aber ich muss nicht zu Onkel Paul. Das müssen nur die Jungs und dann müssen sie zu ihm ins Bett und er steckt ihnen sein Ding rein. Das hat mir Hans gesagt.‹
In dem Moment hörte ich meine Mutter rufen.
›Ich muss weg‹, sagte ich.
›Hilfst du mir?‹, fragte Consuela.
›Ich versuch's‹, antwortete ich, wusste im selben Augenblick, dass ich meinem Vater nichts von ihr erzählen durfte. Zu deutlich erinnerte ich mich noch an seine Verbote, Musik von Violeta Parra zu hören oder nach Angelika zu fragen. Ich hatte keine Ahnung, ob das eine etwas mit dem anderen zu tun hatte, aber ich hatte gelernt, den Mund zu halten, wenn mein Vater zugegen war.
Diesmal vergaß ich das Mädchen nicht, als wir wieder in Santiago waren. Ich stellte mir vor, wie die Tanten Consuela schlugen und einsperrten und dachte fieberhaft darüber nach, wie ich sie aus der Siedlung holen könnte. Vielleicht in unserem Kofferraum. Dann wieder vermutete ich,

dass Consuela eine Verbrecherin sei und man sie deshalb bestraft hatte, sie mich also nur ausnutzen wollte. Aber je länger ich mir die Treffen durch den Kopf gehen ließ, desto mehr glaubte ich dem Mädchen.

Als wir im September 78, kurz nach meinem fünfzehnten Geburtstag, erneut Richtung Colonia Dignidad aufbrechen sollten, bat ich meine Mutter, Isidora mitnehmen zu dürfen. Mir sei immer so langweilig auf diesen Ausflügen und ich würde dort unten niemanden kennen. Mutter besprach sich mit Vater und sie willigten ein. Ich war die ganze Hinfahrt über so aufgeregt, dass mir nicht schlecht wurde. Mein Kopf drohte zu platzen, dafür blieb alles in meinem Magen. Isidora würde wissen, was im Fall von Consuela zu tun sei, da war ich mir sicher. Im Auto redete ich mehr als sonst. Meine alte Spanischlehrerin aber blieb stumm, tat nach einer Stunde Fahrt, als sei sie müde und stellte sich schlafend. Ich nahm an, sie hätte keine Lust, mit meinen Eltern Konversation zu machen, was ich verstehen konnte.

In der Siedlung führten uns zwei Frauen in Paul Schäfers Wohnung. Da meine Mutter diesmal nicht direkt sagte, ich solle rausgehen, starrte ich auf das Glasauge des Mannes und hatte dabei Consuelas Stimme im Ohr, bis Mutter schließlich doch Erbarmen hatte und mich und Isidora entließ. Ich schlug vor, zum Fluss zu laufen, und Isidora willigte ein. Am Ufer aber war genau wie letztes Mal kein Mensch. Wie hielten unsere Füße ins Wasser und nach einiger Zeit platzte es aus mir heraus und ich berichtete Isidora von Johanna-Consuela, die Hilfe brauche. Und ich erzählte auch, was der Mann mit dem Glasauge angeblich tat. Isidora erwiderte, ich würde spinnen. Also sprang ich auf, um nach Consuela zu suchen. Isidora kam hinterher. Ich lief zu den Wohneinheiten, schaute über die Felder, konnte das Mädchen aber nicht finden. Je länger die Suche dauerte, desto verzweifelter wurde ich. Nicht nur, dass ich Angst bekam, Consuela könne etwas zugestoßen sein, auch der Gedanke, Isidora glaube mir nicht, halte mich für eine Lügnerin, wühlte mich auf. Aber das Mädchen blieb verschwunden.

Drei Tage später, wieder in Santiago de Chile, kam ich aus der Schule und wurde von Vater in sein Büro gerufen. Er stellte keine Fragen, er sagte nur: ›Es reicht mir jetzt. Du hast Hausarrest. Sobald du die nächsten Tage aus der Schule zurückkommst, gehst du sofort auf dein Zimmer und bleibst dort. Einen Monat lang. Ich werde nicht zulassen, dass du unser Leben ruinierst. Und jetzt raus.‹

Ich wusste nicht, was geschehen war, lief zu meiner Mutter, die im Wohnzimmer saß. Aber noch ehe ich etwas sagen konnte, brüllte mein Vater, der mir gefolgt war: ›Habe ich nicht gesagt: Auf dein Zimmer!‹

Ich begann zu heulen und tat, wie er befohlen hatte.

Abends klopfte meine Mutter an die Tür, brachte mir etwas zu essen und setzte sich neben mich aufs Bett.

›Dein Vater ist zu Geschäftsfreunden‹, sagte sie.

Ich fragte, was ich getan hätte.

›Du hast die paar Male, die wir in der Colonia Dignidad waren, wieder herumgeschnüffelt‹, sagte sie. ›Das ist gefährlich.‹

›Wieso habe ich herumgeschnüffelt? Was soll das?‹, fragte ich.

›Man erfindet nicht solche Horrorgeschichten wie die von einer Consuela‹, antwortete sie.

In meinem Kopf begann es zu rasen. Und ich wusste, Isidora hatte meinem Vater alles erzählt. Im selben Augenblick begriff ich auch, dass damals nicht mein Lehrer angerufen hatte, als Hannelore und ich nach Angelika gefragt hatten, sondern ebenfalls Isidora. Und dann fielen mir unzählige andere Sätze ein, die ich ihr gesagt, gebeichtet, anvertraut hatte, und die mein Vater wie durch Zufall später beim Abendbrot erwähnt, ironisiert und wie er sich lustig über mich gemacht hatte. Isidora war all die Jahre Vaters Spion gewesen und nicht meine Freundin. Für mich brach eine Welt zusammen.

Nach einem Monat sagte mein Vater: ›Ich hoffe, du hast was gelernt.‹
Ich schwieg, dachte, wenn ich Isidora wiedersehe, zerkratze ich ihr das Gesicht. Aber ich sah sie nicht wieder. Ihr Telefonanschluss war tot und sie blieb verschwunden. Meinen Vater und meine Mutter begann ich zu hassen. Es war mehr als eine pubertäre Ablehnung. Ich gab ihnen die Schuld an Isidoras Verhalten, daran, dass ich meine beste Freundin verloren hatte. Ich ging zur Schule, fragte mich, was mein Vater für ein Mensch sei, wenn er regelmäßig einen Pädophilen besuchte. Ich redete mit keinem über meine Gedanken, über meine Ängste. Auch nicht mit Hannelore. Ich dachte oft an Consuela, überlegte noch immer, wie ich ihr helfen könnte und fand keine Lösung. Je länger das so ging, desto schuldiger fühlte ich mich, das Mädchen im Stich zu lassen. Manchmal tauchte sie in meinen Träumen auf und rollte mit den Augen.
Vater fuhr nun allein in den Süden. Meiner Mutter war das ganz recht. Ich aber wäre gerne wieder mitgefahren, um Consuela vielleicht doch noch zu helfen.

Die Monate zerliefen gleichförmig. Manchmal lagen deutschsprachige Zeitungen auf dem kleinen Tisch im Wohnzimmer herum oder steckten im Zeitungsständer, der wie eine kleine Hängematte zwischen Metallstangen aussah und neben dem Fernseher stand. Wer sie mitbrachte, wusste ich nicht. Vielleicht hatte mein Vater sie abonniert, aber dafür tauchten sie in zu unregelmäßigen Abständen bei uns auf. Mehr aus Langeweile als aus dem Impuls heraus, etwas wissen zu wollen, blätterte ich manchmal in einer herum. Ich griff meist nach dem Magazin *Der Spiegel*, weil da viele Fotos drin waren. Eines Tages stieß ich darin auf einen Artikel über die Colonia Dignidad. Zeugen berichteten, die Siedlung sei eine Folterfarm. Sofort sah ich Consuela, wie sie geschlagen wurde. In den Folgewochen schaute ich immer wieder in die Zeitungen, wenn sie eintrafen, suchte nach Berichten über Chile oder die deutsche Siedlung. Viel fand ich nicht, aber was ich fand, bestätigte meine Befürchtungen, dass Vater in etwas verwickelt war, das uns kaputt machte.«

20. Behördliche Transkription von Axel Keiders Interview/Aufnahme mit Silke Bracht. Teil 1.2. (20. September 2018)

Aufnahmegerät wird eingeschaltet. Vogelgezwitscher. In der Ferne bellt ein Hund. Laufschritte nähern sich.

S.B.: Sie hätten mitlaufen sollen. Man fühlt sich toll danach.

A.K.: Nächstes Mal. *(S. Bracht lacht.)*

S.B.: Was wiegen Sie?

A.K.: Bitte?

S.B.: Jetzt stellen Sie sich nicht so an. Sie wollen von mir was wissen. Und ich jetzt was von Ihnen.

A.K.: 154 Kilo.

S.B.: Bei 1,90 Meter?

A.K.: 92.

S.B.: Essen umstellen, jeden Tag Sport. In einem Jahr sind Sie auf hundert Kilo runter.

A.K.: Ich denk' drüber nach.

S.B.: Aufstehen. Mitkommen. Ich habe gleich Unterricht.

Schritte von Axel Keider und Silke Bracht.

S.B.: Was mir noch eingefallen ist, weil wir vorhin von Pleimer sprachen: Da gab es einen Vorfall bei einer Übung. Ich habe später gedacht, vielleicht habe ich den Job im Dritte-Welt-Laden nur bekommen, weil Konni gedroht hat, die Geschichte zu erzählen. Die ist vom damaligen Arzt, der dabei auch Mist gebaut hatte, nämlich vertuscht worden.

A.K.: Hauptmann Sollner?

S.B.: Kann sein. Weiß nicht, wie der hieß. Die haben eine Übung im Wald gemacht. Eine Gruppe musste eine andere aufspüren. Und Pleimer hat, warum auch immer, eine Handgranate hinter aufgeschichtete Baumstämme geworfen. Leider hatten sich dort zwei Kameraden versteckt.

A.K.: Solche Übungen führt man nicht mit scharfer Munition durch.

S.B.: Weiß ich nicht. Ich gebe nur wieder, was Konni erzählt hat. Die beiden haben schwer verletzt überlebt, aber Sollner hat sie anschließend im Lazarett falsch behandelt, irgendein Medikament »verwechselt«. Der hat ja viel getrunken. Konni hat ihm das nachweisen können, also die falsche Therapie, ihn aber nicht verraten. Auch Pleimer hat er nicht verraten. Die offizielle Version lautete, dass die beiden Rekruten unerlaubter Weise eine Handgranate mitgenommen hätten und dass diese explodiert sei. Im Lazarett seien die beiden ihren Verletzungen erlegen. Ich schätze, Konni hat geschwiegen, weil er so Pleimer und Sollner in der Hand hatte. Konni war ja extrem berechnend und hat immer bekommen, was er wollte. Nicht nur meine Freundinnen.

A.K.: Wie geht das denn zusammen: Hippie und Berechnung?

S.B.: Jetzt werden Sie aber naiv. Nur weil er gerne mal einen Joint geraucht und gevögelt hat und dabei für eine bessere Welt demonstrierte, heißt das doch nicht, dass er so in den Tag hinein gelebt hat. Der wusste immer exakt, was er wollte.

A.K.: Hätte er dann nicht einfach ein Fach studiert und wäre anschließend ins Berufsleben eingestiegen? Stattdessen hat er alles belegt, von Pädagogik bis Biologie, und ist, nach Jahren der Orientierung, Psychotherapeut geworden, ein Berufszweig, den man gar nicht studieren kann.

S.B.: Er dachte, dass ihm das hilft. Das kann ich sogar verstehen. Ich gehe auch lieber zu einem Arzt, der über sein Fach hinaussieht und Lebenserfahrung hat, als zu jemandem, der sich blind an seine gelernten Theorien klammert.

A.K.: Konrad Schnittweg ist kein Arzt. Er hat nur zwei Semester Medizin studiert.

S.B.: Ja, sein Abi war zu schlecht. Sonst hätte er sofort damit angefangen. Aber er ist erst 78 über Umwege reingerutscht. Und dann hat er ein Jahr später bemerkt, dass er farbenblind ist. Da zerplatzte der Traum vom Arzt. Wie soll jemand einen geröteten Hals diagnostizieren, wenn er nichts Rotes erkennt?

A.K.: So ist das ja nicht bei Farbenblindheit. Das Rote …

S.B.: Das hat er selbst so gesagt. Wir waren auf Hochzeitsreise in Irland. Konni hatte sich Geld bei jemandem geliehen. Oder seine Eltern hatten es ihm gegeben. Wir waren nach Cork geflogen und anschließend mit einem Kleinbus an den äußersten Zipfel der Halbinsel Beara gefahren. Da haben wir in der Jugendherberge gewohnt und sind viel spazieren gegangen, obwohl es für Anfang August ganz schön kalt war. Entlang der Weiden, die höher lagen als die Straße, gab es dichten Fuchsienbewuchs, ein Wirrwarr aus Grünzeug und dazwischen massenweise diese roten, lampionartigen Blüten. Ich fand die toll. Konni hat nur Grün gesehen. Erst als ich mit dem Finger gegen eine der Blüten tippte, sah auch er die roten Köpfe. Und da wurde er ziemlich blass und sagte: »Ich kann kein Arzt werden.«

Autogeräusche. Keiders Atmung geht schneller.

A.K.: Ich muss noch einmal auf Pleimer zu sprechen kommen. Das ist ja eine Hammergeschichte, die Sie da erzählt haben.

S.B.: Von mir haben Sie die nicht.

A.K.: Was hatte denn Herr Schnittweg im Endeffekt von seinem Schweigen? Er wird sich ja nicht damit zufriedengegeben haben, dass er Ihnen deswegen einen Job in einem alternativen Laden verschaffen konnte.

S.B.: Keine Ahnung. Dafür war ich nicht lange genug mit ihm zusammen. Aber Pleimer ist der widerwärtigste Mensch, dem ich je begegnet bin. Und ich bin einigen begegnet, die scheiße waren. Konni hat die ja angezogen. Matteck ist auch ein Arschloch.

A.K.: Herr Weber sagt – nehmen Sie es mir nicht übel – das Gleiche von Ihnen.

S.B.: Matteck redet schlecht über mich? Was hat er Ihnen gesagt?

A.K.: Mir nicht. Ich habe meine Quellen.

S.B.: Klar redet Matteck schlecht über mich, der hat es ja nicht geschafft, mich rumzukriegen.

A.K.: Der wollte …? Ich dachte, er und Herr Schnittweg sind gute Freunde?

S.B.: Ja, sind sie. Aber wenn der Schwanz mal steht, hilft auch die Freundschaft nicht. Matteck hat immer versucht, Konrad die Freundinnen auszuspannen. Da war ich nicht die Erste. Eine Hyäne. Nicht selbst jagen, sondern das erlegte Aas klauen. Ich hoffe, ich tue den Hyänen mit diesem Vergleich kein Unrecht.

A.K.: Herr Weber sagt, Sie seien gewalttätig, Sie hätten einen Gast verprügelt.

Bremsgeräusch. Hupen.

S.B. *(laut)*: Ja! Du mich auch! *(In normaler Lautstärke)*: Für den haben Männer immer recht, egal, was sie tun. Der Stammgast damals war auch ein Arschloch.

Quietschendes Anfahren eines Wagens.

A.K.: Scheint ja viele zu geben.

S.B.: Da haben Sie was richtig erkannt. Dass ich aggressiv sein soll, ist der beste Witz, den ich seit Langem gehört habe. Sie hätten Konni und Matteck mal in Brokdorf sehen müssen, dann wüssten Sie, was gewalttätig heißt.

A.K.: Was heißt es denn?

S.B.: Steine gegen Polizisten, Wachmänner mit Zwillen flachlegen, durchschnittene Zäune.

A.K.: Es gibt da ja wohl auch eine Geschichte mit dem Bruder. Rainer Schnittweg. 1981 in Brokdorf.

S.B.: Das war nach meiner Zeit. Aber klar ist, Konni mochte seinen Bruder nicht.

A.K.: Warum?

S.B.: Der war Bulle.

A.K.: Zu Ihrer Hochzeit war Rainer Schnittweg nicht eingeladen?

S.B.: Nee. Dafür Matteck. Das hat gereicht. Das Schöne an dem Tag war, dass unsere Eltern sich so gut verstanden haben. Die konnten sich nach dem Essen gar nicht voneinander trennen, obwohl Konrads Eltern vom Land kamen und meine gern auf Bildungsbürger machten. Deshalb waren meine auch so traurig, als unsere Ehe in die Brüche ging. Die dachten, dann sehen sie Friedrich und Marie nicht mehr. Aber sie haben sie in der Eifel besucht und meine kaputte Ehe war vergessen. »Findest schon noch jemanden, Silkchen«, hat mein Vater damals gesagt. So, ich muss jetzt hoch. Duschen und dann Schule.

A.K.: Frau Bracht, könnten wir das Interview in einigen Tagen fortsetzen?

S.B.: Gerne. Vielleicht kriege ich Sie ja noch zum Laufen.

Aufnahme endet.

21. Das Leben des Konrad Schnittweg. Romanfragment von Ingeborg Wollach

Im Klassenraum, der mehrere Schuljahrgänge beherbergte, wurde Konrad nie wieder vom Lehrer geschlagen. Er wurde aber auch nie wieder drangenommen. Mertens tat, als sei die letzte Bank leer. Manchmal lobte er Rainer Schnittweg für eine Belanglosigkeit, und jedem der Schüler war klar, dass der Lehrer das nur tat, um Konrad zu demütigen. Im Gegensatz zu seinem Bruder war Rainer nicht sehr beliebt bei den andern. Zu oft schubste er sie, zu oft schrie er hässliche Dinge und lispelte dabei. Dass er mit der Zunge anstieß, wie die Erwachsenen sagten, hatte Konrad als Erster gehört. Den anderen Kindern war es nicht aufgefallen, bis Konrad seinen Bruder eines Tages in den Arm genommen und gemeint hatte: »Wir sollten mit Mama darüber reden, dass du nicht richtig sprichst.« Er hatte dies nicht in böser Absicht formuliert, eher im Glauben daran, dass ihre Mutter an der Aussprache etwas ändern könne, aber die Mitschüler begannen Rainer zu hänseln, riefen Sätze wie »Ssss summt die Sonntagsbiene« oder »Salz sieht aus wie Sahne«. Sie begrüßten den jungen Schnittweg mit einem solchen Singsang am Morgen und sie ließen auch nicht ab, wenn Konrad sie dazu aufforderte. Zu groß war die Freude an der Rache für all die Dinge, die Rainer ihnen angetan hatte.

An dem Tag, an dem Konrad seiner Mutter von den Reaktionen der Schüler erzählte, setzte Marie sich abends eine

halbe Stunde lang mit ihrem Jüngsten ins Wohnzimmer und sprach ihm ähnliche Sätze vor wie die der hänselnden Kinder. Zuerst weinte Rainer, aber Marie erklärte ihm, dass er lernen konnte, seine Zunge anders an den Gaumen zu drücken, als er es tat. Sie übten nun jeden Abend. Schon nach einer Woche freute sich der Kleine richtig auf dieses halbstündige Treffen, bei dem er die Mutter für sich allein hatte. Er machte schnell Fortschritte, begriff, dass seine Zungenspitze beim S zu nahe an den Zähnen lag, übte auch weiter, nachdem Marie bereits wieder in der Küche hantierte. Nach vier Monaten war sein Lispeln kaum noch zu hören und Marie erklärte seine Aussprache für perfekt. Rainer sah die halbe Stunde mit seiner Mutter verschwinden und begann, absichtlich seine Zungenspitze gegen die Schneidezähne zu pressen, was so übertrieben klang, dass Marie das Ganze sofort durchschaute. Sie lächelte, streichelte Rainer über den Kopf und sagte: »Ist jetzt gut. Ich muss arbeiten.«
Obwohl er nun sprach wie alle anderen Kinder, der Spott der Schüler nach und nach aufhörte, verzieh Rainer seinem Bruder nicht, dass er alle auf seine Aussprache aufmerksam gemacht hatte. Aus Rachsucht begann er, heimlich Seiten aus Konrads Schreibheft herauszureißen, malte in dessen Deutschbuch, goss Salatöl in das Mäppchen des Älteren. Konrad wusste, wer ihm das antat, sagte aber nichts.
Eines Tages spielten Rainer und Else auf der Straße vor Schnittwegs Hof. Der Hund des Pfarrers bellte. Neben Onkel Niklas' Haus ratterte ein Traktor. Konrad saß oben auf dem Dachboden der Scheune und horchte in die Gegend, während er seinen Bruder beobachtete, bereit, einzugreifen, falls dieser Else piesacken würde. Aber nichts passierte.

Else malte Rechtecke auf den Asphalt und Rainer schrieb Zahlen hinein. Plötzlich rief Konrad: »Else, komm mal ganz schnell!« Else sprang auf und rannte zur Scheune. In dem Moment tauchte ein Wagen auf, der mit überhöhter Geschwindigkeit durch das Dorf raste. Der Fahrer sah den Jungen auf der Straße, bremste, riss das Auto auf die Gegenfahrbahn, schleuderte leicht und verfehlte Rainer nur um wenige Zentimeter. Während der Wagen zum Stehen kam, trafen sich die Blicke der beiden Brüder und Konrad rief: »Du musst besser aufpassen.«

Am gleichen Abend kam Friedrich Schnittwegs sechs Jahre älterer Bruder Johann mit Gefolge zu Besuch. Er war in den Dreißigerjahren in den Orden der Steyler Missionare eingetreten, zu Beginn des Zweiten Weltkriegs nach Argentinien aufgebrochen und versuchte zurzeit, in Spanien Gutes zu tun, was durch das Regime von General Franco erschwert wurde. Johann tauchte immer im schwarzen Habit auf, um die Hüfte ein Zingulum, eine weiße Hanfkordel, die das Gewand schürzte. Und er kam nie allein, hatte drei Mitbrüder dabei, einmal sogar einen Mann aus China.

Wenn er das Haus betrat, veränderte sich alles, so als hätte Gott einen Schalter umgelegt und die Wände zum Leuchten gebracht. Auch die Augen von Marie hellten sich auf. Sie überhäufte den Tisch mit Essen, als gelte es, einen König zu bewirten. Friedrich ließ die Arbeit ruhen, Niklas und Trude eilten herbei und sogar Martha setzte sich im Hintergrund des Wohnzimmers auf einen Stuhl neben dem Fenster und hörte zu. Überhaupt hörten alle zu, wenn Johann sprach. Er hatte eine weiche, volle Stimme, die einem die Ohren streichelte und das Herz kitzelte. Und er formulierte seine Sätze in einem feinen Hochdeutsch, das klang, als wäre es eine Fremdsprache und habe nichts mit dem Platt der Bauern zu tun. Seit dem ersten Besuch von Bruder Johann wollte Konrad Missionar werden. Denn die Menschen um seinen Onkel herum schwiegen nicht nur, wenn er das Wort ergriff, sie akzeptierten die Stille auch dann, wenn Johann eine Zeitlang nichts sagte. Und diese Stille hatte nie etwas Bedrückendes, im Gegenteil öffnete sie Räume in Konrads Kopf, wo eine Minute zuvor noch keine waren. Manchmal setzte er sich auf die Bank vorm Haus neben Johann und sie beide schauten auf Niklas' Haus gegenüber, ohne dass ein Wort fiel. Manchmal begann der Onkel aber auch von Spanien zu erzählen, beschrieb den Duft von Apfelsinenbäumen oder die Armut der Menschen.

Wenn Johann und sein kleiner Tross nach einigen Tagen aufbrachen, waberte die Stille kurz um den Hof, zerplatzte, und die Kühe waren wieder zu hören, der Traktor gegenüber, das Schreien der Kinder.

Als Konrad seiner Mutter eröffnete, er wolle Missionar werden wie Onkel Johann, freute Marie sich sehr.

»Das wirst du«, sagte sie und strahlte.

Tante Martha zeigte weniger Freude über die Nachricht. Sie reagierte aber auch nicht ablehnend, blieb vielmehr ohne eine Gesichtsregung auf ihrem Stuhl in der Poststelle sitzen und ordnete Briefmarken in Mappen ein. Konrad setzte sich auf den zweiten Stuhl und schaute ihr zu.

Nach einer Weile sagte Martha: »Ich mag ihn auch, den Johann. Ist ja mein Bruder.«

»Er kann gut sprechen und zuhören«, antwortete Konrad.

»Ja«, erwiderte Martha, »aber um Gutes zu tun, hätte er nicht weggehen müssen.«

»Vielleicht hat Gott es ihm ja ins Ohr geflüstert«, sagte Konrad.
»Hast du Gott schon mal flüstern gehört?«, fragte Martha.
Konrad schüttelte den Kopf.
»Gott schweigt mir etwas zu viel«, setzte sie hinzu. »Ab und an könnte er mal antworten.«
Konrad dachte über den Satz seiner Tante nach. Er hatte Gott noch nie um eine Unterredung gebeten, fand, die Ruhe, die von ihm ausging, reiche aus.
Aber Martha sagte: »Ich habe ihn viel gefragt und nie hat er mich fühlen lassen, dass er mich gehört hat.« Sie legte die Mappen beiseite, hob die grau gestreifte Katze, die sich hereingeschlichen hatte, auf ihren Schoß und streichelte sie.
»Weißt du, wie dein Onkel Oskar gestorben ist?«, fragte sie nach einer Weile. Und ohne eine Antwort abzuwarten, sagte sie: »Er ist erfroren. In einem Lager in Russland. Lange nach dem Krieg. Die Leute dort fanden es lustig, jemanden nackt an einen Stuhl zu binden und bei minus vierzig Grad draußen neben die Straße zu stellen. Ein Freund von Oskar, der auch dort gefangen war, hat mir einen Brief geschrieben. Oskar hat die ganze Zeit laut gebetet und Gott hat ihn erfrieren lassen.«
»Vielleicht hat er Oskar nicht gehört«, antwortete Konrad.
Martha lächelte, was sie nicht oft tat, ehe sie sagte: »Meinst du, weil er in der Nacht betrunken war wie Jupp, wenn er so laut schnarcht, dass man es durchs ganze Dorf hört?«
Konrad hatte noch nie darüber nachgedacht, ob Gott essen und trinken müsse, geschweige denn, ob er Schnaps zu sich nahm.
»Am besten«, sagte Martha, »tut man, was man tun muss, ohne sich mit Gott abzusprechen. Wenn es etwas Gutes ist, wird es ihm später schon gefallen.«

»Aber«, fragte Konrad, »meinst du, Onkel Oskar wäre nicht erfroren, wenn er nicht gebetet hätte?«
»Nein«, antwortete Martha, »er wäre auch dann gestorben. Aber ich würde dann nur die Russen hassen und mich nicht mit Gott beschäftigen müssen.«
Die Katze schnurrte, streckte Martha ihren Kopf entgegen.
Dann fragte seine Tante: »Lässt dich der Mertens in Ruhe?«
Konrad nickte.
»Meinst du, weil Gott ein Einsehen hat oder weil deine Mutter beim Lehrer war, nachdem er dir die Nase blutig geschlagen hatte?«
»Was hat Mama zu ihm gesagt?«, wollte Konrad wissen.
Martha lächelte erneut.
»Gesagt? Da kennst du deine Mutter schlecht. Ich glaube, das halbe Dorf hat mitbekommen, was sie ›gesagt‹ hat. Jedenfalls hat der Mertens begriffen, dass er die Polizei vor der Tür haben wird, wenn er dich noch einmal anfasst. Da kannst du stolz auf deine Mutter sein. Das hat vor ihr noch keine im Dorf gewagt.«
Konrad versuchte, sich seine Mutter wütend vorzustellen, schreiend, den Lehrer beschimpfend, aber es formte sich kein Bild in seinem Kopf.
»Mama kann auch gut zuhören«, sagte er schließlich.
»Ja«, antwortete Martha, »das kann sie.«
Die Katze erhob sich auf ihrem Schoß, leckte sich die Pfote.
Martha schaute ihr zu, sagte schließlich: »Wenn die Katze sich putzt, kommt Besuch.«
Zehn Sekunden später ging die Tür auf und der Pfarrer betrat die Poststelle.

22. Erste Befragung von Matthias Weber, genannt Matteck, aufgezeichnet am 15. August 2018 (Fortsetzung)

Was genau ist denn damals in Brokdorf passiert?
Da ist viel passiert. Die haben das Gebiet ja von Anfang an als Festung angelegt, mit Stacheldrahtrollen, Wassergräben und einem Polizeiaufgebot, als sei ein Bürgerkrieg ausgebrochen. Das zeigte deutlich, was der Staat von unserer Meinung hielt. Es war scheißegal, was wir dachten. 1976 waren wir vielleicht fünftausend Demonstranten, also noch nicht so viele. Aber gut die Hälfte versuchte, das Gelände zu stürmen. Wir fühlten uns provoziert. Hätten die mit uns geredet, uns gezeigt, ja, wir nehmen eure Bedenken ernst, wäre die Situation nicht so eskaliert. Der AKW-Bau hatte ja in einer Nacht- und Nebelaktion begonnen. Das war ein völliger Affront. Also haben wir behelfsmäßige Brücken über die Wassergräben gebaut, die Zäune durchgeschnitten. Und die Polizei antwortete mit Wasserwerfern und Tränengas.
Einen Monat später bei der zweiten Brokdorf-Demo waren wir schon dreißigtausend. Es gab Straßensperren, die uns zwingen sollten, schon weit vorm Gelände umzudrehen. Hubschrauber waren in der Luft. Das hat einem so derart die eigene Hilflosigkeit gezeigt, dass wir immer aggressiver wurden.

Auch Herr Schnittweg?

Nee, der nicht. Der wirkte wie Gandhi mit gestrickter Zipfelmütze inmitten vom Chaos. Konrad ist auch nicht mitgestürmt. Der wartete auf der Wiese mit vielen anderen, hielt ein Transparent hoch, auf dem stand: *Der Atommüll bleibt den Erben*, und stopfte sich Watte in die Ohren, wenn alle im Chor skandierten. Ich bin ohne ihn aufs Gelände. Damals gab es hundertfünfzig Verletzte, davon die Hälfte aus Ihrem Berufszweig. Bei der nächsten Demo waren wir schon fünfzigtausend und es gab einen vorläufigen Baustopp. Wir waren zufrieden. Es zeigte, dass es sich lohnt, sich zu wehren. Und als es dann im März 79 einen Vorfall im Kernkraftwerk Three Mile Island bei Harrisburg in Pennsylvania gab, dachten wir, jetzt checkt auch die deutsche Politik, was Sache ist. Und was kam? 1981 wurde der Baustopp aufgehoben. Da tauchten wir dann zu Hunderttausend in der Wilstermarsch auf. Das ging richtig ab. Konrad hielt sich wie immer im Hintergrund, aber die Polizei begann uns zu jagen. Sie flogen mit den Hubschraubern so tief über unsere Köpfe, dass du dachtest, du fliegst gleich weg. Immer wieder bildeten sich kleine Gruppen, die sich den Knüppeln widersetzten. Und plötzlich blieb auch Konrad stehen, blickte zurück und wartete. Er sah so unscheinbar aus. Eine absurde Situation. Und ein Polizist schälte sich aus deren Reihen und lief auf Konrad zu. Ich war ein Stück weiter stehen geblieben, dachte, der Uniformierte in seinem Kampfanzug begreift, dass vom Zipfelmützenträger keinerlei Gefahr ausgeht. Aber der rannte Konrad mit seinem Schutzschild über den Haufen und begann, mit dem Gummiknüppel auf ihn einzudreschen. Und noch ehe ich reagieren konnte, sprang so ein vermummter Typ in einem Militärparka dem Polizisten mit einem Karatekick gegen die Brust, dass ich dachte, das überlebt der nicht. Hätte ich nicht eingegriffen, wäre vom Beamten nichts übrig geblieben. Zu dritt rannten wir weiter. Erst nach einigen Kilometern entspannte sich die Lage und Konrad sagte: »Das war Rainer. Ich habe ihn erkannt.«

»Das kann doch nicht sein«, antwortete ich.

Und der Typ, der Konrad geholfen hatte, fragte: »Wer ist Rainer?«

»Mein Bruder«, sagte Konrad.

Wir schwiegen eine Weile, gingen weiter, bis der Typ im Parka sagte: »Der hätte dich krankenhausreif geprügelt.«

»Ich weiß«, antwortete Konrad, »danke.«

Daraufhin nahm der Typ die Kapuze vom Kopf, zeigte sein pechschwarzes Haar und gab uns die Hand, während er sagte: »Ich bin Guido.«

Guido Immertal?

Ja, aber wir haben den danach nicht wiedergesehen. Es war klar, dass das ein Irrer war, so wie der auf Rainer eingedroschen hatte. Und Konrad brachte seinen Gesprächspartner für politische Themen, der Guido ab 2010 ja wurde, auch jahrelang nicht mit dem Parka-Träger in Verbindung. Das fanden beide erst lange Zeit später heraus, beim Schwelgen in revolutionären Erinnerungen.

Sie mögen Guido Immertal nicht besonders.

Richtig. Rainer hatte zwei gebrochene Rippen und erstattete Anzeige gegen Konrad. Es gab Verhöre, aber Konrad war nichts nachzuweisen. Er hatte ja auch nichts getan. Ich glaube, die Anzeige hatte Rainer im Affekt gemacht und das tat ihm schon wenig später, als sein Kopf wieder klar war, leid. Die Brüder haben sich schnell verziehen.

Und Rainer hat seinen Job an den Nagel gehängt. Ich will nicht sagen, dass es wegen besagter Aktion war, vielleicht hat er schon vorher an seiner Berufung gezweifelt, aber ab 82 war der nicht mehr bei der Polizei, sondern Medizinstudent. Der hatte ja ein Einser-Abi hingelegt und jeder war baff gewesen, als er ankündigte, Polizist werden zu wollen. Vielleicht hatte er anfangs den Arztberuf im Auge gehabt, sich dann aber umentschieden, weil der große Bruder bereits auf dem Trip war. Ist ja oft so, dass der Jüngere sich eine Nische sucht, die noch nicht besetzt ist. Und als Konrad dann sagte, nee, Arzt kann ich nicht werden, da hat Rainer gedacht, na, dann mach' ich das halt. Kann ja nicht jeder sagen: Wenn isch nix weede, weed isch Weet.

Sie meinen, die Brüder haben sich trotz allem gut verstanden?
Was heißt schon gut verstehen. Es waren Brüder. Da gab es Reibereien. Aber Blut ist eine dicke Flüssigkeit. Ich kann mich nicht daran erinnern, dass Konrad je etwas Schlechtes über seinen Bruder gesagt hätte. Ja, der war Polizist und er hatte seinen Knüppel gespürt. Aber die Bedrohung ging von der Atomlobby aus, vom Staat, nicht vom Bruder. Wir fühlten uns ja wie in Vietnam. Klingt bescheuert, aber wir hatten diese Bilder im Kopf. Und es brannte. Dann die Hubschrauber.

Ich dachte, die Eifeler mochten die Amerikaner.
Wegen der Airbase? Als Kinder fanden wir das toll. Da waren die Russen die Bösen. Das hat sich aber schnell geändert. Die Russen sind zwar nicht die Guten geworden, aber mit den Amerikanern jing et rasant d'r Berg eraf.

In seinem Brief nimmt Herr Schnittweg vor allem Bezug auf die europäische Politik, nicht auf die USA. Er gibt der EU und den Nationalstaaten die Schuld an allem.
Der Brief ist nicht von ihm! Wissen Sie eigentlich, dass die Präsidentin, bevor sie Konrad traf, mit Peter Pleimer liiert war? Der hätte zum Beispiel ein handfestes Motiv, Konrad eins auszuwischen. Der war früher schon so eifersüchtig, dass dem alle Sicherungen durchgebrannt sind.

Sie hatten doch keinen Kontakt zu Peter Pleimer, haben Sie gesagt. Es soll nur eine flüchtige Begegnung vor einigen Jahren gegeben haben.
Das ist richtig. Aber damals ..., also wie soll ich das sagen? Wir hatten uns lange nicht gesehen und tauschten erst Belanglosigkeiten aus. Wie geht es dir? Was machst du so? Peter hatte wenig Zeit, da er in die Oper wollte. Aber es dauerte dann gerade einmal drei, vier Sätze, da war der schon bei Konrad und der Präsidentin. Nach all den Jahren. Konrad hat Rieke 92 geheiratet und jetzt war 2012. Also zwanzig Jahre. Da erzählt man doch nicht direkt davon. Aber Peter sagte, dass das schon sehr übel gewesen sei, was Konrad ihm angetan habe. Ich fand das lächerlich. Doch es zeigte, wie Pleimer tickte, wie krankhaft nachtragend er war. Und ich erinnerte mich an eine Szene in Koblenz. Peter hatte ein Foto seiner damaligen Freundin im Spind, zumindest hat er behauptet, das sei seine Freundin. Und irgendwer sagte aus Jux: »Die kenne ich, die hat mir mal einen geblasen, dass ich rosa Elefanten gesehen habe.« Daraufhin hat Peter den zusammengeschlagen und ging dafür eine Woche in den Bau. Da möchte ich nicht wissen, zu was der fähig ist, wenn man dem tatsächlich die Freundin ausspannt.

Woher wusste Herr Pleimer, dass Sie und Herr Schnittweg Kontakt hatten?
Wusste der nicht. Hat er vielleicht vermutet, weil ich und Konrad oft zusammenhingen in Koblenz. Aber sein Geschwätz sagte mir, dass ich nicht der Erste war, bei dem er sich ausheulte. Das kam dem einfach hoch. Ich dachte, das Gleiche erzählt der nachher seinem Sitznachbarn in der Oper noch einmal. Der hat sich erleichtert. Andere laufen zum Klo. Peter reihert einem ins Ohr.

Er hat nur über Herrn Schnittweg geredet?
Nee. Er hat auch noch von seinem Handel mit Statuen aus Asien und Afrika erzählt. Und dass alle ihm schlecht wollten. Ich wusste von früher, dass er Zeug für Dritte-Welt-Läden beschaffte, aber dass das noch immer sein Hauptgeschäft war, erstaunte mich. Erstens gab es diese Läden so nicht mehr, weil niemand mehr von Dritter Welt sprach. Und dann sah Peter in seinem Anzug nicht nach Fair Trade aus, eher nach Geschäftsmann, der jedem, der nach seinen Profiten fragte, sagen würde, blos dir jet. Aber im Lamentieren war er groß. Anscheinend hatte die ganze Welt sich gegen ihn verschworen. Die Schnitzer in den Dörfern, der Zoll, die Abnehmer, alle ließen sie ihn verarmen. Dabei gehe ich jede Wette ein, dass man noch an dessen Badehose ablesen konnte, dass er Golf spielte und kein Fußball.

…

23. *Westliches Tageblatt*, Freitag, 15. Juni 2018

Terroristen beim Kölsch

Auf den Spuren von K. Schnittweg

Von Axel Keider

Der achtundsechzigjährige Psychotherapeut K. Schnittweg, der vor einem Monat einen Brief, in dem er ein Attentat auf einen Politiker ankündigte, an mehrere Medienredaktionen schickte, ist nach wie vor untergetaucht. Jeder Versuch, mit jener Person, die den Verdächtigen unter dem Code-Namen »Lenin« bis zu dessen Verschwinden begleitete, ins Gespräch zu kommen, scheitert an der aggressiven Abwehr des selbsternannten Revolutionärs. Die polizeilichen Ermittlungen ergaben, dass sich hinter »Lenin« ein Mann verbirgt, der in Köln geboren wurde, von den Eltern aber nach Bad Honnef aufs Internat Waldschloss geschickt wurde, weil die aufmüpfige Energie des Kindes früh bedrohliche Züge annahm. Den Namen des Mannes geben die Behörden nicht preis. Auch in besagtem Internat soll es zu Vorfällen gekommen sein, die für die Beteiligten höchst unangenehme Folgen gehabt haben. In einem Fall starb dabei sogar eine Klassenkameradin, aber »Lenin« wurde dafür nie belangt. Warum?

Heute ist der Chef der sogenannten »Schwarzen Zellen«, einem linksradikalen Zirkel, der in der Zerstörung die eigentliche Erfüllung sucht, bei den Kölner Abfallbetrieben angestellt. Zweifellos eine Tarnung, die ein integriertes

Dasein suggerieren soll. In Wirklichkeit ein Gefährder, eine tickende Zeitbombe. Aber die Justiz scheint sich an den Mann nicht ranzutrauen. Stattdessen durfte er all die Jahre zusammen mit K. Schnittweg in der Kneipe sitzen, Pläne schmieden, die nicht ohne Blutvergießen zu realisieren sind. Terroristen beim Kölsch.

Mittlerweile führt die Spur des Psychotherapeuten nach Budapest. Mit gefälschtem Pass, unter dem Namen Guido Immertal, soll er am vergangenen Montag von Berlin aus in die ungarische Hauptstadt geflogen sein. Wer dort die Kontaktleute sind, ist der Polizei nicht bekannt. Ein interessantes Detail in Bezug auf diese Reise ist, dass K. Schnittweg, der das Kapital zum Erzfeind erklärt hat, im Gresham-Palast abstieg, einem Fünf-Sterne-Hotel nahe der Donau, wo er nicht nur über vierhundert Euro pro Nacht für sein Zimmer bezahlte, sondern zufälligerweise auch einem alten Bekannten aus seiner Militärzeit über den Weg lief, dem heutigen Geschäftsmann Peter Pleimer.

Am Rande sei erwähnt, dass das aus London stammende Versicherungsunternehmen Gresham das Gelände samt einem neoklassizistischen Palast im Jahre 1880 kaufte, weil es ihm zu jener Zeit in Großbritannien nicht erlaubt war, in Aktien zu investieren, es aber durchaus Besitztümer anhäufen und Mieteinnahmen generieren durfte. Später verlagerte die Gesellschaft ihren Hauptsitz nach Budapest und baute den Jugendstil-Palast, wie wir ihn heute kennen, ein von Reliefs und Skulpturen überbordendes Gebäude, das im Inneren durch eine ornamentlastige Glasarchitektur besticht. In einem Satz: nicht wirklich ein Ort für erklärte Revolutionäre. Heute belegt die Hotelkette Four Seasons das Gebäude.

Peter Pleimer sagt auf Nachfrage hin, dass er darüber gestaunt habe, seinen Kameraden in dieser Lobby zu sehen. Er habe K. Schnittweg nur als Sanitäter und Wollmütze tragenden Hippie gekannt. Und nun sei er im schicken Anzug vor ihm gestanden. Da sie beide nie große Freunde gewesen seien, habe sich das kurze Gespräch um Nichtigkeiten gedreht. Er selbst habe da auch noch nichts vom Brief K. Schnittwegs an die Presse gewusst, da er seit über einem Monat im Ausland gewesen sei.
»Was mich jedoch stutzig machte«, so Peter Pleimer weiter, »war Konrads Behauptung, er expandiere nach Osten und habe den asiatischen Raum im Blick. Soweit ich weiß, ist er Psychotherapeut. Was gibt es da zu expandieren? Dann dachte ich: Er reist im Namen der Firma seiner Frau, und musste lachen. Konrad als wortgewandter Vertreter für Messtechnik? Das wollte mir auch nicht in den Kopf.«

Wollte K. Schnittweg den zufällig auftauchenden Bekannten mit seiner Erklärung abwimmeln? Hatte er Angst, entlarvt zu werden? Denn politisch gesehen passt der amtierende Ministerpräsident Ungarns, Viktor Orbán, ins Feindbild des Psychotherapeuten. Könnte dieser das im Brief angedeutete Opfer werden?
Oder ist diese Reise nach Budapest nur der Finanzierung des Terrors geschuldet? Ist etwas dran am Geschäft mit Asien? Und wenn Letzteres der Fall ist, vertritt K. Schnittweg tatsächlich die Firma seiner Frau oder ist die Firma womöglich ein Unternehmen, um Geld zu waschen, Geld aus illegalen Transaktionen?

Unseren Journalistenkollegen aus Budapest, die wir kontaktierten und die sich am nächsten Morgen im Gresham-Palast über den Verdächtigen informieren wollten, wurde von der Rezeption mitgeteilt, Herr Immertal sei bereits abgereist. Wohin, war nicht herauszufinden.

Hat K. Schnittweg das Land verlassen? Von Budapest aus gab es keine Flugbuchung unter dem Namen Immertal. Einen Wagen hat er ebenfalls nicht unter diesem Namen gemietet. Sollte er sich noch in Ungarn aufhalten, dürften die dortigen Behörden aber bereits Wind von den Plänen des Psychotherapeuten bekommen haben. Denn mit seiner Reise nach Ungarn müsste auch der deutschen Polizei klar geworden sein, dass die Gefährdung sich nicht auf die Bundesrepublik beschränkt.
Natürlich haben wir die Pressekollegen in Budapest gebeten, die Behörden in ihrem Land zu informieren, für den Fall, dass die europäische Zusammenarbeit seitens der Fahndungsbeamten doch nicht so klappen sollte, wie es nötig ist. Wir bleiben dran.

24. Aus dem Sitzungsprotokoll »Guylain Kisula« (April 2001)

»Mein Kopf ist immer voll«, sagte Herr Kisula, »das macht meinen Körper schwer. Als Mukami starb, kam meine Mutter Marie Munongo am nächsten Morgen das erste Mal zu unserem Haus. Antoinette öffnete ihr. Meine Mutter sagte kein Wort, schaute meine Frau nur an, so wie ein Löwe das tut, mit einer Selbstverständlichkeit, die das Recht auf Tötung beinhaltet. Vielen hätte das Angst gemacht, aber Antoinette, so zuvorkommend und freundlich sie auch war, ließ sich nicht einschüchtern und fragte meine Mutter, was sie wolle. Da Marie nicht antwortete, schloss meine Frau die Tür wieder und ließ meine Mutter draußen stehen. Ich saß am Frühstückstisch. Als Antoinette sich wieder zu mir setzte und ich fragte, wer geklopft habe, antwortete sie: ›Eine Fremde.‹

Erst als ich eine halbe Stunde später zur Arbeit aufbrach und die Tür öffnete, sah ich meine Mutter dort stehen. Ich bat sie herein, aber sie wollte die Schwelle nicht übertreten.

›Mukami ist tot. Sorg für ein ordentliches Begräbnis‹, sagte sie, drehte sich um und ging.

Warum sollte ich mich um die Beerdigung der Heilerin kümmern? Mukami hatte mich genauso für ihre Zwecke benutzt, wie meine Mutter das getan hatte. Und es gab mit Sicherheit genug Spenden der Gläubigen für eine schöne Zeremonie. Zudem hatte ich Angst, meine Mutter würde

mir, während man die Tote ins Grab hinabließ, das Kreuz vors Gesicht halten.
Seit ich von zu Hause weggezogen war, hatte ich nur noch selten einen epileptischen Anfall bekommen. Und ich hatte nicht vor, eine Situation zu schaffen, die das ändern würde. Ich bin deshalb nie zum Friedhof gegangen, auch später nicht. Ich hatte Angst, Mutter tauche dort auf. Aber ich habe sie nie wieder gesehen, nur noch von ihr gehört. Über Umwege. Sie hetzte gegen ihren eigenen Sohn, machte mich bei ihren Anhängern für alles verantwortlich, was schieflief. War die Ernte in den Gärten vertrocknet, hatte ich die Regenwolken vertrieben. Starb ein Neugeborenes, hatte ich nachts einen bösen Zauber an der Hütte abgelegt. Ich spürte immer deutlicher die Abneigung, ja die Feindschaft um mich herum. Manche machten einen riesigen Bogen um mich, aus Angst, verhext zu werden. Niemand wagte es, mir offen ins Gesicht zu schauen, geschweige denn mir zu sagen, was los war. Das war keine schöne Zeit, aber Antoinette und ich hielten zusammen.

Anfang 1991 starb meine Mutter und ich dachte, jetzt ist der Spuk vorbei. Aber da fing er erst an. Jemand hatte meiner Mutter ein Messer in die Brust gestoßen und ihr ein Kreuz in die Stirn geritzt. Und natürlich sagten die Gläubigen, das sei ich gewesen. Glücklicherweise hatte ich gerade in dieser Nacht mit zwei befreundeten Polizeibeamten in meinem Haus gesessen und Bier getrunken. Doch Menschen glauben lieber, als den Fakten ihr Recht einzuräumen. Und so fand ich merkwürdige Dinge vor der Haustür, blutgetränkte Büschel, Hühnerfüße, geschnitzte Figuren, die mir und Antoinette ähnelten. Meist stieß ich sie einfach mit dem Fuß zur Seite und ließ sie liegen, um

meine Verachtung zu zeigen, auch um jedem klarzumachen, dass dieser Zauber mir nichts anhaben konnte, weil ich rein war.
Auf der Arbeit lief alles zur Zufriedenheit von Herrn Wollach. Die Rosenpflückerinnen und die Sprüher mieden mich zwar, aber ich war ihr Vorgesetzter und sie hielten sich an meine Anweisungen. Die Anpflanzungen hatten sich verzehnfacht. Rosen, so weit man blicken konnte. Die gesamte Ernte wurde nach Europa exportiert. Vor allem Discounter hier in Deutschland wurden damit beliefert.
Eines Tages, es war im September, die Temperatur stieg gerade über zwanzig Grad, da begleitete ich Antoinette zum Markt. Wir hatten die Handvoll Freunde, die uns geblieben waren, zum Abendessen eingeladen, und meine Frau brauchte noch einige Zutaten. Wir kauften hier und dort etwas, schlenderten zwischen den Ständen umher, als ich plötzlich Kamau und Wambui sah. Ich grüßte aus Anstand, zog aber meine Frau in eine andere Richtung, weil ich ahnte, dass die beiden nichts Gutes im Schilde führten, so wie ihre Gesichter vom Hass verunstaltet waren. Antoinette fragte, was los sei. Und ich antwortete nur, ich wolle nach Hause.
Kaum hatten wir den Markt verlassen, erhob sich Geschrei hinter uns. Ich sagte meiner Frau, sie solle schneller gehen. Aber sie drehte sich um und sah eine Horde Männer mit Macheten auf uns zukommen. Ich griff nach Antoinettes Arm und begann zu laufen. Wir hörten Kamau in unserem Rücken brüllen: ›Da sind sie. Holt sie euch!‹ Im selben Augenblick nahm der aufgebrachte Mob die Verfolgung auf. Die Männer sangen wie wild gewordene Vögel, hoben drohend ihre großen Messer. Einige hielten Äxte in der Hand, andere Knüppel mit Nägeln drin. Antoinette

und ich rannten um unser Leben. Da fiel meine Frau hin. Ich versuchte sie hochzuziehen, aber die Männer waren bereits über uns und schlugen zu. Knüppel trafen Antoinette in den Rücken, die Nägel drangen in ihren Körper, eine Axt spaltete ihre Schulter. Überall spritzte Blut. Sie schlugen und schlugen, bis meine Frau in mehreren Teilen um mich herum lag. Neben mir ein Bein, etwas weiter ein Arm. Einer der Männer kickte ihren Kopf die Straße hinab. Ich selbst krümmte mich zusammen, hielt die Arme über mein Gesicht, um mich vor den Schlägen zu schützen. Ich blutete wie frisch geschlachtetes Vieh, aber sie hatten mich am Leben gelassen, damit Kamau mich töten konnte. Er trat aus der Menge, sagte: ›Der Herr Vorarbeiter aus dem Kongo, der uns verhungern lässt.‹ Dann hob er seine Machete und schlug sie mir in den Schädel.

Was anschließend geschah, hat mir einer der Polizisten, mit denen ich befreundet bin, erzählt. Er hatte den Menschenauflauf gesehen und war mit seinen Kollegen zu Hilfe geeilt. Die Mörder meiner Frau hatten sofort die Flucht ergriffen. Ich kam ins Krankenhaus und schwebte wochenlang zwischen Leben und Tod. Aber im Gegensatz zu Antoinette hatte ich Glück. Mein Körper ist heute voller Narben, weshalb ich nur Kleidung mit langen Ärmeln trage, auch wenn es heiß ist. Und natürlich eine Kappe. Sie sehen ja, wie mein Kopf ausschaut. Nur den Zeigefinger konnten sie nicht retten. Den hat Kamau mit einem Schlag abgetrennt. Aber ich lebe. Die Polizei hat Kamau nie finden können. Wambui auch nicht. Meine Freunde haben alle Dörfer am See durchkämmt, aber keine Spur. Als ich das Hospital verlassen durfte, stand ich vor den Ruinen meines abgebrannten Hauses. Jemand hatte Benzin über die Tür und die Wände gegossen und eine Fackel dagegen geworfen. Da meine Papiere in einer Schublade gelegen hatten, wusste ich, dass ich nicht mehr existierte. Meine Freunde hätten mir neue besorgen können, aber ich nahm die Tatsache, dass mein Pass in Flammen aufgegangen war, als Hinweis des Schicksals, den Naivasha-See zu verlassen und neu anzufangen. Sowieso würden Kamau und seine Mörder die erstbeste Gelegenheit nutzen, um mich doch noch zu töten, wenn ich bliebe.

Herr Wollach stellte mir eine Woche lang ein Zimmer zur Verfügung und versuchte, mich umzustimmen. Aber mein Entschluss stand fest, zumal die Angst meine Begleiterin wurde. Ich bekam immer häufiger epileptische Anfälle und mir fehlte die Kraft, wieder in die Gewächshäuser zu den Arbeiterinnen und Arbeitern, die mir nicht wohlgesonnen waren, zu gehen. Überall konnte der Mob zuschlagen, auf dem Markt, auf der Straße, bei der Arbeit. Danach würden sie mich mit einem Stein um den Hals im See versenken und niemand würde mich mehr finden. Als Herr Wollach mich nach einer Woche fragte, ob ich mir die Sache überlegt hätte, antwortete ich ihm, dass ich aus Kenia weg müsse und fragte nach Deutschland.«

25. Guido Immertals Audio-Rekorder, 20. Dezember 2016

… fummelst du denn da dauernd rum?
Nichts. Ich dachte …

Jedenfalls wohnt da niemand mehr von früher. In Neuenrath. Keine Bauern. Alles wurde von niederländischen, luxemburgischen und deutschen Städtern aufgekauft. Wenn nicht gerade Wochenende ist oder die Ferien angefangen haben, gleicht Neuenrath einem Geisterdorf. Kein Vergleich zu meiner Kindheit.
Die Kindheit.

Ja, was? Hattest du keine?
Oh doch. Ich durfte aufs Internat, damit Vater sich der Politik und Mutter ihren Liebhabern widmen konnte. Meine Mitschüler bestanden aus reichem Pack. Die fanden ihre Eltern alle toll, weil die kauften, was die Kinderherzen begehrten. Diese Gefangenen hielten Geldgeschenke für Liebe. Mir war damals schon klar, dass meine Eltern nicht wussten, warum sie mich bekommen hatten. Aber nun war ich nun mal da. Also machte man das Beste draus. Das Beste für Mama und Papa. Und lieferte mich jemandem wie Franz Bumach aus. Ganz ehrlich, ich finde schade, dass der mittlerweile gestorben ist, dem hätte ich gerne mal eine in die Fresse gehauen. Hast du einen Moment aus dem Fenster geschaut, hat er dir das Ohr verdreht oder dir

gegen das Schienbein getreten. Sogar den Rohrstock setzte das Arschloch noch ein. Hände ausstrecken und zack!

Kenne ich von der Volksschule.
Und eines Tages taucht Axel Keider auf. Ich habe den vom ersten Augenblick an gehasst. Gibt ja so Leute, die einem sofort zuwider sind. Der hatte so eine raumgreifende Ausstrahlung, war unansehnlich wie ein Buddha, hatte Geld wie Heu und stahl den anderen das Essen, damit er noch fetter wird.

Jetzt mach mal halblang.
Das Erscheinungsbild spielt immer mit. Muss ich dir doch nicht erzählen. Vorurteile sind ein lebensnotwendiger Schutzschild. Die werden erst in zweiter Instanz problematisch, wenn man sie nicht hinterfragt. Aber als Warnsystem sind sie unerlässlich.

Klingt nach Social Profiling.
Nee, klingt nach Fakten. Wenn du Jahre mit verzogenen, reichen Kindern verbringst und die dich gemobbt haben, dann werden später, wenn dir ein Erwachsener begegnet, in dem du das reiche Kind erkennst, alle Alarmglocken läuten. Ob zu Recht oder Unrecht wird sich dann rausstellen, aber dass die Glocken läuten, ist erst einmal eine gute Sache. Ohne diese Einordnung könnten wir gar nicht existieren. Wir würden blind in jede Falle tappen.

Bei den meisten verfestigen sich die Vorurteile.
Das ist dann was anderes. Es war auch nicht nur Keiders überdimensionierter Körper. Er strahlte Bosheit aus, Gemeinheit. Vielleicht mochte Bumach ihn deshalb so gern,

weil er in diesem Jungen seinen sadistischen Nachfolger witterte. Keider hat von Anfang an für diesen Lehrer spioniert, die Mitschüler denunziert. Und Bumach konnte sich austoben und seiner Lieblingsbeschäftigung, der Misshandlung von Schülerinnen und Schülern, nachkommen. Und dann passierte diese Geschichte mit Sabine Weino. Die war nicht wirklich helle, aber extrem nett. Die Einzige, mit der ich mich öfter unterhalten habe damals. Und dieses Mädchen hat Keider indirekt gezwungen, auf den zugefrorenen See zu gehen. Das war nicht erlaubt, standen auch überall Verbotsschilder rum. Ich denke heute noch, dass Keider mich treffen wollte und nicht Sabine, aber da war was schiefgelaufen mit dem Rucksack, den er auf das Eis geschmissen hatte. Sabines und meiner sahen exakt gleich aus. Sie ist auf den See gerannt und eingebrochen. Das war ein Schock für uns alle. Sogar für Keider. Ich habe versucht, bis zum Loch zu kommen, bin über die dünne, kalte Fläche gerobbt. Unter mir knackte es. Aber ich erreichte sie nicht, weil das Eis immer mehr Risse bekam. Keider hatte mittlerweile Bumach geholt und behauptet, ich hätte Sabines Rucksack auf das Eis geworfen. Aber er kam damit nicht durch, weil andere Schüler sich zu meinem Erstaunen einmischten und nicht mit der Wahrheit hinterm Berg hielten. Sie erzählten dem Lehrer, wie sich alles abgespielt hatte. Bumach versuchte, ein Seil zu Sabine zu werfen, doch das klappte nicht. Dann forderte er sie auf, mit ihren Armen eine Schneise ins Eis zu schlagen, aber sie hatte keine Kraft. Wir wurden alle weggeschickt. Als die Feuerwehr eintraf, war Sabine bereits ohnmächtig geworden und ertrunken. Keider flog von der Schule. Mehr passierte, soweit ich weiß, nicht. Hatte halt reiche Eltern, der Axel.

Waren die von Sabine das nicht? Reich?
Wahrscheinlich. Aber nicht so mächtig. Die setzten ihr Geld für soziale Projekte ein.

Keiders Eltern werden auch gespendet haben.
Ja. Ich nehme an, an die NPD.

Guido, bitte. Da werden die Vorurteile dann lästig.
Ich traue der Familie alles zu.

Also hinrichten?
Mal sehen.

Du bist verrückt. Ich habe noch mal nachgedacht über unsere letzten Gespräche. Wie man sich politisch wehren kann und muss, wenn man mehr und mehr entmündigt wird. Es scheint mir tatsächlich Momente zu geben, die nicht anders als durch Gewalt zu lösen sind. Da stimme ich dir mittlerweile zu. Aber Gewalt bleibt immer nur das allerletzte Mittel.
Wann ist denn das allerletzte dran? Je länger man wartet, desto stärker verkrusten die Strukturen. Auch in den Köpfen der Leute. Diese Strukturen sind auch Gewalt, die das Volk schleichend gefügig macht.

Das ist deine Meinung. Andere sehen das anders.
Aber ich handele nun einmal entsprechend dem Fazit meiner eigenen Analyse und nicht durch das Befinden anderer.

Das hat Anis Amri, als er gestern den Sattelzug in die Besucher des Berliner Weihnachtsmarktes steuerte, auch gemacht. Der denkt, dass sein Handeln richtig war.

Ja, aber das Ideal der Islamisten ist die Diktatur.

Und Lenin?
Lass die doofen Anspielungen. Wir treten für eine Welt ein, in der niemand hungert, jeder sich Gesundheit leisten kann, es keine Ausbeutung von Arbeitskraft gibt. Das ist Gleichberechtigung ohne Unterschied, ob jemand Frau oder Mann, Christ oder Muslim ist. Wenn du mich provozieren willst, bitte, aber wundere dich dann nicht. Ich lasse mich nämlich provozieren.

Noch leben wir in einer Demokratie.
Ist das pure Verzweiflung, sich derart an den Status quo zu klammern? Du hast mir von diesem Mann aus Kenia erzählt, der vor Jahren in deiner Praxis war …

Ein Kongolese. Er hat in Kenia gelebt.
Er war doch da bei diesen Rosenzüchtern, die uns hier mit Sträußchen beliefern. Ich fange jetzt gar nicht erst an mit den Arbeitsbedingungen oder damit, dass die Massai immer mehr Rinder verlieren, weil die Tiere aus den Abwasserkanälen der Rosenfarmen trinken, damit, dass der Naivasha-See kippt und die Fische verrecken, obwohl auch dafür europäische Firmen verantwortlich sind und eine neue Form des Kolonialismus betreiben. Immerhin kann man da noch damit argumentieren, dass sie mit ihren zwielichtigen Geschäften Menschen Arbeit geben und gut für die Exportwirtschaft Kenias sind. ABER …

Ich habe schon auf das Wort gewartet.
… seit letztem Jahr gibt es das berüchtigte Freihandelsabkommen EPA zwischen der EU und achtundsiebzig afrika-

nischen, karibischen und pazifischen Staaten. Kenia hat sich bis zum Schluss gegen den Vertrag gewehrt, weil die dortige Regierung wusste, dass die Europäer ihre Waren in Kenia billiger verkaufen können als die Einheimischen ihre eigenen Produkte, was unweigerlich die Zerstörung des Binnenmarktes im ostafrikanischen Land zur Folge haben wird. Was wiederum Flüchtlinge produziert. Warum hat Kenia schließlich doch unterschrieben? Weil die EU einfach die Zölle auf Waren aus Kenia erhöhte, auf Schnittblumen bis zu dreißig Prozent, etwas weniger auf Dosenananas, Röstkaffee und Tee. Zudem stand im Raum, keine Rosen mehr aus Kenia zu beziehen, womit ein wichtiger Wirtschaftszweig von heute auf morgen verschwunden wäre. Erpressung, lieber Konrad, im Namen demokratischer Werte. Die EU lässt diese Länder ausbluten und katapultiert sie in die Armut, während die Grenzen Europas dichtgemacht werden. Da gibt es nur zwei Möglichkeiten: Schluss damit oder weitermachen. Die EU wird weitermachen, wenn niemand diese Kommissare aufhält.

Schon bezeichnend, dass es bei uns viele Demos gegen TTIP gab, aber keine gegen EPA.
Bei Ersterem waren wir ja auch die Blöden: Abbau von Standards und Demokratie. Bei EPA leiden nur die Schwarzen.

Ich bin da deiner Meinung. Aber was soll sich ändern, wenn du morgen den Kommissionspräsidenten oder die Kommissarin für Handel ausschaltest?
Im ersten Moment vielleicht nichts, aber dann sehr viel. Erst wird jemand folgen, der genau den gleichen neoliberalen Senf propagieren wird, aber wenn auch der liquidiert

ist, wird die Luft schon angenehmer. Vor allem wird der Rechtsruck in Europa aufhören. Denn der ist die logische Konsequenz des neoliberalen Faschismus.

Ja. Hast du schon mal erwähnt.
Da ist er wieder: der die Scheiße bejahende Ironiker. Jetzt haben wir auch noch Trump in den USA. Was muss noch geschehen?

Ich bin nun wirklich kein Freund von Trump, aber er plädiert wie du für die Stärkung der lokalen Wirtschaft. Buy local. Willst du den auch töten?
Ich würde in Europa anfangen. Bei den Rechten und bei denen, die dem Faschismus den Boden bereiten: den Neoliberalen.

Na, darauf ein Bier. Prost, Guido.

26. Details aus dem Schnok-Archiv (Februar 2019)

Bei aller politischen Verstrickung, so der Polizeibeamte Schnok, gelte es, die persönliche Ebene des Falles nicht aus dem Blick zu verlieren, scheine doch so ziemlich jeder der Involvierten, trotz gegenteiliger Versicherungen, ein Motiv in sich zu tragen, dem vermeintlichen Attentäter in spe, Konrad Schnittweg, eins auszuwischen, wenn nicht Schlimmeres anzutun, angefangen bei der durch die Kupidität des Ehemannes auch nach Jahren noch verletzten Erst-Gattin über Frau Rieke Schnittweg bis hin zum guten Freund Matthias Weber. Selbst jemand wie Richter Kremel, der Nachbar, würde den Psychotherapeuten mit Freuden im Gerichtssaal begrüßen, womit er, Schnok, natürlich keineswegs die Integrität eines für die Justiz tätigen Mannes in Frage stellen wolle. Da die Annahme, Konrad Schnittweg sei der Verfasser des Drohschreibens, von einigen Seiten bezweifelt würde, obwohl für ihn, Schnok, diese Zweifel jeglicher rational fundierten Grundlage entbehrten, müsse er als Ermittler selbstverständlich auch diesen Standpunkt kurzfristig einnehmen, also Konrad Schnittwegs Unschuld voraussetzen, um so den Blick für die eventuellen Auslöser einer Straftat gegen den Verdächtigen freizumachen. Wenn man davon ausgehe, dass Frau Rieke Schnittweg beispielsweise Geschäftsfrau bis ins Rückenmark sei, dazu hochmögend, also einflussreich und mächtig, und selten etwas gegen ein Geldchen

einzuwenden habe, und wenn man weiter annehme, dass Konrad Schnittweg genau das ein Dorn im Auge gewesen sein könnte und er womöglich versucht habe, die Gattin zu überzeugen, die Firma zu veräußern, sie gar gedrängt habe, dann ruhe in dieser Konfrontation ein Potenzial, das durchaus Explosivkraft habe. Womöglich sei hier sogar das Motiv für den Brand in Konrad Schnittwegs Praxis zu finden, denn durch die Zerstörung der Arbeitsräume ihres Mannes hätte Rieke Schnittweg die Notwendigkeit, durch ihre eigene Firma die Familie zu ernähren, schaffen können. An Verkauf sei folglich nicht mehr zu denken gewesen. Die Frage, die sich daraus ergebe, sei die nach der Reihenfolge. Verschwand Konrad Schnittweg und anschließend brannte seine Praxis ab oder waren die Flammen Anlass, die Ehefrau zu verlassen? Natürlich wisse er, Schnok, um den spekulativen Charakter dieser Gedankenspielereien, aber so funktioniere nun einmal der Abbozzo, der erste skizzenhafte Entwurf einer wissenschaftlichen Arbeit, bei der es darum gehe, Thesen aufzustellen und sie im Blick zu behalten, bis sie sich als falsifiziert klassieren ließen.
Ziehe man Rainer Schnittwegs Aussage hinzu, die Ehe des Bruders sei keine glückliche gewesen, ja der Ältere mache überhaupt alle Menschen, die in seiner Nähe weilten, unglücklich, vor allem aber Frauen, dann komme zur Annahme, es sei um einen Verkauf der Firma gegangen, eben die Ebene einer zerrütteten Gefühlswelt hinzu. Könne dementsprechend Rieke Schnittweg ein Interesse am Verschwinden ihres Mannes gehabt haben?

Auf der anderen Seite habe gerade Rainer Schnittweg alle Anlagen gehabt, den Älteren ausschalten zu wollen, scheine seine Abneigung dem Bruder gegenüber doch der des Psychotherapeuten ihm gegenüber in nichts nachzustehen. Ja, mittlerweile denke er, Schnok, der jüngere Schnittweg habe nach der Polizeikarriere, wenn man diese Berufsphase denn so nennen könne, nur deshalb Medizin studiert und sei in der Folge Landarzt geworden, weil er dem Bruder eins auszuwischen gedachte, also, um ihm zu zeigen, was du nicht schaffst, mache ich im Handumdrehen. Wenn dem denn so gewesen sei, könne man davon ausgehen, dass diese späte Berufswahl des Bruders bei Konrad Schnittweg keineswegs auf Gleichmut gestoßen sein dürfte, geschweige denn Freude ausgelöst habe. Er, Schnok, müsse sich folglich fragen, wie stark der Hass gewesen sein mochte, also welche treibende Kraft in ihm, Rainer Schnittweg, agiert habe, dass ihm der Sinn nach einem jahrelangen Medizinstudium gestanden habe, nur um anschließend einen Beruf ausüben zu können, der ihm womöglich gar nicht gefallen habe, dafür aber ein schmerzhafter Stachel in der Seele des Bruders gewesen sei. Rufe man sich hierzu parallel die 78 Briefe, die Rainer Schnittweg an die Gattin des Psychotherapeuten geschrieben habe, ins Gedächtnis, Liebesbriefe wohlverstanden, von denen gerade die letzten klängen, als habe zwischen seiner Schwägerin und ihm eine Beziehung existiert, die über das Familiäre hinausgehe und in denen er die Annullierung der Ehe mit dem Bruder fordere, dann ergebe sich aus der Addition beider Tatbestände durchaus ein Motiv, das im Auge zu behalten er, Schnok, auf jeden Fall den Willen habe.

Mittlerweile sei übrigens bekannt, wer der Polizei diese Briefe zugespielt habe. Der recht unbedarfte Überbringer habe, allem Anschein nach, keinen blassen Schimmer davon gehabt, dass der Eingangsbereich der Dienststelle mit

Kameras ausgestattet sei. Es handele sich um einen Gymnasiasten namens Leon Kasparek, der den mit Lassoband umwickelten Schuhkarton einfach vor der Tür abgestellt habe. Es sei wohl nicht schwer zu imaginieren, was ein verwaister Karton vor der Tür einer Polizeidienststelle ausgelöst habe. Die Überwachungsbilder hätten schon zwei Tage später zum besagten Gymnasiasten geführt, und der habe auf die Frage, wer ihm den Karton gegeben und ihn beauftragt habe, diesen den Beamten zuzuspielen, geantwortet, er habe den Mann vorher noch nie gesehen. Nach der Schule sei der Mann auf ihn zugekommen, habe ihm einhundert Euro geboten, wenn er den Karton bei der Polizei abgebe. Das sei ein Geschäft gewesen, das er nicht habe ablehnen können. Der Auftraggeber sei nicht viel größer als er selbst gewesen, dafür älter, habe schütteres Haar gehabt, aber sehr auffallende Koteletten, die sich zur Kinnspitze hin verjüngten. Auch sei er Brillenträger gewesen, habe die Brille aber nicht auf dem Nasenrücken sitzen gehabt, vielmehr sei das Gestell an einem Goldkettchen befestigt gewesen und habe über der Jacke vor der Brust des Mannes gebaumelt.

Diese Beschreibung, so Schnok, passe hundertprozentig auf Rainer Schnittweg. Offensichtlich habe dieser der Polizei seine eigenen Liebesbriefe zukommen lassen. Er, Schnok, frage sich, warum? Hatte der Jüngere von Anfang an ein schlechtes Gewissen, dessen Gewicht all die Jahre von Monat zu Monat zugenommen hatte, und wollte er sich nun ein für alle Mal der Vergangenheit entledigen, da er sich eingestehen musste, dass Rieke Schnittweg für ihn unerreichbar bleiben würde? Schuldgefühle, obwohl er seinen Bruder nicht mochte? Dazu passe auch der Redefluss bei der ersten Befragung, die er, Schnok, wie bereits erwähnt, als eine Art Beichte wahrgenommen habe. Oder war hier die Methode »Angriff ist die beste Verteidigung« am Werk, und Rainer Schnittweg intendierte vom eigentlichen Motiv seines Handelns, was auch immer dieses sein mochte, durch eine Aktion, die nur in zweiter Linie mit den Geschehnissen in Verbindung stand, abzulenken? Jedenfalls behauptete der Landarzt bei einer zweiten Befragung, man habe ihm die Briefe gestohlen. Er kenne keinen Leon Kasparek und habe keinem Gymnasiasten Geld geboten, damit dieser mit Liebesbriefen zur Polizei laufe. Auch der Schüler habe Rainer Schnittweg auf einem ihm gezeigten Foto nicht wiedererkannt. Trotzdem müsse er, Schnok, aufgrund der Indizien davon ausgehen, dass es Rainer Schnittwegs Wille gewesen sei, die Ermittler in Kenntnis der Briefe zu setzen. Womöglich habe er auch im Affekt gehandelt, sei einen Moment lang abgedreht, nach Köln gefahren und habe sich erst wieder gefangen, als die Übergabe bereits stattgefunden hatte. Zumindest ließen die Briefe die Interpretation zu, Rainer Schnittweg sei ein emotionsgeladener Mensch, der trotz besseren Wissens seine Gefühle – seien sie nun entgegenkommend oder ablehnend – nicht unter Verschluss halten könne. Überspitzt ließe sich sagen, so der Ermittler Schnok, dem Bruder gehe das geistige Raffinement ab, dessen es bedürfe, überbordende Ausbrüche zu sublimieren. In diesem Zusammenhang seien auch die Essgewohnheiten des Arztes zu erwähnen, ernähre dieser sich doch vornehmlich von Tiefkühlkost und aufgewärmten Fertiggerichten aus Dosen. Nudeln mit Pesto seien da schon der Gipfel kulinarischer Gewagtheit. Er, Schnok, ziehe ja gern Verbindungen zwischen Nahrungsaufnahme und geistigem Sein, weil der Verzehr von Fleisch und Gemüse seiner Meinung nach in

direktem Zusammenhang mit dem Sich-Einverleiben von Welt stehe. Und das nicht nur formal, also durch die Art und Weise, wie dies geschehe, sondern auch inhaltlich, wenn man so wolle, frei nach dem Motto: Sage mir, was du isst und ich sage dir, wer du bist.
Auf diese Art könne er, Schnok, nun alle Protagonisten dieser Geschichte durchgehen, denn auch das Verhältnis von Matthias Weber, genannt Matteck, zu Rieke Schnittweg spiegele bei näherer Betrachtung andere Facetten wider, als der Besitzer des Lokals Zur Birne glauben machen wolle. Aber darüber werde er, Schnok, ein anderes Mal referieren.
Da er sich nun einmal entschieden habe, der Kunst Stoff zu liefern und davon ausgehe, dass der Autor alles dahin gehend verfremde, dass die Geschichte zwar ihre Brisanz behalte, aber eben niemand unmittelbar genannt werde, wolle er nicht verschweigen, dass er im Besitz von Immertals Rekorder sei, einem schmalen, handlangen, silbernen Gerät, das leicht zu bedienen sei und Journalisten bei Interviews gute Dienste leiste. Nach Abhören der einzelnen Aufnahmen gehe er, Schnok, davon aus, dass es noch mehr Mitschnitte gebe, sei es von Treffen mit dem Verdächtigen, sei es von anderen Begegnungen, denn Guido Immertal sei ein großer Freund des Festhaltens solcher Zusammenkünfte, habe sogar Gespräche mit dem Vater aufgezeichnet, sei geradezu besessen davon, Stimmen und ihre Aussagen zu archivieren. Ihn, Schnok, habe das an Abhörmethoden erinnert, wie sie in nichtdemokratischen Staaten gang und gäbe waren und seien, denn wozu solle jemand heimlich Gespräche mitschneiden, wenn er nicht vorhabe, sie später gegen den anderen einzusetzen. Er sage »heimlich«, denn es sei davon auszugehen, dass we-

der Konrad Schnittweg noch andere Betroffene etwas von den Aufzeichnungen geahnt hätten. Er, Schnok, vermute, dass es weitere Aufnahmen gebe, weil die Mitschnitte auf Guido Immertals Rekorder durchnummeriert seien, aber Lücken in der Reihenfolge aufwiesen, begännen sie doch erst bei 3, dann komme 11, dann 17 etc., was darauf schließen lasse, dass der Besitzer die dazwischen fehlenden Aufzeichnungen auf ein anderes Gerät überspielt habe. Denn dass jemand, der so gern horte, plötzlich angefangen habe, die Stimmen zu löschen, mache wenig Sinn. Genauso die Annahme, Guido Immertal habe zwischendurch bloß den Vogelgesang im Park festgehalten und später verworfen. Warum gerade diese und nicht andere Aufnahmen auf dem Diktiergerät belassen wurden, wisse er, Schnok, nicht und leider verweigere man ihm einen Durchsuchungsbefehl für die Wohnung des Revolutionärs, obwohl klar sei, dass die gesuchten Mitschnitte entweder auf dem Klapprechner des Mannes oder aber auf einem anderen Speichermedium zu finden seien, wenn nicht in der Wohnung, dann in einem Versteck. Sein, Schnoks, bei erster Nachfrage mit Zuversicht beantwortetes Anliegen einer Wohnungsdurchsuchung sei schon am anderen Tag von seinem Chef als undurchführbar umschrieben und abgelehnt worden. Ein solches Unterfangen, so habe es geheißen, verlange nach klaren Fakten. Eine Erlaubnis werde nicht aufgrund spekulativer Verirrungen erteilt. Er, Schnok, gehe davon aus, dass Guido Immertals Vater hinter dieser Anweisung stehe, natürlich nicht unmittelbar, aber mittelbar über den Umweg der Politik. Es sei ja durchaus verständlich, dass ein Vater seinen Sohn zu schützen suche. Beweisen könne er das freilich nicht, aber anders sei die Haltung seines Vorgesetzten nicht zu erklären.

Sollte ich mich nun fragen, woher der ermittelnde Beamte, also er, Schnok, das kleine Lenin'sche Aufnahmegerät habe, so wolle er die Kunst nicht im Regen stehen lassen und erwähnen, dass der Journalist Keider es den Behörden am 5. September 2018 übergeben habe. Dieser sei am selbigen Tag in einer Kneipe gesessen, um eine Frikadelle zu verzehren, und habe beim Aufstehen bemerkt, dass er die ganze Zeit auf einem flachen Diktiergerät gehockt habe. Sein erster Impuls sei gewesen, dem Wirt den silbernen Rekorder auszuhändigen, aber dann habe seine journalistische Neugierde ihn dazu gebracht, in eine der Aufnahmen hineinzuhören, und da sei ihm sofort klar geworden, dass nicht der Wirt der richtige Ansprechpartner, sondern die Polizei zu informieren sei. Er, Schnok, stelle nun mir, dem Autor, das Gerät zur Verfügung, natürlich nur innerhalb der Dienststelle, auch wenn dies bei Publikwerdung seiner Karriere einen erheblichen Schaden zufügen könne. Sein Vertrauen in die Kunst, sprich Literatur, sei nun einmal so, dass er auch in deren Bestreben einen Hang zur Wahrheitsfindung sehe und folglich der Beruf des Ermittlers und die Aufgabe des Schriftstellers eine fundamentale Gemeinsamkeit aufwiesen, die er, Schnok, nicht unberücksichtigt lassen wolle. Die Wahrheit sei das Ziel und Schweigen der Kitt zwischen den Zeilen.

27. Erster Monolog von Rieke Schnittweg (August 2018, Fortsetzung)

... Und Halt braucht man in so einer Situation. Mit der Zeit und den Lebensumständen werden die Freunde rar. Beziehungen verlangen danach, gepflegt zu werden, und die, die man pflegt, sind meist geschäftlicher Art. Aber Matteck muss man einfach gernhaben. Als Jakob und Pascal geboren wurden, haben alle mir Kindersachen geschenkt. Ist nett, keine Frage. Matteck hat das ebenfalls gemacht. Aber er hat auch an die Mutter gedacht. Bei Jakob bekam ich einen großen Korb mit Champagner und allerlei Essbarem, bei Pascal sogar ein Kleid. Eine meiner Freundinnen fand das damals unangebracht. Bei anderen Männern wäre es das auch gewesen, aber Matteck sagte, er wolle mich mit diesem Kleid daran erinnern, dass ich nun nicht ausschließlich Mutter sei, sondern das Leben noch andere Schubladen für mich bereithielte. Auch Konrad hat über diesen Satz sehr gelacht. Ich trage nie Kleider. Ausnahme war die Hochzeit. Und Matteck wusste das. Es war ein symbolisches Geschenk, das heute noch im Schrank hängt und mich jedes Mal aufmuntert, wenn ich es sehe.

Matteck hat auch mit den Kindern Fußball gespielt, war Musikexperte für unsere Pubertierenden und hat ihnen, als sie alt genug waren, Trinkspielchen beigebracht und anderen Unsinn. Wir haben zu Hause nie Musik gehört, da war Konrads Lärmempfindlichkeit vor. Wir haben auch nicht ferngesehen. Kinder akzeptieren erst einmal, was die Eltern vorleben und finden das in Ordnung, bis jemand ihnen andere Welten eröffnet. Jakob hatte irgendwann nur noch Kopfhörer in den Ohren und hörte Musik aus den Siebzigern. Pascal war rebellischer, bestand auf seiner Anlage und drehte die manchmal laut auf. Die beiden haben sich vollkommen unterschiedlich entwickelt, obwohl wir sie gleich erzogen haben. Jakob hat selten was erzählt, hat sich zurückgezogen, war oft allein und hat sich früh für Computer erwärmt. Pascal hielt mit nichts hinterm Berg, sprach sofort aus, was ihm nicht passte, und hatte immer eine Bande von Kindern um sich herum. Jakob haben wir bislang zweimal in Berlin besucht, aber wir hatten immer das Gefühl, dass er das Restaurant schnell verlassen wollte. Die Gespräche mit uns waren ihm nicht virtuell genug. Konrad meinte, ich tue dem Jungen Unrecht, wenn ich so etwas sage. Pascal haben wir nie besucht. Indien war Konrad zu weit. Wir sind mit den Jahren sowieso immer weniger gereist. Das war keine Absicht, das hat sich so ergeben. Nach der Hochzeit waren wir in Vietnam. Das war toll, vor allem im Norden an der chinesischen Grenze. Ein paar Jahre später sind wir nach Prag, dann an den Gardasee, mal eine Wanderung in Liechtenstein. Als Konrad 1999 den Kassensitz bekam und die Praxis übernahm, sind wir erst einmal zu Hause geblieben. Jacob war fünf und Pascal zwei Jahre alt. Ich war gerade auf Wunsch meines Vaters in die Firma eingestiegen und mein Mann begann im Kopf für seine Patienten zu leben. Ein anderer hätte in der Situation womöglich gesagt, die Räumlichkeiten sind in Ordnung, und sofort mit der Arbeit begonnen. Nicht so Konrad. Es war ihm alles zu dunkel. Im Büro, im Therapiezimmer, im Flur lag noch vom Vorgänger ein nachtblauer Teppichboden. Konrad ließ ihn im Eingangsbereich durch goldgelbes Linoleum ersetzen und in den beiden Räumen hellen Holzboden verlegen. Die Maserung sollte gut sichtbar sein, denn das erinnere an die Natur in uns, an die Seele. Die Wände wurden weiß gestrichen und an der Decke warme Strahler angebracht. Über jedes Detail machte Konrad sich Gedanken, besah sich den Therapieraum aus Sicht der Patienten und entschied sich für Bilder, die Mondlandschaften zeigten, die aber nichts Düsteres hatten, sondern ins Surreale tendierten, ins Traumhafte, dabei die Harmonie der sich ausbreitenden Stille betonten. Ich muss nicht extra erwähnen, dass auch die Holzrahmen dieser Fotografien eine deutliche Maserung aufwiesen. Die Ästhetik des Zimmers sollte eine für die Therapie förderliche Atmosphäre schaffen. Nichts durfte ablenken. Neben zwei sich gegenüberstehenden Stühlen, die durch einen niedrigen Holztisch getrennt waren, gab es einen Relax-Stuhl, keinen Lümmel-Stuhl, wie Konrad betonte, denn Letzterer schade der Konzentration, wohingegen Ersterer es dem Patienten erlaubte, sich im Sinne einer imaginativen Vertiefung in Tagträume abgleiten zu lassen. Er konnte sich tagelang über jede dieser Kleinigkeiten den Kopf zerbrechen, dekorierte um und verwarf zwei Tage später doch wieder das Ausgedachte. Im Laufe dieser Zeit stieß er bei seiner Lektüre auf Hermann Hesses »Stufengedicht«, und das schien ihm viel über Leben und Therapie auszudrücken. Ich weiß nicht, ob Sie das Poem kennen, aber da gibt es die Zeilen drin:

…

Nur wer bereit zu Aufbruch ist und Reise,
Mag lähmender Gewöhnung sich entraffen.

…

und am Schluss heißt es:

…

Des Lebens Ruf an uns wird niemals enden,
Wohlan denn, Herz, nimm Abschied und gesunde!

Das hängte er ebenfalls ins Therapiezimmer. Das Gedicht. Und kurz bevor er aufmachte, kaufte er noch eine große Schüssel, die er mit Sand füllte und unter ein an der Decke angebrachtes Pendel stellte. Wenn die Patienten wollten, konnten sie Muster in den Sand pendeln und erzählen, was sie darin sahen.

Seine ersten Therapiewilligen bekam er von der Uni-Beratungsstelle, wo eine Art Vor-Screening stattfand, ob der Patient und der Therapeut zusammenarbeiten könnten. Konrad wusste oft schon in der ersten Sitzung, wo das jeweilige Problem lag, sicherte diese Ahnung dann während der nächsten beiden Treffen ab. Wichtig war ihm dabei das klare Gefühl, einen Patienten zu mögen und ihm helfen zu können. Er wusste, dass sich der Betroffene gleichzeitig fragte: Will ich dem da alles erzählen, kann der mir wirklich helfen? Deshalb fragte Konrad seine Patienten zu Anfang der zweiten Sitzung: »Wie ist es Ihnen mit mir letztes Mal ergangen?« Er machte auch nie Wartelisten, wusste, dass alle Probleme dringlich waren. Entweder er hatte innerhalb von zwei bis drei Wochen freie Termine oder er lehnte ab. Und er dachte sogar an sein eigenes Wohl. Ist ja nicht ohne, sich jeden Tag das Leid anderer anzuhören. Deshalb entwarf er einen Pausen-Rhythmus. Zwischen der ersten und der zweiten Sitzung ließ er zehn Minuten verstreichen, zwischen der zweiten und der dritten fünfzehn Minuten, dann fünfundzwanzig, ehe er nach der vierten in aller Ruhe speiste. Nachmittags sah der Plan ähnlich aus. So behandelte er dreißig Menschen in der Woche. Zuerst vor allem Frauen. Männer waren zu stolz, ihre Probleme zu thematisieren. Aber das änderte sich mit den Jahren. Um 2000 hatte Konrad etliche Patientinnen aus Bosnien, deren Seelen vom Krieg gezeichnet waren. In den letzten Jahren kamen viele aus Syrien und Afghanistan. Telefonsprechstunden gab es auch noch. Manchmal hatte ich das Gefühl, mein Mann findet trotz Pausen-Rhythmus gar nicht mehr heraus aus diesem Kreis von Verletzungen. Ich sagte, er solle mal zu Matteck in die Kneipe gehen, aber das wollte er nicht. Manchmal dachte ich, hoffentlich wirst du nicht dein eigener Patient. Deshalb fand ich das auch gut, als die Gesprächstreffen mit Guido Immertal anfingen. Immertal war damals Redakteur bei einem privaten Fernsehsender, das war so Anfang 2010. Ich hatte im November des Vorjahres Kontakt mit Manfred Wünning aufgenommen, dem CDU-Politiker. Der war damals ja schon Ende siebzig, aber vernetzt wie kein zweiter. Ich traf ihn bei sich zu Hause, um über ein Projekt in Südamerika zu sprechen. Es ging um einen Staudamm, für den Messgeräte gebraucht wurden. Es war ein sehr angenehmes Gespräch, und als ich mich verabschieden wollte, kam dieser Mann ohne anzuklopfen ins Zimmer, und Wünning stellte ihn mir als seinen Sohn Guido vor. Ich weiß nicht mehr, warum wir kurz über Politik sprachen, aber ich merkte, dass der Sohn sich gerne reden hörte. Er war mir nicht unsympathisch, hatte so einen Furor, als wäre die Pubertät bei ihm nie wirklich zu einem Ende gekommen, und ich sagte lachend, dass er sich mit Sicherheit gut mit meinem Mann verstehen würde. Und Guido Immertal hat sich das zu Herzen genommen und meinen Mann tatsächlich einige Monate später vor seiner Praxis angesprochen. Konrad taten die Gespräche gut. Er ging mit Guido sogar in

Kneipen, wurde ausgeglichener, was dazu führte, dass er mir eines Tages vorschlug, nach Sachsen ins Elbsandsteingebirge wandern zu gehen, was wir auch gemacht haben. Endlich mal keine Gespräche über Patienten und seine Praxis. Die Begegnungen mit Guido Immertal hatten eine Lücke geschaffen, durch die Konrad seinem Beruf für einige Stunden entkam. Wir haben von da an öfter Ausflüge gemacht, sind auch nach Neuenrath gefahren. Wir waren schon zwanzig Jahre verheiratet, aber ich hatte noch nie das Dorf seiner Kindheit gesehen. Da war auch nicht mehr viel von Konrads Kindheit. Seine Eltern und Onkel und Tanten waren verstorben, der Hof verkauft. Keine Traktorengeräusche, alles ziemlich still. Aber wir trafen die Witwe des Dorfschullehrers, eine Frau Mertens, eine kleine gebückte Frau mit einer zu großen Spange im lichten Haar. Wie die sich freute, Konrad zu sehen, also das war unglaublich. Sie musste meinen Mann dauernd anfassen, ergriff seine Hand, berührte seinen Arm. Dass er eine Praxis hatte, presste ihr fast Tränen in die Augen. Ich dachte, dass die Arme sehr einsam sein muss. Sie erzählte nicht viel von sich selbst, dafür umso mehr von ihrer Tochter Ingeborg, die als Schriftstellerin in Hamburg lebe, wo sie den Sohn eines Rosenzüchters geheiratet habe. Eine sehr nette Frau. Irgendwie auch traurig.
Wir blieben aber nicht lange, fuhren auf dem Rückweg ins Hohe Venn und spazierten auf den Stegen durch die Moorlandschaft. …

28. Sitzungsprotokoll »Constanza Sommer« (August 2010)

»Sie haben letztes Mal vorgeschlagen«, sagte Frau Sommer, »ich solle mit einigen Fakten an die Öffentlichkeit gehen. Vielleicht mache ich das, gebe ein Interview oder so. Mal sehen. Ich muss noch einmal darüber nachdenken.

Meinen Vater habe ich immer mehr gehasst und hatte gleichzeitig Angst vor ihm. Meine Mutter tat mir leid. Sie hatte in Santiago kein richtiges Leben, war ständig zu Hause und begann heimlich zu trinken. Ich roch ihren Brandy-Atem, wenn ich aus der Schule kam, erwischte sie mit einem Glas, wenn ich zufällig ins Wohnzimmer trat oder fand sie nachmittags schlafend auf dem Sofa. Ab und zu lallte sie. Hinter der Kommode im Flur tauchten Flaschen auf, manchmal vergaß sie zu kochen. War Vater zu Hause, hörte ich die beiden streiten.
Ich erzählte Hannelore von den Zeitungsartikeln, die ich über Chile und die Colonia Dignidad gefunden hatte. Mit irgendjemandem musste ich reden. Auch ihre Eltern hatten deutsche Zeitungen und Hannelore sagte, ein Freund schicke sie ihnen einmal im Monat. Ich weiß nicht, was ich erwartete, aber ich schaute nun regelmäßig in Vaters Büro, wenn er nicht da war, denn dort legte Mutter die Post hin. Ich wollte wissen, von wem Vater die Zeitungen bekam. Wenn der Absender die Artikel las, bevor er sie wegschickte, musste er wissen, was es mit der Siedlung

auf sich hatte. Auch Vater musste es wissen. Dann kam mir der Gedanke, dass wir dorthin gefahren waren, um etwas zu ändern, um den Chef dort zu überzeugen, den Menschen ihre Freiheit zu geben. Aber dem widersprach das Verhalten meiner Eltern, die Wut, mit der Vater mir verboten hatte, ›herumzuschnüffeln‹.

Eines Tages lag ein größeres Paket aus Deutschland auf dem Schreibtisch. Es kam von einem M. Wünning aus Köln. Ich ging damit zu Mutter und sagte ihr, sie solle es öffnen. Sie antwortete erst, das würde Vater nicht mögen, aber nachdem ich erwidert hatte, ich könne doch wohl Zeitung lesen, schnitt sie das Paket auf. Sie war zu benebelt, um lange zu diskutieren. Im Paket lag kein Brief, wie ich gehofft hatte, dafür Schallplatten deutscher Schlagerstars und eben Zeitungen. Howard Carpendale, Bernhard Brink, Cindy und Bert neben *Spiegel*-, *Welt*- und *FAZ*-Ausgaben. Ich brachte das Paket zurück in Vaters Büro, schrieb mir die Adresse von M. Wünning auf einen Zettel, nahm einige Zeitungen mit in mein Zimmer, fand aber keinen Artikel über Chile.

Zwei Tage später sagte Vater zu mir: ›Nächstes Mal wartest du, bis ich zu Hause bin. Ich mache deine Post auch nicht auf.‹

Ich hätte gerne geantwortet, dass ich ja auch keine Post bekomme, ließ es aber bleiben.

Ich redete immer weniger mit meinen Eltern, hockte in meinem Zimmer, hörte Queen und David Bowie, Musik, die ich von Hannelore kannte, bereitete mich aufs Abitur vor, das ich dann zusammen mit Hannelore als Klassenbeste bestand.

Als ich Vater sagte, ich wolle Wirtschaft studieren, habe ich ihn zum ersten Mal als Vater erlebt. Er freute sich,

drückte mich und hatte ein Leuchten in den Augen, als gehe ein Traum für ihn in Erfüllung. Was er nicht wusste, war, wieso ich auf die Idee gekommen war, Wirtschaft zu studieren.
Hannelore und ich hatten zuvor in einem Café Studenten kennengelernt. Sie waren älter und wilder als wir, tranken viel, riefen laut durch die Gegend, dass Pinochet das Land zerstöre, nahmen uns mit zu Konzerten. Einer von ihnen hieß Enrique, ein schmaler junger Mann, mit lockigem Haar bis zu den Schultern, einem weichen Bartflaum und Augen, die nach außen hin leicht nach unten verliefen und seinem Gesicht eine angenehme Weichheit verliehen. Wenn er lachte, war es, als umarme er den ganzen Raum. Enrique hatte eines Abends gesagt, man müsse etwas studieren, das entweder den Armen helfe oder beim Aufbau einer zukünftigen Gesellschaft von Nutzen sei. Philosophie, Literatur seien ehrbare Fächer, und auch die gelte es nicht zu vernachlässigen, aber wichtig seien momentan vor allem Politik, Jura, Wirtschaft und Medizin. Ich war vom ersten Augenblick an in Enrique verliebt. Er selbst machte gerade seinen Doktor in Politologie. Ich entschied mich für Wirtschaft und Hannelore wollte Ärztin werden. Wir bekamen beide unseren Studienplatz, weil unsere Eltern über das nötige Geld verfügten. Das Hochschulsystem in Chile funktionierte damals wie ein Markt. Fächer, die viele studieren wollten, waren teuer. Angebot und Nachfrage trieben die Preise in Höhen, die es nur den Kindern der Reichen erlaubten, diese Fächer zu belegen. Ich zog mit meiner Freundin in eine kleine Wohnung, die bald zu einem Treffpunkt für unsere neuen Freunde wurde. Enrique stimmte uns auf den Kampf gegen die Diktatur ein, dozierte unermüdlich über die Machenschaften der Re-

gierung, wies Zusammenhänge auf, nahm uns mit in die Armenviertel. Es war eine Welt, die genau das Gegenteil von dem zeigte, was mein Vater gepredigt hatte. Vielleicht war ich gerade deshalb so begeistert, mich zu engagieren, vielleicht lag es aber auch an Enrique, denn obwohl ich die Kritik an der Ausbeutung der Bevölkerung berechtigt fand, hatte ich nach wie vor Angst, das Leben meiner Eltern und mein eigenes durch Protest zu zerstören. Zu oft hatte Vater mir das eingebläut. Das änderte sich an dem Tag, an dem Enrique mich bei der Hand nahm und in mein Schlafzimmer zog. Während die Kollegen Flugblätter für die nächste Demo entwarfen, schliefen wir miteinander. Die folgenden Monate waren ein einziges Chaos. Meine Gefühlswelt wirbelte durcheinander. Ich versuchte zu studieren, gegenüber meinen Eltern den Schein zu wahren, und flüchtete in regelmäßigen Abständen vor den Kugeln der Militäreinheiten, die auf uns Demonstranten schossen. Zwischendurch hingen wir mit dem Ohr am Radio, wenn *Escucha Chile* lief, eine Sendung, die von Moskau aus ausgestrahlt wurde und die Politik Pinochets kritisierte, Fakten lieferte, die das ganze Ausmaß der Diktatur zeigten. In ruhigen Momenten, wenn wir allein waren, hörte ich mir die Reisegeschichten von Enrique an. Er war in Vietnam und in Indien gewesen, hatte Kolumbien und Peru besucht. Einmal war er als Kind mit seinen Eltern nach Deutschland geflogen, weil sie von dort stammten und nach dem Zweiten Weltkrieg nach Chile ausgewandert waren.

Mit Enrique sprach ich auch über Consuela und wie wir sie aus der Colonia Dignidad befreien könnten. Aber mein Freund hielt das für aussichtslos. Er sagte: ›Wenn Chile gerettet ist, ist es auch Consuela.‹

Manchmal, wenn ich meine Eltern besuchte, eintrat in die gedämpfte Isolation, die das Haus ausstrahlte, meine Mutter alkoholisiert auf dem Sofa fand und aus dem Büro meines Vaters Nicole »Ein bisschen Frieden« sang, hatte ich das Gefühl, in einem surrealen Gemälde gelandet zu sein. Unsere Kommilitonen starben im Kugelhagel vorbeifahrender Autos, die Armenviertel hungerten und wurden mit Militärrazzien terrorisiert, Freunde, die aus dem Gefängnis entlassen wurden, zeigten uns ihre von Folterspuren übersäten Körper, und meine Eltern machten mentale Kreuzfahrten in eine Parallelwelt. Aber im Grunde wusste ich, dass diese Welt eng mit dem, was ich auf der Straße erlebte, zusammenhing, dass mein Vater Teil des Problems war.

Im Studium lernte ich den Neoliberalismus kennen, hörte von der Mont Pèlerin Society, einer Gesellschaft, deren Ziel es war, ein Netzwerk aus Intellektuellen aufzubauen, die den Gedanken eines absolut freien Marktes in alle Bereiche der Gesellschaft tragen sollten. Unser Professor präsentierte uns Gesellschaft und Theorie als positive Beispiele dafür, was ein Zusammenschluss von klugen Köpfen bewirken und wie die vom Staat in Ruhe gelassene Ökonomie sich für alle auszahlen konnte. In dieser Vorlesung hörte ich auch von den ›Chicago Boys‹. Ich sah die Männer, die aus dem Arbeitszimmer meines Vaters kamen, mir freundlich über den Kopf wuschelten, und zählte zwei und zwei zusammen. Ich wusste aber trotzdem nicht, was genau mein Vater für eine Rolle in all dem spielte.

Ich fragte unseren Professor, wie es sein könne, dass die Einkommen in Chile in den Keller stürzten, die Arbeitslosigkeit massiv stieg, der Finanzmarkt zusammenbrach, wenn unser neoliberales Wirtschaftssystem mit seinen

Privatisierungen und seinen Deregulierungsmaßnahmen doch gießkannenartig alle unterstützte. Die Antwort blieb er mir schuldig, er hatte keine Zeit, weil er noch einen Termin wahrnehmen musste. Dafür bekamen Hannelore und ich zwei Tage später Besuch von der Polizei. Sie durchsuchten unsere Wohnung, warfen alles auf den Boden, schrien uns ununterbrochen an und nahmen uns schließlich mit. Gefunden hatten sie nichts, kein einziges Flugblatt. Sie stellten uns Fragen, ohrfeigten uns, aber wir konnten auch sehen, dass sie nicht so brutal vorgingen wie gegen die einheimischen Studenten.
Abends holte mein Vater mich auf dem Polizeirevier ab. Hannelores Eltern fanden, es tue ihr ganz gut, wenn sie dort noch eine Nacht bliebe.
Vater sprach kein Wort mit mir, während wir im Wagen saßen. Ich sah, dass er die Zähne fest aufeinanderbiss und seine Kiefer immer wieder anschwollen.
Im Wohnzimmer sagte er dann: ›Ab jetzt bist du nicht mehr meine Tochter.‹
Noch ehe er weitersprechen konnte, antwortete ich: ›Du warst noch nie mein Vater.‹
Er schaute mich an, während Mutter lallte: ›Nun streitet doch nicht. Ist doch alles schön.‹
Dann fuhr er fort: ›Ich zahle noch für dein Studium, aber du wirst hier bei uns nie wieder auftauchen. Und noch was: Solltest du weiterhin mit den Linksradikalen verkehren, wirst du bald tot sein.‹
›Was für Linksradikale?‹, schrie ich. ›Du weißt doch nicht, was du redest!‹
Und mein Vater nannte die Namen meiner Freunde, darunter auch den von Enrique Herbst.
Ich war geschockt. Woher kannte er die alle?

›Spionierst du hinter mir her?!‹
›Das ist nicht nötig, so wie ihr euch präsentiert‹, erwiderte er.
›Du widerst mich an!‹, schrie ich ihm ins Gesicht.
›Da ist die Tür‹, antwortete er leise.
Ich ging hinaus, lief zu einer öffentlichen Telefonzelle, rief Enrique an, erzählte ihm alles und er holte mich ab.
Das war der letzte Tag, den wir zusammen verbracht haben.

Fast drei Jahre hatten wir uns regelmäßig gesehen, waren mehr und mehr zusammengewachsen, und nun tauchte er von einem Tag auf den anderen nicht mehr auf. Auch die anderen mieden von da an meine und Hannelores Wohnung, aus Angst, die Polizei könne erneut dort auftauchen, aber wir trafen sie in Cafés oder auf der Straße oder bei jemand anderem. Doch Enrique blieb verschwunden. Erst dachten wir, er sei verhaftet worden. Vielleicht in jener letzten Nacht auf dem Weg von meiner Wohnung zu sich nach Hause. Wir warteten, eine Woche, einen Monat, aber er kam nicht. Auch diejenigen, die in dieser Zeit aus der Haft entlassen wurden, waren Enrique nicht im Gefängnis begegnet. Ich war am Ende, weinte oft, schleppte mich zur Uni, bekam aber den Kopf nicht frei. Je mehr Tage vergingen, desto überzeugter war ich, dass mein Vater etwas mit Enriques Verschwinden zu tun hatte. Dann wiederum sagte ich mir, dass Enriques Name nur einer von vielen gewesen war, die mein Vater aufgezählt hatte. Wieso sollte er gerade ihn umbringen lassen? Womöglich wusste er, dass wir ein Paar waren.
Ich wachte morgens auf und mein Magen fühlte sich an, als sei er verklebt, habe sich völlig zusammengezogen. Ich

konnte bald kaum noch etwas essen. Ich wusste nicht, wo ich nach Enrique suchen sollte, machte den anderen Vorwürfe, dass sie nichts taten, ihn aufgegeben hatten. Aber was hätten sie tun können? Ich verzweifelte und ertrug nichts mehr. Mir wurde dauernd schlecht. Ich bekam Würgereiz, wenn ich nur eine Kleinigkeit als unangenehm empfand, eine Meinungsverschiedenheit mit Hannelore, eine dumme Bemerkung eines Unbekannten. Sogar wenn zu viele Menschen um mich herum waren, bekam ich das Gefühl, mich übergeben zu müssen, so wie früher, wenn ich lange im Auto sitzen musste auf den Fahrten zur Colonia Dignidad. Vielleicht tauchte deshalb auch Consuelas Gesicht immer öfter auf, wenn mir übel wurde. Ich dachte dabei an Enrique, sah aber Consuela, wie sie mit den Augen rollte.

Obwohl Vater mir verboten hatte, ihn noch einmal zu besuchen, ging ich zwei Monate, nachdem er mich rausgeschmissen hatte, doch hin. Ich klingelte. Meine Mutter öffnete. Sie war so im Rausch, dass sie nur sagte: ›Ach du‹, und wieder ins Wohnzimmer zum Sofa steuerte. Ich ging zu Vaters Arbeitszimmer, öffnete, ohne zu klopfen. Er schaute auf, sagte kalt: ›Was willst du?‹

›Ich liebe Enrique‹, entgegnete ich und mir wurde schlecht, während Consuela neben dem Schreibtisch auftauchte.

Mein Vater antwortete nicht.

›Hast du ihn töten lassen?‹, fragte ich.

Vater atmete hörbar aus, erwiderte: ›Nein, das habe ich nicht.‹

›Wo ist er?‹, rief ich.

Ich sah, wie Vater sich seine Antwort überlegte. Seine Gesichtszüge blieben ruhig, auch seine Augen bewegten sich nicht, aber diese geballte Konzentration, die sich mir in

seinem Blick entgegenstemmte, verriet mir, dass er mehr wusste, als ich bislang geahnt hatte. Ich dachte, du kotzt jetzt jeden Moment hier auf den Teppich. Consuela verschwamm in meinem Kopf.
Dann sagte Vater: ›Ich weiß es nicht.‹
›Du bist ein Mörder‹, sagte ich so ruhig und fest wie möglich.

Im nächsten Moment ging ich durch eine Straße, die gut zehn Minuten von unserem Haus entfernt lag. Ich wusste nicht, wie ich das Haus verlassen hatte, ob ich rausgerannt oder gegangen war, hatte keine Erinnerung daran, wie ich in diese Straße gelangt war. Ich lief weiter, hörte die Motorengeräusche der Autos, dann wieder das Tschilpen der Vögel. Aus weiter Ferne tauchte ein Rhythmus auf, ein Chor, und ich glaubte die Stimme Enriques darin zu erkennen. Ich lief ihm entgegen. Der sprechende Gesang wurde lauter. Dann strömten die Demonstranten an mir vorbei. Ich rief: ›Enrique! Enrique!‹ Und sie antworteten: ›El pueblo unido jamás será vencido.‹«

29. Behördliche Transkription von Axel Keiders zweitem Interview/Aufnahme mit Silke Bracht. Teil 2.1. (25. September 2018)

Aufnahmegerät wird eingeschaltet. Geräusche von vorbeifahrenden Autos. Rauschen.

A.K.: Guten Morgen, Frau Bracht.

S.B.: Morgen. Sieht nicht aus, als wollten Sie diesmal mitlaufen.

A.K.: Ich habe meine Laufschuhe verlegt. Deshalb machen wir es wie letztes Mal. Ich warte bei der Bank auf Sie.

S.B.: Drückeberger. Dann legen Sie mal los.

A.K.: Sie haben letztes Mal erzählt, dass Ihre Hochzeitsreise nach Irland ging. Sind Sie beide sonst noch irgendwo hingereist, wo Herr Schnittweg eventuell Leute getroffen hat?

S.B.: Sie haben es aber mit den Verschwörungstheorien. Getroffen hat er zwar keinen, aber wir sind tatsächlich im Jahr darauf wieder verreist. Nach Indien. Erst Neu-Delhi, dann Varanasi.

A.K.: Urlaub?

S.B.: Für Konni, ja. Ich habe mich ziemlich verloren gefühlt. In Delhi sind wir in Pahar Ganj in einem kleinen Hotel abgestiegen. Das ist ein Viertel, das so voller Menschen ist, dass ich körperlich begriff, was das heißt: ein Bad in der Menge nehmen. Ich hatte Panikattacken, die Hand immer fest aufs Portemonnaie gedrückt. Ehrlich gesagt, ich hielt sogar den Atem an. Das war einfach zu viel. Da konnte Konni mir hundertmal erklären, ich sei voller Vorurteile, ich solle locker bleiben. Sobald wir das Hotel verließen und einen Schritt auf die Straße machten, verkrampfte ich. Alt-Delhi war genauso schlimm, alles war eine Qual. Als Konni vorgeschlagen hatte, nach Indien zu reisen, hatte ich nur an den Taj Mahal gedacht. Den haben wir aber nie gesehen. Dafür unzählige Läden mit hinduistischen Statuen. Jeden Tag liefen wir durch schmale Gassen und betraten diese Geschäfte für religiösen Nippes. Konni schaute sich alles genau an und fragte nach den Werkstätten, wo das Zeug gefertigt wurde. Er notierte sich die Adressen und fotografierte all die Krishnas, Shivas und Vishnus. Ich sagte zu ihm: »Jetzt kauf doch irgendein Souvenir und dann lass uns hier weggehen.« Aber er hörte nicht. Heute weiß ich, dass er sich die Statuen und andere Teile ansah, weil Pleimer ihn darum gebeten hatte. Vielleicht hatte Pleimer uns auch die Reise bezahlt, denn woher Konni das Geld für die Flüge und die Hotels hatte, sagte er mir nicht. Ich konnte mir aber schon damals nicht vorstellen, dass seine Eltern uns auch diese Reise finanziert haben sollten. War mir aber egal, woher das Geld kam. Ich habe mir in Delhi schnell was eingefangen, irgendeine Mageninfektion, blieb nach drei Tagen im Hotel, bewegte mich zwischen Bett und Klo hin und her und schaute mir den drehenden Ventilator an der Decke an. Nach einer Woche ging es mir besser und wir flogen nach Varanasi. Da war weniger los, aber zuzusehen, wie sie am Ganges jeden Tag Leichen verbrannten, fand ich auch nicht prickelnd. Womöglich gewöhnte ich mich aber langsam an Indien, denn die Sadhus, die überall herumsaßen, faszinierten mich schon. Manche waren so abgemagert, dass man jeden Knochen sah, und hatten ihren Körper mit Asche beworfen, andere wirkten wie Verrückte, hatten einen irren Blick und liefen mit einem Neptun-Zepter herum, wieder andere waren mit Blumen geschmückt, als warteten sie auf Weiberfastnacht. Konni setzte sich zu ihnen, nahm seine Yoga-Haltung ein und ich konnte sehen, wo ich blieb. Und natürlich liefen wir wieder durch die Läden, die Statuen hinduistischer Gottheiten anboten.

Vogelgezwitscher.

A.K.: Ich muss da mal einhaken. Letztes Mal haben Sie gesagt, dass Herr Schnittweg Herrn Pleimer im Griff hatte wegen der Geschichte beim Militär. Und in Indien arbeitete er für Herrn Pleimer?

S.B.: Das würde ich so nicht nennen. Konni musste das ja nicht tun, das denke ich nicht. Er verband die eigenen Interessen mit einem Gefallen. Er war kein Erpresser. Das habe ich nicht gesagt. Er half, wo er konnte. Aber zugleich wusste er, dass es von Vorteil sein konnte, wenn man über andere Menschen Dinge wusste, die diese gerne vergessen hätten. Eine Art Versicherung für Notfälle. Keine Ahnung.

Naturstille. Axel Keider atmet hörbar.

A.K.: Sie scheinen damals von ziemlich viel keine Ahnung gehabt zu haben. So naiv kann ich Sie mir gar nicht vorstellen.

S.B.: Wenn Sie mir etwas unterstellen wollen, sind wir schnell fertig miteinander.

A.K.: Nein, nein. Das sollte ein Kompliment sein.

S.B.: Ich muss Ihnen nämlich gar nichts erzählen.

A.K.: Das ist mir bewusst, Frau Bracht.

S.B.: Es geht schließlich um Konni und nicht um mich. Ich versuche, Ihnen ein differenziertes Bild meines Ex-Mannes zu zeichnen. Das ist halt nicht möglich mit Schwarz-Weiß-Malerei. Es gibt nun einmal nicht die Guten auf der einen Seite und die Bösen gegenüber. Wenn Sie das wollen, schauen Sie sich einen Western aus den Fünfzigerjahren an.

A.K.: Wie gesagt, ich hatte nicht vor, Ihnen etwas zu unterstellen.

S.B.: So devot gefallen Sie mir schon besser.
In Varanasi fühlte Konni sich noch mehr zu Hause als in Delhi. Er hat mich ernsthaft gefragt, ob wir nicht dort bleiben sollten. Er hat sogar im Ganges gebadet und von »ritueller Waschung« geredet. Wissen Sie, was das heißt? Der Ganges war schon damals einer der dreckigsten Flüsse der Welt. Die einen wurden am Ufer verbrannt, aber die Leichen von schwangeren Frauen, kleinen Kindern, von

Menschen, die durch Schlangenbiss gestorben waren und was weiß ich von wem noch, die wurden im Ganges versenkt. Stein um den Hals und ab ins Wasser. Und Konni badet darin, als sei er zum Hinduismus übergetreten und habe die Heiligkeit des Flusses erkannt. Ich rechnete damit, dass er todkrank werden, dass sein Körper in einigen Tagen von Ekzemen übersät sein würde, aber nichts. Er blühte auf, meditierte in der Sonne und wurde mir fremd. Ich ekelte mich plötzlich vor seinem Körper, weil ich Angst hatte, er könne mich mit Bakterien aus dem Ganges anstecken. Das war echt hart. Weil ich trotzdem mit ihm schlief. Er hat dann zum Glück eingewilligt, nach Goa zu fliegen. Da habe ich aufgeatmet. Er selbst hatte weiter nach Malaysia gewollt. Sich ein Bild von den Flüchtlingen aus Vietnam machen, hat er gesagt. Vielleicht könne man den Boatpeople irgendwie helfen.
»Ich brauche selbst bald Hilfe«, habe ich geantwortet und mich geweigert, auch nur einen weiteren Schritt außerhalb des Hotels zu machen, wenn nicht Goa das Ziel sei. Er hat dann irgendwann nachgegeben.
Wir sind in einem Gästezimmer bei einer Familie in Palolem untergekommen und lagen tagsüber mit Hippies und Aussteigern am Strand. Es wurde viel gekifft. Das Meer war schön. Die vierzehn Tage habe ich in guter Erinnerung. Auch weil ich es war, die mit jemand anderem schlief und nicht Konni. Ich weiß nicht, ob er es nicht mitbekommen hat oder es ihm egal war, jedenfalls hat er nichts gesagt. Wäre auch komisch gewesen, weil er mir ja immer was von freier Liebe erzählt hat. Ich bin in der Nacht mit einem der Hippies am Strand geblieben, als Konni meinte, er gehe schlafen. Als sich dann nach und nach alle verabschiedet hatten, nahm Enrique meine Hand und wir

gingen ans Ende des Sandstrandes, legten uns hinter einen Felsen und schliefen miteinander. Ich habe schnell gemerkt, dass er wenig Erfahrung hatte. Er war achtzehn oder neunzehn, aber süß. Enrique Herbst. Ich habe danach noch oft an ihn gedacht. Ich glaube, ich hätte ihm sogar geschrieben, aber er wollte mir seine Adresse nicht geben. Er war aus Chile, sagte, sein Land gehe unter, deshalb bleibe er noch einige Wochen in Palolem. Er wolle sehen, wie sich die Lage entwickele, ehe er zurückgehe und mit dem Studium anfange. Sie keuchen ja schon wieder. Dass Sie das einfach so hinnehmen. Das ist doch ein Verlust an Lebensqualität.

A.K.: Mit Verlaub, Frau Bracht, ich finde Sie übergriffig. Sie leben Ihr Leben, ich meins.

S.B.: Ganz Ihrer Meinung. Aber glauben Sie mir, auch wenn andere Ihnen das so nicht ins Gesicht sagen, denken tun es alle. Ich meine es gut mit Ihnen.

A.K.: Ich sehe da schon meine Bank. Die meint es auch gut mit mir. Vielleicht eine Frage noch, die nichts mit Indien zu tun hat. Sie haben gesagt, dass Konrad auf Demos ganz anders werden konnte. Auch wenn Sie nicht dabei waren, wüsste ich gerne Ihre Meinung zum Streit mit dem Bruder in Brokdorf 1981.

S.B.: Ich habe ja schon gesagt, dass Konni seinen Bruder nicht mochte. Und ich habe ihn und Matteck vorher in Brokdorf erlebt. Wenn ich das addiere, komme ich zum Resultat, dass mein Ex-Mann seinem Bruder die Rippen gebrochen hat. Ob absichtlich oder nicht, ob er auf ihn losgegangen ist oder sich nur gewehrt hat, weiß ich nicht. Aber warum sollte Rainer Konni anzeigen, wenn jemand anderes ihn verletzt hat? Das kann ich mir nicht vorstellen. Dass er die Anzeige zurückgezogen hat, zeigt, dass er im Nachhinein über den Dingen stand und nicht nachtragend war.

A.K.: Dafür, dass Sie nicht dabei waren, kennen Sie die Geschichte offensichtlich ganz gut.

S.B.: Wie sagten Sie letztes Mal so schön: Ich habe meine Quellen. Und jetzt muss ich mal ein bisschen Gas geben.

A.K.: Ich warte. Vielleicht sind Sie ja schneller als letztes Mal.

Laufschritte. Keider stöhnt, lässt sich auf die Bank fallen. Aufnahme endet.

30. Aus dem Tagebuch von Peter Pleimer

Freitag, den 25. Mai 2012

Gestern gab es eine unangenehme Begegnung mit Matthias Weber. Der Zufall ließ mich an seiner Kneipe vorbeigehen, als er aus der Tür trat. Schmieriges Hemd wie immer, die Hose voller Flecken, Loch im rechten Turnschuh über dem dicken Zeh. Er verströmte den Geruch von Zigarettenqualm und abgestandenem Bier und ich trat einen Schritt zurück, aus Angst, dieser Geruch könne sich bei zu viel Nähe in meinem Anzug festsetzen. Ich war auf dem Weg zu einem Mikis-Theodorakis-Konzert in der Philharmonie und dementsprechend gekleidet. Jemand, der uns beobachtet hätte, wäre wohl in ein Herr-und-Knecht-Denken verfallen. Matthias hat nach wie vor eine leicht bäuerliche Art, die er durch Selbstbeherrschung zu kaschieren sucht. Und natürlich wusste er nicht, wer Mikis Theodorakis ist, geschweige denn, dass es sich beim »Canto General« um die Vertonung eines Gedichtzyklus von Pablo Neruda handelt. Er höre nach wie vor Led Zeppelin, sagte er und steckte seine Hände in die Jeanstaschen, offensichtlich um sich irgendwo festzuhalten. Es wäre müßig gewesen, ihm zu erklären, dass Theodorakis' Komposition von erlesener Schönheit ist und ich mit meinem Konzertbesuch weder die politischen Ansichten des Musikers noch das Engagement des Dichters bejahte, sondern einzig dem begierdenlosen Klang verfallen wollte.

Hinter Matthias' Rücken über der Eingangstür hing eine Leuchtreklame mit dem Namen seines Etablissements: Zur Birne. Ich musste schmunzeln. Was war gemeint? Der Obstgarten, die Kneipe als Erholung? Oder der Schnaps? Ein Name wie eine Werbung für ein Produkt, das einen drinnen in der Wirtschaft erwartete? Oder ein direkter Hinweis auf das Kopfweh, das folgen würde? Ich war mir sicher, dass Matthias sich darüber, wie sein Laden hieß, noch nie Gedanken gemacht hatte, und fragte: »Hast du den ausgewählt? Zur Birne?«
Er antwortete mir darauf nicht, fragte vielmehr zurück, ob ich noch immer so einsam sei und allem hinterherjagte? Jetzt, wo die gleichgeschlechtliche Ehe legalisiert sei, hätte ich ja doppelt Auswahl. Dann kam er auf Konrad zu sprechen und wie glücklich dieser mit Rieke sei. Ich verstand kein Wort. Was wollte der von mir? Mit Rieke hatte ich mich früher zweimal vergnügt, da war sie noch Studentin gewesen, kann mich aber kaum an sie erinnern. Alles, was ich weiß, ist, dass sie schon damals ein kalter Eisbrocken war. Heute leitet sie ein Unternehmen für Messtechnik, habe ich mir sagen lassen. Es heißt, die Mitarbeiter seien ihr völlig egal, weil austauschbar. Und sie lasse nichts unversucht, die Konkurrenz zu schädigen. Auch mit illegalen Mitteln. Sie soll Kontakte zu Gruppen pflegen, die gegen Bezahlung Druck ausüben oder schon mal zuschlagen. Dies im Kopf, antwortete ich Matthias, dass es mich freue, dass zwei Gleichgesinnte sich gefunden hätten. Denn bekanntlich geht auch Konrad Schnittweg über Leichen, wenn er sich Vorteile verschaffen oder seine eigene Meinung durchsetzen will. Recht hatte er früher jedenfalls immer. Nachgegeben hat er nie. Er hatte die Fähigkeit, sich sehr gut im Griff zu haben, sogar etwas

besser als die meisten, aber wenn du widersprochen hast, konnte er extrem boshafte Dinge sagen und auch tun. Ich dachte schon damals in der Kaserne immer, der Name passt zu diesem Menschen. Ein Schnitt und weg war der andere. Bei mir ist ihm das nicht gelungen. Konrad hat in Koblenz versucht, mir und Hauptmann Sollner den Tod zweier Kameraden in die Schuhe zu schieben. Dabei war ich bei der Übung ausgeschert und gar nicht vor Ort, als die Handgranate zündete. Ich hatte mich hinter einen Baum gesetzt und wollte warten, bis die Truppe wieder vorbeimarschierte. Doch Konrad lief zu den Vorgesetzten, behauptete, ich hätte die Handgranate geworfen und Sollner sei zu betrunken gewesen, den Verletzten zu helfen. Nachgewiesen wurde mir nichts. Sollner dagegen wurde nicht nur aus der Armee entlassen, sondern musste sogar für einige Jahre ins Gefängnis. Konrad hatte sein erstes Ziel erreicht. Mit seinem ruhigen Gesicht, das keine Emotionen zeigte, geradezu nichtssagend schillerte wie ein warmes Pfund Butter, was durch zu viel Nivea-Creme kam, die er jeden Morgen auftrug, spielte er das ehrliche Mauerblümchen. Aber Konrad Schnittweg wollte in der Armee Karriere machen. Nur darum ging es ihm. Hat er immer geleugnet. Es war jedoch offensichtlich, dass er von Anfang an alles daran setzte, Hauptmann Sollner zu diskreditieren, in der Hoffnung, später dessen Stelle als Arzt zu bekommen. Ich habe Konrad gesehen, wie er bereits im ersten Monat drei leere Flaschen Korn in Sollners Räumen versteckte und dann den Vorgesetzten Meldung machte. Ich habe daraufhin ebenfalls Meldung gemacht. Seitdem hatte er mich genauso im Visier. Das war Krieg. Und Matteck stand stramm an Konrads Seite, ein Kopf und ein schlagbereiter Arm. Die Handgranate hat Matteck

geworfen, jedenfalls scheint mir das eine gewisse Logik zu haben. Ich war froh, als die Zeit in Koblenz vorbei war. All das stumpfe Gebrüll, das Aufeinanderhocken, der Mangel an Schönheit ließen mich die Menschheit in Form von Matteck und Konrad hassen.
So vor meinem ehemaligen Kameraden stehend, kam dieser Hass wieder hoch. All die widerlichen Kleinigkeiten, die mir damals das Leben zur Hölle gemacht hatten, fielen mir wieder ein. Wie bei Marcel Proust. Nur dass bei mir der Auslöser nicht der Geschmack einer in Tee getunkten Madeleine war, sondern der Geruch von Unsauberkeit und Suff. Ich wollte mich schnellstens verabschieden, aber Matthias hielt mich am Ärmel fest, kam mir unangenehm nahe. Ich roch auch noch seinen verbrauchten Atem.
Ob ich die Menschen in der Dritten Welt noch immer übers Ohr hauen würde?, fragte er drohend.
»Es gibt keine Dritte Welt«, antwortete ich.
»Dann kann man ihr ja in den Arsch treten«, erwiderte Matthias.
Es war klar, wo diese Hippie-Echauffiertheit herkam. Matthias selbst hatte dazu nicht genug Synapsenverbindungen. Aber Konrad hatte mich schon während der Armeezeit zwingen wollen, mit dem Holzstatuen-Handel aufzuhören. Dabei hatte ich erst kurz vor dem Wehrdienst damit begonnen, hatte Verbindungen nach Mali geknüpft, um Masken und Figuren der Dogon nach Deutschland zu schaffen, auch ihre fein geschnitzten Getreidespeichertüren. Ich hatte einen Mittelsmann aus Bandiagara, der das Zeug billig in Djiguibombo, Teli oder Kani Kombolé einkaufte und in Mopti verschiffte. Zwischen Hirsesäcken gelangte die Ware auf einer Pinasse nach Timbuktu, und von dort brachten Tuareg sie durch die Sahara bis nach

Algerien. Mitarbeiter übernahmen die Ware, lieferten sie in Marokko ab, wo alles wieder eingeschifft wurde und in Gibraltar landete. Mit dem Lkw ging es dann nach Amsterdam, wo ich alles abholte. Ich kannte damals den Begriff noch nicht, aber es war »Logistik« der edelsten Sorte. Hier zahlten Liebhaber regelrechte Unsummen für das alte ziselierte Holz. Doch Konrad sah darin eine Entweihung heiliger Stätten, einen Ausverkauf der Kultur, eben Ausbeutung. Dass die Leute vor Ort ohne diese Nachfrage aus Europa noch ärmer gewesen wären, ließ er nicht gelten.

»Noch immer der Handlanger vom Schnittweg«, sagte ich deshalb zu Matthias, woraufhin er drohte, mir das Maul zu stopfen.

In dem Moment nahm ich seine glasigen Augen wahr und mir wurde bewusst, dass Matthias unter Drogen stand. Seine Gesten wirkten hektisch und unkontrolliert. Er zog alle dreißig Sekunden geräuschvoll Luft durch die Nase hoch, als habe er Schnupfen. Ich verabschiedete mich und ging meines Weges, während Matthias hinter mir her schimpfte.

Das Konzert war erlesen. Auch Guylain war von der kraftvollen musikalischen Erhebung begeistert. Anschließend gingen wir in einen Club, wo wir Geschäftsfreunde aus Guylains Heimat und anderen afrikanischen Ländern trafen. Angesichts dieser Kultiviertheit hatte ich jemanden wie Matthias schnell wieder vergessen.

Mittwoch, den 30. Mai 2012

Ich habe meinen Ziehsohn besucht. Zu seinem fünfunddreißigsten Geburtstag schenkte ich ihm zwei Flaschen

Springbank Single Malt Whisky aus Campbeltown. Erst in Bourbon- und Sherry-Fässern gereift, dann zur abschließenden Veredelung in Port Pipes zusammengeführt. Fruchtige Note nach Beeren und Blutorange mit langem, sanftem Abgang. Kosteten zusammen um die neunhundert Euro.
Er freute sich sehr.
Wenn ich daran zurückdenke, wie ich seine Mutter Gesine früher regelmäßig unterstützte und versuchte, dem Jungen Manieren beizubringen, so muss ich sagen, dass mir Einiges gelungen ist. Er steht mit beiden Beinen fest im Leben und weiß die Tage zu genießen.
Gesine kam später dazu. Sie trägt nach wie vor auffällige Kopfbedeckungen mit allerlei Accessoires. Diesmal erinnerte die Form an eine dunkle, aber durchsichtige umgedrehte Untertasse, auf der sich schwarze Federn und Bänder zu einem Strauch umgarnten. Hatte was.

Donnerstag, den 7. Juni 2012
Guylain gab mir die Nummer des neuen Mannes in Kinshasa. Ich telefonierte eine halbe Stunde mit ihm. Er spricht ein sehr prononciertes Englisch, weiß seine Worte sorgfältig zu setzen. Das gefällt mir. Zudem kennt er sich mit der Tradition und dem Material aus und hat Beziehungen nach Uganda, Sambia und Angola, aber auch nach Burkina Faso und Mali. Ich denke, ich versuche es mit ihm. Guylain hat sich bislang nie geirrt. Auch er hat eine ausgezeichnete Geschäftsnase.

Samstag, den 9. Juni 2012
Heute Morgen hatte ich plötzlich Lust, Hauptmann Sollner zu besuchen. Ich wollte ihn überraschen, besorgte ein

paar Zigarren und fuhr nach Chorweiler, parkte vor den Hochhäusern, bat einen jungen Mann, der dort Brillen hochhielt und zum Verkauf anbot, auf mein Auto aufzupassen. Die Gegend ist nach wie vor keine Einladung.
Es dauerte lange, bis der Türöffner nach meinem Klingelzeichen summte. Im Flur roch es nach frischem Beton, in Sollners Wohnung nach Katzenpisse, obwohl er gar keine Katze hat. Er sah nicht gesund aus. Seine Haut war mattgrau, wirkte unnatürlich, als trage er eine Maske. Von seinem Pullover standen lose Fäden ab und er schien während des Gesprächs einzunicken, schloss die Augen und senkte den Kopf. Ich hatte ihn länger nicht mehr zu Hause besucht und dachte, dass dies wohl das letzte Mal sein würde. Er hatte sein Leben gehabt. Ich mochte ihn noch immer, aber sein Verfall berührte mich unangenehm. Er schien zu trinken und fragte tatsächlich, wie alt er sei.
»Sechsundsiebzig«, antwortete ich.
»So ein alter Knacker«, sagte er grinsend und fügte hinzu: »Du warst ein guter Soldat.« Er zog die Schublade im Küchentisch auf und holte eine Pistole heraus, legte sie stolz vor sich.
»Ein Andenken?«, fragte ich.
Er nickte, fuhr mit dem Finger über den Lauf.
Ich reichte ihm die Zigarren, die ich mitgebracht hatte. Da kam etwas Leben in seinen Körper. Er wollte sofort eine rauchen, hatte aber keine Streichhölzer.
Notfalls könne man die Zigarre am Herd anzünden, schlug ich vor, aber er weigerte sich. Er brauche Streichhölzer, sagte er. Ich versprach ihm, welche zu besorgen.
Das Gespräch verlief immer zähflüssiger. Ich erzählte von meinen letzten Reisen, aber das schien ihn nicht zu interessieren. Zwischendurch nahm er die Pistole in die Hand,

schaute sie an, dann mich, dann wieder die Waffe. Schwer zu sagen, was er in diesen Momenten dachte. Nach knapp einer Stunde verabschiedete ich mich.
Draußen gab ich dem jungen Mann, der die Brillen verkaufte und auf mein Auto aufgepasst hatte, fünfundzwanzig Euro, verbunden mit der Bitte, Hauptmann Sollner Streichhölzer zu bringen, was der junge Mann auch versprach.
Nach diesem Besuch wurde mir klar, dass zu lange zu leben kein wünschenswertes Ziel ist. Ich beschloss, den Mut zu haben, mich aus dem Weg zu räumen, wenn mir meine Existenz nicht mehr gefallen sollte.

31. Erste Befragung von Matthias Weber, genannt Matteck, aufgezeichnet am 15. August 2018 (Fortsetzung)

Und Sie machen sich nichts aus Geld?
Doch. Aber nicht so wie Pleimer. Leeve un levve losse. Ich bin nicht arm. Konrad ist nicht arm. Aber Peter Pleimer erinnert mich an Dagobert Duck, der merkt, dass in seinem überquellenden Geldspeicher ein Taler fehlt.

Vielleicht ist er nicht so reich, wie Sie meinen.
Ach. Hören Sie auf.

Kennen Sie sein Konto?
Natürlich nicht. Aber er hat uns in Koblenz mal erzählt, wie viel Gewinn er mit einer einzigen Holzmaske machte, also das war schon kriminell.

Er hat Sie eingeweiht, obwohl Sie keine Freunde waren?
Wie man das halt so erzählt. Der wollte zeigen, was für ein großer Zampano er ist, dachte, das verletzt uns. Er hat immer versucht, uns zu provozieren. Konrads Namen zum Beispiel sprach er immer als »Schnittweck« aus, also mit kurzem Vokal. Er wusste genau, dass er »Schnittweg« hieß, langes »e«, wie der Weg. Aber der konnte halt nur wachsen, wenn er auf anderen herumtrampelte.

Ich werde das Gefühl nicht los, dass Sie mehr Kontakt zu Herrn Pleimer hatten, als Sie zugeben, Herr Weber.
Wo soll ich denn zu dem Kontakt gehabt haben? Und vor allem warum?

Das müssten Sie mir erzählen.
Nee.

War Herr Pleimer auch bei den Brokdorf-Demos dabei?
Das ist jetzt wirklich der beste Witz, den ich seit Langem gehört habe. Wenn Peter Pleimer mit Atomenergie hätte Geld verdienen können, hätte der fünf AKWs in Brokdorf gebaut. Die Menschen, die Umwelt, die Generationen danach waren und sind dem komplett egal. Hauptsache, Mammon. Der stand damals mental mit Sicherheit auf Seiten der Wirtschaft und hat sich gefreut, als das Kernkraftwerk 1986 als weltweit erste Anlage nach dem Reaktorunglück von Tschernobyl in Betrieb genommen wurde. Ist übrigens noch immer am Netz. Wenn Peter Pleimer etwas nicht hat, dann ist das Moral. Der war noch nie in seinem ganzen Leben auf einer Demo.

Da haben Sie sich ja ein richtiges Feindbild gezüchtet, auf das Sie alles abwälzen können, was Ihnen nicht passt.
Ich züchte gar nichts. Für Botanik fehlt mir die Zeit. Wenn Sie Pleimer so kennen würden wie ich, wüssten Sie, was von dem zu halten ist. Bei dem hilft nicht mal eine Therapie, ein hoffnungsloser Fall, wenn es um Menschlichkeit geht.

Hat Herr Schnittweg das auch so gesehen?
Ja.

Hat er mit Ihnen über seine Patienten geredet?
Pleimer war nicht sein Patient. Das habe ich bildlich gemeint mit der Therapie.

Das habe ich verstanden, Herr Weber. Hat Konrad Schnittweg mit Ihnen über seine Patienten geredet?
Ja. Aber anonym. Also, er hat keine Namen genannt.

Was hat er denn erzählt?
Was denen passiert ist. Aber weniger, um deren Geschichte preiszugeben, vielmehr als Illustration unserer Zeit, um zu zeigen, was Politik anrichtet, was Nationalismus, Neoliberalismus, Fanatismus anrichten.

Erinnern Sie sich an eine dieser Geschichten?
Klar. Er hat erzählt, dass eine Frau aus Chile traumatisiert vom Verrat der Eltern war, ausgewanderte Deutsche, der Vater war in der CDU und nur an Profit interessiert. Die haben ihr eigenes Kind überwachen lassen und dafür gesorgt, dass dessen Freunde ins Gefängnis kamen, weil sie gegen Pinochet auf die Straße gingen. Und über eine Bosnierin hat er gesprochen. Die hatte sich mit ihrer fünfjährigen Tochter während des Krieges in einem Hochhaus in Srebrenica versteckt. In der Wohnung nebenan schmissen serbische Soldaten das Baby der Nachbarin vom dritten Stock aus dem Fenster. Seine Patientin hat auch zehn Jahre später noch die Schreie der Mutter gehört. Aber noch mal: Konrad erzählte auch diese Geschichte nicht wegen der unfassbaren Grausamkeit. Es ging ihm um den blinden Nationalismus und darum, dass die Blauhelme, stellvertretend für sogenannte westliche Werte, zusahen, wie ein Völkermord an den Bosniaken verübt wurde.

Was hat Herr Schnittweg daraus für Schlüsse gezogen?
Na das, was jeder vernünftige Mensch da denkt: dass Menschenrechte einen Dreck wert sind, die UNO handlungsunfähig ist und Europa verlogen.

Ratko Mladić, der damalige Befehlshaber, ist für seine Kriegsverbrechen in Den Haag verurteilt worden.
Ja, letztes Jahr. 2017. Das Massaker war 1995. Ein nettes Symbol. Und beim nächsten Krieg kraulen sich die Blauhelme wieder die Eier.

Vielleicht war die Situation nicht so einfach, wie Sie sie sehen.
Ja, klar.

Sonst noch jemand, den er erwähnt hat?
Ja, einen Kongolesen. Den hat er auch namentlich erwähnt, weil wir ihn mal zufällig getroffen haben.

Und wie hieß der?
Guylain. Nachnamen weiß ich nicht. Konrad traute dem nicht recht. Er hatte das Gefühl, dass Guylain viel durchgemacht, aber auch viel verbrochen hatte. Konrad war nicht klar, ob Guylain Letzteres verdrängt hatte oder log. Er hat recherchiert, weniger um Guylain Schuld nachzuweisen, als vielmehr um zu verstehen, warum er zu ihm gekommen war, wenn er die Wahrheit doch gar nicht erzählen oder wissen wollte. Er hielt ihn für unberechenbar.

Leider sind alle Akten über die Patienten beim Brand der Praxis in Flammen aufgegangen.
Aber Guylains Akte nicht, also Konrads Notizen. Sie kön-

nen ja große Augen machen! Er hat mir gesagt, dass er eine Abschrift von Guylains Akte bei sich zu Hause deponiert hat. Ich glaube, auch die der Chilenin fand er so interessant, dass ...

Wir waren im Haus, haben die PCs mitgenommen und alles Mögliche an Material. Da war nichts.
Im Keller.

Der Keller sah aus, als hätte das Ehepaar jahrelang alles nur die Treppe runtergeworfen.
In der Warmwassertherme. Da ist vorne eine Klapptür. Da hat er sie hinterlegt. Ist noch nicht lange her. Für alle Fälle, hat er damals gesagt. Ist vielleicht ganz gut, wenn du das weißt, hat er gesagt.

Und das fällt Ihnen jetzt ein?
Mir war nicht bewusst ...

Wir unterbrechen kurz. Ich muss mal telefonieren.

...

Tut mir leid, dass Sie so lange warten mussten. Leider habe ich jetzt einen Termin. Wir werden das Gespräch aber demnächst fortführen.
Da hätte ich ja direkt gehen können.

Ja, das hätten Sie.

32. Das Leben des Konrad Schnittweg. Romanfragment von Ingeborg Wollach

Als Konrad die ersten vier Jahre der Volksschule beendet hatte, verweigerte Lehrer Mertens ihm eine Gymnasialempfehlung. Der Junge sei, wie so viele Bauernkinder, rein genetisch nicht dazu in der Lage, den Weg der höheren Bildung einzuschlagen, ließ er verlauten und verzog den Mund. Marie verstand, dass es sinnlos war, mit ihm zu diskutieren, er ihr vielmehr nun den Auftritt vor seiner Haustür heimzahlte. Hinnehmen wollte sie dieses vorbestimmte Los hingegen nicht. Während Konrad ein weiteres Jahr in der erzieherischen Obhut des Lehrers bleiben musste, überlegte Marie, wie sie ihren Sohn aus der Volksschule herausbekäme.

Sie war eine sehr gläubige Frau, davon überzeugt, dass Gott auf alle Menschen schaute und nicht guthieß, was er vom Lehrer sah und hörte. Sie selbst lebte in Eintracht mit den Menschen und sie beichtete regelmäßig, auch ihre Wut auf Herrn und Frau Mertens. Der Pfarrer im Dorf hörte ihr zu. Als Buße musste sie jeweils einige »Gegrüßet seist du, Maria« oder »Vaterunser« beten.

Waren Maries Vergehen etwas größer und betrafen einen Bekannten des Pfarrers, arrangierte sie einen Einkauf im Nachbardorf und fand Zeit, dort den Beichtstuhl aufzusuchen.

Bei Sünden, die die körperliche Lust betrafen, fuhr sie nach Wittlich, um sich im Gespräch reinzuwaschen. Dem dortigen Pfarrer berichtete sie auch von ihrer Verzweiflung und dem Unrecht, das ihrem Sohn widerfuhr, woraufhin der Beichtvater ihr riet, zur Bruderschaft der Steyler Missionare zu gehen und ihr Anliegen vorzutragen. Das tat sie und man antwortete ihr dort, sie solle am Ende des Schuljahres mit Konrad vorbeikommen. Er könne Tests in Rechnen, Nacherzählen, Rechtschreiben ablegen und dann würde man sehen.

Vom Glück aufgewühlt, konnte Marie die nächsten Tage kaum schlafen. Sie übte bis zum Ende des fünften Schuljahres mit Konrad und brachte ihn am ausgemachten Morgen zur Bruderschaft. Als die Tür hinter Konrad zufiel, ging sie in die Kirche und begann zu beten.

Konrad bestand alle Prüfungen und wurde für gymnasialtauglich befunden. Marie hätte vor Freude schreien können. Jedem, der in den folgenden Tagen den Laden betrat, erzählte sie, dass ihr Sohn aufs Gymnasium komme. Die Nachricht verbreitete sich wie ein Lauffeuer. Das hatte von den Bauernkindern noch keines geschafft, nicht in Neuenrath und auch nicht in den umliegenden Dörfern.

Als die Mertens erfuhr, dass Konrad zur höheren Bildung zugelassen worden war, erschütterte dies ihr Weltbild derart, dass sie einen Nervenzusammenbruch erlitt. Else erzählte Konrad, ihre Mutter habe einen Tag lang geweint und nichts gegessen und die Tage danach sei sie nicht aufgestanden, habe vielmehr mit der Bettdecke unterm Kinn an die Decke des Schlafzimmers gestarrt und keine Fragen nach ihrem Befinden beantwortet. Herr Mertens hatte die Nachricht stoischer aufgenommen.

Marie beichtete später beim Dorfpfarrer, dass sie sich nicht nur für ihren Sohn freute, sondern das Ganze auch als Sieg über die Mertens empfand. Der Pfarrer hatte Verständnis für die menschliche Regung und gab ihr als Buße lediglich eine Spende an die Kirche auf.

Konrad kam im folgenden Schuljahr auf das Internat des Klosters St. Paul in Wittlich. Jeden Morgen nach dem Aufstehen gab es dort eine Andacht. War das Herz auf Gottes Seite, würde sich das Gehirn von selbst für den Lernstoff öffnen. Konrads Glaube an die Güte des Herrn wurde von der Bruderschaft unterstützt und so lernte er viel. Auch Disziplin, die ihm jedoch einfacher beizubringen war als manchem seiner Mitschüler. Er hörte gern zu, notierte alles eifrig in seine Hefte, vermisste aber seine Eltern, Tante Martha, Else und seinen Bruder.
In den Ferien, wenn er nach Hause fuhr, wurde er mit Fragen gelöchert und stand mehr im Mittelpunkt, als ihm lieb war. Deshalb flüchtete er oft mit Else zur kleinen Kapelle außerhalb des Dorfes, wo sie sich unter die Esche daneben setzten und redeten oder auch nur still über die Felder schauten. Die Kapelle war ein kleines Häuschen mit eiserner Gittertür. Dahinter konnte man den Altar sehen, in dessen Seite eine Glasscheibe eingelassen war, hinter der ein mit Blattgold verzierter Schrein ein Stück Rippe des Heiligen Willibrord beherbergte.
Manchmal liefen sie auch bis zum Wald, kletterten auf Bäume.
Als Konrad nach der sechsten Klasse das Internat wechselte und nach St. Wendel ging, hatte Else das Gefühl, nun breche eine neue, unberechenbare Zeit an. Auch sie würde aufs Gymnasium kommen. Ihre Eltern hatten sie in einem Internat in Köln angemeldet, noch weiter weg vom Dorf als Konrads Schule, und das machte ihr Angst. Deshalb fragte

sie Konrad, als sie eines Nachmittags auf zwei sich gegenüberstehenden Bäumen saßen, ob er sie heiraten würde, wenn sie beide Abitur hätten und erwachsen wären. Konrad war von dieser Frage überrascht, hatte er doch nach wie vor den Plan, Missionar zu werden. Aber Else sah ihn so erwartungsvoll an, dass er nickte.

In diesem Jahr kam nicht nur Rainer Schnittweg aufs Internat des Klosters St. Paul, sondern auch noch einige andere Kinder aus Bauernfamilien. Marie hatte mit ihrem Einsatz etwas losgetreten, das nicht mehr aufzuhalten war. Die Mertens kaufte nach wie vor im Nachbardorf ein, versuchte Else in den Ferien, wann immer es ging, von Konrad fernzuhalten, aber die Dinge waren stärker als sie und entwickelten sich, ohne dass Gott der Frau des Lehrers unter die Arme griff. Auch ihr Mann fügte sich den Aufweichungen der etablierten Ordnung. Zwar schlug er noch immer zu, aber seine Ohrfeigen hatten an Engagement eingebüßt. Zudem gab es Drohungen gegen ihn, denn Marie war nicht die letzte Mutter, die sich beschwerte.

Im Internat der Steyler Missionare in St. Wendel blieb alles beim Alten, die Morgenandacht, das Lernen, die Gespräche, sogar die Freunde, denn die Eltern vieler Schüler hatten nach den beiden Jahren in St. Paul ebenfalls das Gymnasium in St. Wendel für ihre Kinder ausgesucht. Was sich änderte, war Konrads Berufswunsch. Er wusste selbst nicht, warum er plötzlich nicht mehr ins Ausland wollte und als Missionar wie sein Onkel Gutes tun. Lag es daran, dass er dann seine Eltern noch länger, vielleicht jahrelang, nicht sehen würde? Lag es an Else? Oder an Bruder Hubertus, der ihnen viel über Kräuter und die

Apotheke Gottes erzählte? Immer öfter sagte Konrad sich, dass er auch hier im Land für andere da sein konnte, zum Beispiel, wenn er Arzt werden würde. Diesen Gedanken, der sich mit den Jahren fester und fester mit seinem Willen verband, behielt er lange für sich. Er wusste nicht, was die Lehrer dazu sagen würden, aber ihm war klar, dass er seine Mutter mit dieser Wahl enttäuschen würde. Die Erste, der er sein Geheimnis anvertraute, war Else.

In der Eifel lag Schnee. Das Dorf bereitete sich auf Weihnachten vor. Konrad fühlte sich mit seinen sechzehn Jahren Vater und Mutter ebenbürtig, wenn nicht zuweilen überlegen, konnte er doch auf vielen Gebieten von Dingen sprechen, von denen Friedrich und Marie noch nie gehört hatten. Auch Else hing an seinen Lippen, wenn er Gedanken formulierte, allerdings weniger, weil sie die Stringenz des Gesagten faszinierte, sondern weil sie sich von Konrads Mund angezogen fühlte.
»Es ist gut, auch die Seele des Menschen zu kennen«, sagte Konrad, »wenn man Arzt werden möchte. Denn viele Leiden haben ihren Ursprung nicht im Körper selbst, obwohl sie körperlich sind.«
»Du willst hier im Dorf Arzt werden?«, fragte Else.
»Hier oder in einer Stadt«, erwiderte Konrad. »Aber sag es keinem. Das erfahren die anderen noch früh genug.«
Else versprach es und freute sich, dass Konrad nur sie ins Vertrauen gezogen hatte.

Heiligabend feierte Else zusammen mit ihren Eltern und langweilte sich. Sie hätte gern an Konrads Seite gesessen, hörte dem Gespräch zwischen Vater und Mutter kaum zu, öffnete lustlos das Päckchen mit dem Pullover, zog das

Goldkettchen mit dem Kreuz an, das im zweiten Päckchen gewesen war, und fand Kraft, diese Ödnis zu ertragen, indem sie an Konrads Geheimnis dachte und daran, dass er sie auserwählt hatte, es mit ihm zu teilen.

So vergingen die Winter und die Sommer, das Korn wuchs und das Korn wurde geschnitten, die Mertens bekamen als Erste im Dorf ein Fernsehgerät, in den Zeitungen sah man Studenten demonstrieren und Bilder vom Krieg in Vietnam, die Haare wurden länger, die Röcke der Mädchen kürzer und Dr. Zuber starb beim Versuch, eine Glühbirne im Badezimmer zu wechseln.
Manchmal, wenn Konrad und Else unter der Esche bei der Kapelle saßen, tauchte Rainer auf und machte blöde Bemerkungen. Er blieb nie lange bei ihnen, tat, als habe er etwas vor, sei nur zufälligerweise vorbeigekommen, aber Else und Konrad wussten, dass er ihnen nachspionierte, es nicht ertrug, dass sie mehr aneinander fanden und er selbst schon lange nicht mehr dazugehörte. Das Einzige, was sie fürchteten, war, dass Rainer Elses Mutter von ihrem Platz neben der Kapelle erzählen würde. Beiden war klar, dass Else dann in den Ferien nicht mehr aus dem Internat nach Hause kommen dürfte. Doch Rainer verriet sie nicht. Er stichelte, sagte vulgäre Dinge, aber er trug das, was er fühlte, nicht in Form von Verrat nach außen. Stattdessen begann er heimlich zu trinken. Viele taten das auf dem Dorf, wenn die Pubertät sie im Griff hatte. Bei Rainer sah es aus, als kehre er seinen Schmerz gegen sich selbst. Sein Trinken nahm Formen an, die bald schon für Gespräche im Dorf sorgten.

33. Guido Immertals Audio-Rekorder, 05. Januar 2018

(Musik. Eine Handvoll Männer singt mit. Guido Immertals Stimme ist klar zu erkennen.)

Wacht auf, Verdammte dieser Erde,
die stets man noch zum Hungern zwingt!
Das Recht wie Glut im Kraterherde
nun mit Macht zum Durchbruch dringt.
Reinen Tisch macht mit dem Bedränger!
Heer der Sklaven, wache auf!
Ein Nichts zu sein, tragt es nicht länger
Alles zu werden, strömt zuhauf!

Völker, hört die Signale!
Auf zum letzten Gefecht!
Die Internationale
erkämpft das Menschenrecht.

Es rettet uns kein höh'res Wesen,
kein Gott, kein Kaiser noch Tribun
Uns aus dem Elend zu erlösen
können wir nur selber tun!
Leeres Wort: des Armen Rechte,
Leeres Wort: des Reichen Pflicht!
Unmündig nennt man uns und Knechte,
duldet die Schmach nun länger nicht!

Völker, hört die Signale!
Auf zum letzten Gefecht!
Die Internationale
erkämpft das Menschenrecht.

In Stadt und Land, ihr Arbeitsleute,
wir sind die stärkste der Partei'n
Die Müßiggänger schiebt beiseite!
Diese Welt muss unser sein;
Unser Blut sei nicht mehr der Raben,
Nicht der mächt'gen Geier Fraß!
Erst wenn wir sie vertrieben haben
dann scheint die Sonn' ohn' Unterlass!

Völker, hört die Signale!
Auf zum letzten Gefecht!
Die Internationale
erkämpft das Menschenrecht.

(Musik endet. Applaus.)

Großartiges Lied!
Was?

Nimm die Watte mal aus den Ohren. Ich habe gesagt, dass das ein großartiges Lied ist.
Sagen die Sozis auch.

Und sie haben recht. Für einmal. So richtig hast du aber nicht mitgesungen.
Kenne nur die erste Strophe.

Ziehen wir weiter?
Klar.

Ich verabschiede mich.
Hätte ich drauf gewettet. Dann mach's gut.

…

Traust du dem?
Ja.

Ich hoffe, du hast recht. Mir kommt der vor, als …
Abmarsch, Freunde!

34. Aus dem Sitzungsprotokoll »Guylain Kisula« (April 2001)

»Herr Wollach gab mir Geld. Viel Geld«, sagte Herr Kisula. »Ich würde es für die Überfahrt brauchen, meinte er. Mehr könne er nicht für mich tun. Ich packte das Notwendigste zusammen, ließ mich von meinen Freunden über die Grenze in den Sudan bringen. Von dort aus weiterzukommen, war nicht einfach, weil die Unabhängigkeitsbestrebungen des Südens und die Antworten aus Khartum zu einem andauernden Bürgerkrieg geführt hatten. Manchmal musste ich mich drei, vier Tage verstecken, bevor es weiterging. Und ich war noch schwach, spürte jeden Morgen die verheilenden Wunden an meinem Körper, hatte Kopfschmerzen. Als die Lage im Sudan eskalierte, beschlossen meine Helfer, mich nicht quer durch das Land nach Libyen zu bringen, sondern in die Zentralafrikanische Republik im Westen, wo kein Krieg tobte. Von dort aus könnte ich Richtung Norden aufbrechen, den Tschad durchqueren und wäre ebenfalls in Muammar al-Gaddafis Land, von wo aus ein Schiff mich nach Italien bringen würde. Ich stimmte dem Plan zu. Vielleicht könnte ich auch im Tschad bleiben, dachte ich manchmal, wenn meine Erschöpfung groß war. Idriss Déby war dort zwei Jahre zuvor Präsident geworden und galt vielen Menschen als Hoffnungsträger. Aber ich fühlte mich überall bedroht, sah Verfolger, wo nur Hirten saßen, glaubte, man wolle mich vergiften, wenn man mir etwas zu essen reichte.

In Abéché hörte ich, dass sich sehr viele nach Europa aufgemacht hatten und angekommen waren. Das ermutigte mich und ich bezahlte erneut einige Schmuggler, die mich über die Grenze nach Libyen bringen sollten. Ich musste auf der Ladefläche hinter Säcken mit Salz, Datteln und Indigo ausharren, war rechts und links eingeklemmt zwischen Säcken, in denen sich alte, in Stoff eingewickelte Holzmasken und Figuren befanden. Die Fahrt war unfassbar anstrengend. Alles tat mir weh. Ich hatte das Gefühl, meine Wirbelsäule müsse brechen. In vierzehn Stunden machten wir zwei Pausen. Alles drehte sich. Als wir ein drittes Mal hielten, dachte ich, wir wären nun in Libyen. Aber die Schmuggler luden nur die Säcke mit den Masken ab und schwiegen. Auf mein Drängen, mir zu sagen, wo wir uns befanden, schnauzte einer von ihnen, wir seien an der Grenze zur Republik Niger. Erst blieb mir der Mund offen stehen, dann schoss mir Verzweiflung in die Eingeweide. Wir waren die ganze Zeit Richtung Westen gefahren anstatt Richtung Norden. Ich wurde wütend. Die Schmuggler ebenso. Aber sie hatten recht, wie sollte ihr alter Pick-up es durch die Wüste bis nach Libyen schaffen? Stattdessen schlugen sie mir vor, mit ihren Kollegen und den Masken und Holzstatuen weiterzufahren. Natürlich musste ich wieder bezahlen. Dann ging es eine Woche lang nachts in kleinen Etappen quer durch den Niger bis nach Mali. Manchmal unterhielt ich mich mit den beiden Männern, die mich mitnahmen, sprach mit ihnen über ihre Waren, die nach Europa verkauft wurden. Sie verdienten nicht schlecht daran. Aber wenn jemand wie ich sein Land verlassen wollte, nahmen sie auch den mit. Auch das brachte guten Lohn. Ich erzählte ihnen, dass ich nach Deutschland wolle, und sie sagten mir, dass sie jemandem

in Amsterdam Bescheid geben könnten. Der würde mich dahin bringen, wo ich wollte.
In Gao setzten sie mich ab und fuhren mit ihren Holzwaren weiter nach Mopti. Ich ruhte mich ein paar Tage aus, kam etwas zu Kräften, gab einigen Tuareg Geld, erzählte, ich würde ihren Kampf gegen die malische Regierung unterstützen und bat sie, mich auf einem Lastwagen nach Algerien zu bringen, wenn sie dort Waffen abholten. Sie willigten ein.
Mitten in der Nacht fuhren wir los. Der Laster war überladen mit Waren. Hirsesäcke und Stoffballen türmten sich meterhoch. Drumherum hingen aufeinandergestapelte Plastikstühle, Fahrräder, Schubkarren und unzählige Wasserkanister. Und obenauf saßen wir Passagiere. Wir waren zwanzig, die sich durch die Wüste schaukeln ließen, eingewickelt in Umhänge gegen die nächtliche Kälte, später gegen die erbarmungslose Sonne. Alle hatten ein Tuch vor ihr Gesicht gebunden, damit der Wüstensand uns im Fahrtwind nicht die Schleimhäute durchritzte und wir Nasenbluten bekämen. Gesprochen wurde wenig. Einmal hielten wir notgedrungen, weil Flammen aus der Kühlerhaube schossen. Aber nach eineinhalb Stunden ging es weiter. Am nächsten Tag gegen Abend erreichten wir Bordj Badji Mokhtar und alle verschwanden in unterschiedliche Richtungen.

Auch in Algerien herrschte Bürgerkrieg. Im Januar hatte es einen Staatsstreich gegeben. Überall waren Straßensperren. Und wo das Militär nicht kontrollierte, machten Islamisten die Gegend unsicher. Aber ich schaffte es nach Marokko. Fast drei Monate war ich, seit ich Kenia verlassen hatte, unterwegs gewesen. In Rabat fand ich illegal auf einem Kreuzfahrtschiff Platz. Ich durfte, getarnt als Küchenhilfe, bis nach Gibraltar mitreisen. Auf eigene Faust schlug ich mich bis Amsterdam durch. Dort wartete ich zehn Tage in einer Lagerhalle auf den Mann, der die Holzstatuen und Masken abholte, die zuvor über Mopti und Timbuktu einen ähnlichen Weg genommen hatten wie ich. Es war ein knurriger Deutscher, vielleicht um die fünfzehn Jahre älter als ich. Anfangs redete er in einzelnen Wörtern mit mir, die er mit einer Geste unterstützte.

›Guylain Kisula?‹ Sein Finger zeigte auf mich.

Ich nickte.

›Helfen!‹ Er tat, als hebe er eine der verschlossenen Weinkisten, und zeigte auf den Lkw, in dem er gekommen war.

Ich packte mit an.

Wir hievten die Kisten, die linkerhand aufgereiht waren, zuerst hinauf, packten dann Weinkisten von rechts darauf und davor, ehe alles mit einer Plane abgedeckt wurde.

›Zahlen!‹, sagte der Mann und rieb Daumen und Zeigefinger aneinander.

›Einsteigen!‹, sagte er anschließend und wies auf die Beifahrertür.

Während wir Richtung deutsche Grenze fuhren, fragte er: ›Hunger?‹, und hielt mir eine Tüte mit Äpfeln hin.

Als er fragte: ›Schmeckt?‹, und seinen Mund auf und zu klappen ließ, antwortete ich: ›Danke Ihnen, der Apfel schmeckt hervorragend.‹

Er schaute mich an wie jemanden, der von einem anderen Stern kam.

›Sprichst du Deutsch?‹, schnaubte er verärgert.

›Ja‹, sagte ich.

›Warum sagst du das nicht?‹, schnaubte er verärgert.

›Sie haben mich nicht gefragt‹, erwiderte ich. ›Duzen Sie alle Menschen direkt?‹
›Du blödes Arschloch‹, antwortete er und sagte eine ganze Weile nichts mehr. Kurz vor der Grenze reichte er mir einen kongolesischen Pass. Auf dem Bild war ein Schwarzer zu sehen, der mir nicht im Geringsten ähnlich sah.
›Das merken die Zöllner direkt‹, sagte ich.
›Nee‹, antwortete er. ›Aber du merk dir deinen Namen. Und wann und wo du geboren wurdest.‹
Im Pass stand Denis Nkulu. Ich war 1950 in Kinshasa geboren worden.
›Und halt bloß den Mund. Die brauchen nicht wissen, dass du Deutsch sprichst.‹
Als wir uns der Grenze näherten, raste mein Herz. Was würde ich tun, wenn sie mich verhaften wollten?
Aber meine Angst war unbegründet. Der Beamte schaute in unsere Pässe, fragte, was wir geladen hätten, warf nicht einmal einen Blick unter die Plane, sprach mich auf Englisch an, was ich nicht verstand, und winkte uns gelangweilt durch.
Danach lebte mein Fahrer auf, machte Scherze, fragte, wo ich so gut Deutsch gelernt hätte und erzählte, dass er früher Arzt in der Armee gewesen sei. ›Hauptmann‹, betonte er. ›Hauptmann!‹
Kurz nach Duisburg bat ich ihn erneut, mich nicht dauernd zu duzen. Daraufhin schwieg er bis Köln. Sein letzter Satz an mich war: ›Du bist zwar ein arrogantes Arschloch, aber trotzdem viel Glück.‹
Ich ging am gleichen Tag zur Polizei, kam in eine Flüchtlingsunterkunft und die normale Mühle begann. Ich hatte es gerade noch geschafft, bevor die deutsche Regierung das Asylrecht verschärfte. Im Fernseher sah ich, wie der Mob

in Rostock-Lichtenhagen ein Wohnheim für vietnamesische Vertragsarbeiter in Brand setzte. Draußen nieselte es.

Ich schloss mich in den nächsten Wochen einigen Kongolesen an, die wie ich auf die Entscheidung über ihren Asylantrag warteten. Sie zeigten mir die Stadt und den Friseurladen in der Innenstadt, den Therese Ilunga führte, eine hübsche Frau, deren Mutter Deutsche war. Dort vor der Tür saßen wir oft rum, redeten, tranken, ließen die Tage vorbeiziehen, den Sommer, den Winter, dann den Frühling und immer so weiter. Einige meiner Freunde wurden zwischendurch abgeholt und verschwanden. Ich selbst hatte Glück, bekam 1996 Asyl und durfte mir Arbeit suchen, aber das war nicht einfach. Ich ging weiterhin zu Thereses Friseurladen, lernte neue Leute kennen, verliebte mich zwischendurch in die Besitzerin, schlief mit anderen. Und eines Tages kommt aus dem Parkhaus gegenüber der Hauptmann. Irgendwie freute ich mich, den nach vier Jahren wiederzusehen, keine Ahnung warum. Ich sprang auf, lief ihm über die Straße entgegen und rief: ›He, ist in Ordnung, du darfst mich duzen!‹
Dann tauchte hinter ihm ein Mann im teuren Anzug auf. Der Hauptmann blieb stehen und wurde bleich. Aber der Geschäftsmann gab mir die Hand und wir plauderten etwas übers Wetter. Das war der Beginn meiner Integration, wenn Sie so wollen. Ich bekam Arbeit und deutsche Freunde und trank in den folgenden Monaten öfter den Wein aus den Holzkisten. Leider blieben mir die Feinde trotzdem. Bis heute. Ich könnte glücklich sein, aber sie stehen an jeder Ecke, warten in Autos, im Restaurant, in Clubs. Ich habe gute Medikamente gegen die Epilepsie. Nur die

Bilder im Kopf bekomme ich nicht weg. Meine Frau, in Stücke geschlagen. Kamau. Das verbrannte Haus. Manchmal schwimmt meine Leiche im Naivasha-See. Kann ein Mensch die Angst besiegen?«

35. Erster Monolog von Rieke Schnittweg (August 2018, Fortsetzung)

… Ja, die Patienten. Psychotherapeut ist definitiv kein Beruf für jeden. Wenn es denn überhaupt einer für einige ist. Die Leidensgeschichten sind schlimm genug, aber manche denken, der Psychotherapeut ist nur für sie da. Die vergessen den geschäftlichen Aspekt der Beziehung zum Arzt. Manchmal hat Konrad den, wie gesagt, auch vergessen.

Es gab da eine unangenehme Geschichte, die sich über Jahre hinzog. Ein früherer Patient, der seine Therapie abgebrochen hatte, begann Konrad nachzustellen. Verstehen Sie mich nicht falsch, er hat nie eine Drohung direkt ausgesprochen, er hat nicht gesagt, ich bringe dich um oder so etwas. Das nicht. Aber er hat einmal die Woche am späten Abend angerufen und gesagt: »Sie haben mich doch nicht etwa vergessen, Herr Schnittweg.«

Wenn Konrad dann geantwortet hat: »Warum machen Sie das?«, hat er aufgelegt.

Ich habe Konrad geraten, den Mann bei der Polizei anzuzeigen, aber mein Gatte wollte nicht. Er hat ihn sogar in Schutz genommen, sein Patient sei traumatisiert und handele aus Angst.

»Wieso nennst du ihn ›mein Patient‹«, habe ich gefragt, »wenn er die Therapie abgebrochen hat?« Da muss man sich doch frei machen.

Fast acht Jahre ertrugen wir das. Kleine Pakete ohne Absender kamen an mit nichts drin. Dann wieder klingelte es und jemand hatte zehn Taxis für uns bestellt. Die Reifen von Konrads Fahrrad waren morgens platt, wenn er zur Arbeit wollte. Ich habe natürlich keine Beweise dafür, dass dieser Mann all das tat, ich habe ja nie gesehen, wie jemand Luft aus den Reifen ließ, aber all dieser Terror begann, als auch die Anrufe anfingen. Und eines Abends hupte jemand vor unserem Haus. Erst einmal, dann mehrmals, dann ununterbrochen. Konrad trat ans Fenster. Ich fragte: »Was ist los?« Konrad antwortete nicht. Und ich wusste sofort, dass das der Mann war. Ich lief vor die Tür auf den Wagen zu und der Mann fuhr weg, nicht hastig. Er flüchtete nicht, er fuhr einfach weg, so als habe er nur einen kurzen Zwischenstopp eingelegt. Da ist mir richtig der Kragen geplatzt und ich habe draußen hinter dem Auto hergeschrien, dass unser Nachbar, Herr Kremel, in seinen Garten kam und fragte, ob ich ein Problem hätte.

Ich war so in Rage, dass ich zurückfragte, ob er nicht genug mit sich zu tun habe? Das hat der Nachbarschaft nicht direkt geholfen, aber Herr Kremel verschwand wieder in seinem Haus. Ich forderte Konrad anschließend auf, mir endlich zu sagen, was los sei. Mir reichte dieses Theater. Aber mein Gatte behauptete steif und fest, nichts gesagt zu haben, was den Mann zu seinem Verhalten hätte veranlassen können. Kurz danach hörte der Terror auf. Das war 2009. Einfach so. Ich bildete mir ein, dass mein Auftritt den Mann zur Raison gebracht hatte. Konrad wäre nie so wütend auf den zugegangen. Verständnisvolles Verhalten ist richtig bis zu einem bestimmten Punkt. Darüber hinaus hilft nur, die eigene Person zu verteidigen. Nicht einmal den Namen des Mannes wollte Konrad mir verraten. Der Begriff »Verständnis« und seine Auslegung haben auch zu unseren abendlichen Diskussionsthemen gehört.

Die Geschichte mit dem Mann war nicht das erste Mal, dass mein Gatte und ich unterschiedlicher Meinung waren. Schon als die Kinder noch zur Schule gingen, hatten wir diesbezüglich Redebedarf. Jakob und Pascal haben da eher etwas von Konrad geerbt als von mir. So richtig wehren können die sich auch nicht. Hat natürlich mit dem Denken zu tun, was richtig und was falsch ist. Darüber machen sich ja die meisten Gedanken, werden davon aber nicht unbedingt handlungsunfähig. Im Gegenteil, die meisten werden zu Monaden, die nur noch ihre Sichtweise akzeptieren. Bei Konrad war es genau umgekehrt. Er hat in den Neunzigern, bevor er seine Praxis bekam, an der Uni gearbeitet. Was glauben Sie, was es da für Intrigen und Unehrlichkeit gab. Jeder lächelte jedem zu und ließ ihn fühlen, dass alle die besten Freunde sind. Und hintenrum wurde am Sarg genagelt. Konrad wusste exakt, wer wen nicht ausstehen konnte und wer wo versuchte, die Konkurrenz auszuschalten. Aber er selbst machte nicht mit. Sonst sei er nicht besser als andere, sagte er. Deshalb war der Schritt zur eigenen Praxis das einzig Sinnvolle. Im universitären Betrieb wäre er untergegangen. Und er verdiente endlich. Das, was Dozenten und wissenschaftliche Hilfskräfte an der Uni bekommen, ist ein Witz. Wäre er da geblieben, hätten wir 2000 wohl zweimal darüber nachgedacht, ob wir das Haus hier kaufen. Ich war zwar in die Firma meines Vaters eingestiegen, aber alles allein zu stemmen, hatte ich keine Lust, zumal die Kinder noch klein waren. Mein Mann hat immer gedacht, er kommt unbefleckt durchs Leben, wenn er sich an seinem Gewissen orientiert. Das hat ein Unfall ihm ausgetrieben. Verstehen Sie mich nicht falsch, jeder sollte auf sein Gewissen hören, aber gleichzeitig sollte jedem klar sein, dass man keinen

Garten umgraben kann, ohne sich dreckig zu machen. Das muss man nicht gut finden, aber es akzeptieren wäre klug. Das würde das Monadentum reduzieren.
Konrad kam eines Abends nach Hause. Sein Fahrrad hatte ein verbogenes Vorderrad. Ihm selbst war nichts passiert. Sein Arm schmerzte etwas. Er hatte Glück gehabt. Kein Knochen gebrochen, aber er schien noch in sich gekehrter zu sein als sonst, wenn er aus der Praxis kam. Beim Abbiegen hatte ein Wagen ihn übersehen. Ich wollte wissen, wie das genau passiert war, ob er die Polizei gerufen hatte. Er wusste nicht einmal den Namen des Fahrers. Auf meine Frage, wer ihm das Fahrrad bezahlte, wenn er die Versicherungsnummer des anderen nicht habe, antwortete er: »Ich habe durch den Sturz begriffen, dass es keine Gewissheit gibt.«
»Und deshalb bezahlst du das neue Fahrrad jetzt aus der eigenen Tasche?«, erwiderte ich.
Er antwortete nicht.
Nach dem Essen setzten wir uns ins Wohnzimmer. Ich goss mir einen Rotwein ein und Konrad sagte: »Du hattest recht, es gibt keine Reinheit. Alles ist durchzogen von Dreck. Wer handelt, hat im nächsten Moment keine weiße Weste mehr.«
Ich versuchte, das zu relativieren, weil mir klar war, dass mein Mann nun seine ganze bisherige Existenz in Frage stellte. Man musste kein Psychotherapeut sein, um zu begreifen, dass das Folgen haben würde. Dabei fand ich unser Leben gerade jetzt angenehm. Wir hatten Geld, waren frei, planten unsere Tage nach der Rente. Die Praxis wollte Konrad sowieso in drei Jahren, wenn er siebzig werden würde, schließen. Und ich versuchte seit einigen Monaten, Jakob davon zu überzeugen, für die Firma zu arbeiten, da-

mit ich kürzertreten konnte. Ich dachte, Konrad und ich würden wieder mehr reisen, mehr ins Theater gehen, zu Lesungen. Stattdessen machte er nun den Eindruck, als wolle er sich aus allem zurückziehen, der Welt den Rücken kehren. Ich gebe zu, das ärgerte mich auch, weil das eigene Leben nicht vom Weltschmerz abhängig sein darf. Gerade Konrad wusste doch um die Notwendigkeit der Balance. Das war schließlich sein Job, das Gleichgewicht bei seinen Patienten herzustellen. Doch er hörte mir an dem Abend kaum zu. In den Wochen danach war er schweigsamer als sonst. Andere würden vielleicht sagen: noch schweigsamer. Aber wir hatten uns schließlich immer gut unterhalten. Und nun grübelte er vor sich hin. Ich musste ihn da irgendwie rausholen, dachte ich, und schlüpfte in seine Rolle, wurde zur Psychotherapeutin. Mit dem Unterschied, dass ich sehr viel redete und Konrad so gut wie nichts sagte. Ich verzweifelte und beging dann den Fehler, Konrad die Briefe seines Bruders an mich zu zeigen. Das war nicht intelligent. Heute begreife ich nicht mehr, wie ich das tun konnte. Ich hatte gedacht, das reißt ihn aus seinem Selbstmitleid heraus, das rüttelt ihn durch, regt ihn auf. Aber er hörte zu, schaute auf den Packen Briefe, las sie nicht einmal, sagte nur: »Das hättest du mir nach dem ersten Brief sagen sollen.«
Plötzlich war ich die Schuldige. Er hat nicht gesagt, Rainer ist ein Kretin. Er machte mir Vorwürfe, ihn jahrelang vor seinem Bruder beschützt zu haben.
»Lies sie«, sagte ich zu ihm, »dann weißt du, dass es pubertäres Zeug ist. Warum sollte ich deine Beziehung zu deinem Bruder damit belasten?!«
Ab dem Tag saßen wir abends kaum noch zusammen. Unsere Ehe würde ich auch zu jenem Zeitpunkt als glücklich

bezeichnen, aber mein Mann wollte Ruhe haben, um sich tiefer und tiefer in den Irrtum seiner Existenz zu vergraben. Das ist alles. Mehr weiß ich auch nicht.

36. Behördliche Transkription von Axel Keiders Interview/Aufnahme mit Silke Bracht. Teil 2.2. (25. September 2018)

Aufnahmegerät wird eingeschaltet. Vereinzelt Vogelgezwitscher. Laufschritte nähern sich.

S.B.: Wissen Sie, was ich mir überlegt habe? Ich möchte auch eine Geschichte hören.

A.K.: Ich habe nichts Besonderes erlebt.

S.B.: Eine Geschichte, die Sie geprägt hat. Oder ich erzähle auch nichts mehr.

A.K.: Wozu soll das gut sein?

S.B.: Für mich. Ich habe das Gefühl, ich liefere mich Ihnen aus. Da brauche ich ein Gegengewicht.

A.K.: Das glaube ich Ihnen nicht. Ich zwinge Sie nicht, mir ein Interview zu geben. Sie erzählen mir das doch gerne.

S.B.: Ich helfe Ihnen. Ist nett von mir. Ich kenne Ihre Artikel.

A.K.: Aber ich weiß keine Geschichte.

S.B.: Okay. Dann ist das Interview beendet. Tschüss.

Schritte. Keider steht auf.

A.K.: Jetzt warten Sie doch mal. Ist das wieder Ihr Armdrücken? Ich bin aber nicht Ihr Schüler.

S.B.: Atmen Sie mal kräftig durch. Sobald wir raus sind aus dem Park, wird die Luft schlechter.

Sie gehen eine Weile, ohne zu sprechen.

A.K.: Ich war mal in einem Internat.

S.B.: Doch was erlebt?

A.K.: Bin mit zwölf hingekommen und es war nicht leicht, Anschluss zu finden. Alles versnobte Neureiche. Aber es gab einen Jungen, der war genauso ausgeschlossen wie ich, weshalb wir uns anfreundeten. Zum Glück war auch ein Lehrer da, mit dem ich mich verstand, Franz Bumach. Denn das Mobbing war beträchtlich. Obwohl ich auch damals kein Freund von Petzen war, bot Bumach die Chance einer Gegenwehr. Guido, so hieß der andere Junge, und ich hockten in den Pausen zusammen, aber schnell wurde mir klar, dass wir uns nie angefreundet hätten, wäre der gemeinsame Feind nicht so übermächtig gewesen. Wir waren sehr unterschiedlich, er aggressiv, ich eher erduldend. Seine Wut gefiel mir anfangs, aber als er immer drastischere Mittel einsetzte, um …

S.B.: Was denn?

A.K.: Er hat Chemikalien im Schullabor mitgehen lassen, vor allem Säuren, die er über die Jacken im Flur schüttete. Er hat auch Hundekot in den Betten verteilt. Vor allem das mit den Säuren machte mir Angst, weil er sagte, bevor er diese Hölle hier verlasse, werde er Bumach und einigen anderen das Zeug in die Augen träufeln. Warum er gerade diesen Lehrer nicht mochte, weiß ich nicht. Bumach war ein sehr engagierter Mensch. Er durchschaute alle direkt, dem konnte man nichts vormachen. Er hat auch Guido ein paarmal zur Rede gestellt. Vielleicht deshalb. Jedenfalls wurde aus unserer Freundschaft nach und nach Ablehnung, die bei Guido in Hass umschlug. Nun war ich es, den er verätzen wollte. Eines Tages war die ganze Klasse am See. Bumach wollte uns die Natur zeigen, erklärte die Unterschiede zwischen den verschiedenen Rinden und dass er davon ausgehe, dass Bäume miteinander kommunizieren können. Wir waren alle froh, als wir unsere Rucksäcke ablegen und was essen durften.

S.B.: Ihnen glaube ich das sofort.

A.K.: Dann durften wir für eine halbe Stunde frei rumlaufen. Guido nahm sich einen Rucksack, von dem er annahm, es sei meiner, und warf ihn weit hinaus auf den gefrorenen See. Leider hatte Sabine Weino den gleichen schmucklosen Rucksack und Guido hatte sich vergriffen. Das Eis war dünn, aber als Sabine sah, dass ihr Rucksack weg war, lief sie los. Sie war kein sehr helles Mädchen. Ich rief ihr noch nach, sie solle das bleiben lassen, was die Aufmerksamkeit der anderen auf die Szene lenkte. Aber sie rannte weiter und brach ein. Unser Lehrer hatte sich etwas zurückgezogen, zeichnete Geäst in einen Block. Baumstudien nannte er das. Ich habe ihn geholt und er hat versucht, Sabine ein Seil zuzuwerfen, aber er kam nicht weit genug. Er schickte mich zurück zum Internat, um die Feuerwehr zu rufen und einen Krankenwagen, was ich auch tat. Als ich zurückkam, weinte Sabine kläglich und wimmerte, ihr sei kalt. Sie versuchte immer wieder, aus dem Wasser zu steigen, aber das Eis brach jedes Mal unter ihrem Gewicht. Bumach schrie, sie solle durchhalten, und schickte uns alle weg. Ich nehme an, dass Sabine irgendwann nicht mehr konnte. Vielleicht wurde sie bewusstlos, ich weiß es nicht. Als die Feuerwehrleute kamen und sie rausholten, war sie bereits tot.

S.B.: Und Sie sagen mir, Sie hätten nichts erlebt. Mein Gott.

Autogeräusche. Keiders Atmung geht schneller.

A.K.: Es gab eine Untersuchung. Guido behauptete, ich hätte Sabines Rucksack auf den See geworfen. Prompt bestätigten das einige Schüler. Ich nehme an, Guido hatte sie bedroht. Ich habe meine Version erzählt, aber mir glaubte man nicht. Guidos Vater war ein hohes Tier in der CDU und spendete viel und oft für das Internat. Das Resultat war, dass ich die Schule verlassen musste. Da war ich fünfzehn und kam in ein Heim für Schwererziehbare.

S.B.: Dann bin ich ja nicht die erste Sonderpädagogin, mit der Sie es zu tun haben.

A.K.: Ich bezweifele, dass Ihre erzieherischen Methoden die gleichen sind. Oder benutzen Sie auch heiße Bügeleisen?

S.B.: Nein. Das tue ich nicht.

A.K.: Jetzt schauen Sie nicht so betroffen. Sie wollten die Geschichte hören.

S.B.: Aber gleich so was.

A.K.: Jetzt sind Sie wieder dran.

S.B.: In Ordnung.

A.K.: Sie haben letztes Mal gesagt, Herr Weber habe damals versucht, mit Ihnen anzubändeln, trotz Ihrer Ehe mit Herrn Schnittweg. Wissen Sie, ob er das auch bei Rieke Schnittweg probiert hat?

S.B.: Aber hundertpro. Und wenn Sie mich fragen, ist es ihm auch gelungen. Ich habe die ganze Familie vor vierzehn oder fünfzehn Jahren mal hier im Park getroffen. Die beiden Söhne sehen Konrad nicht im Geringsten ähnlich. Beim Älteren weiß ich nicht, wer der Vater ist. Aber der Jüngste war Matteck in Klein. Die gleiche Haltung, die gleichen Haare, strahlend blaue Augen. Zufall ist das nicht.

A.K.: Und das soll Herr Schnittweg einfach so hingenommen haben?

S.B.: Vielleicht wollte er es nicht wahrhaben. Und seine Frau wird es ihm kaum auf die Nase gebunden haben. Konrad hat es schließlich auch wild getrieben. Das wird er bei der Neuen nicht anders ausgelebt haben. Die ist zwölf

Jahre jünger als er. Passt eh besser zu Matteck. Damals dachte ich zuerst, die ist Schauspielerin. Die änderte ihre Gesichtszüge wie auf Knopfdruck. Aus der Nähe sah das alles unehrlich aus, gekünstelt. Als sie dann sagte, sie leite eine Firma für Messgeräte, wusste ich, bei der tust du nichts ungesühnt. So, da wären wir.

A.K.: Wollen Sie sagen, dass Frau Schnittweg etwas mit dem Verschwinden oder den Aktivitäten ihres Mannes zu tun haben könnte?

S.B.: Ich will sagen, wenn Konrad in den letzten Jahren was ausgefressen haben sollte, wird das nicht ohne Einverständnis seitens der Neuen passiert sein. Was das Verschwinden anbelangt, sollten Sie sich intensiver mit Peter Pleimer beschäftigen. Die Polizei wird das nicht tun. Und jetzt entschuldigen Sie mich, ja?

A.K.: Danke Ihnen.

S.B.: Bitte, bitte.

Aufnahme endet.

37. Details aus dem Schnok-Archiv (März 2019)

Es sei schön, mich wiederzusehen, so der Polizeibeamte Schnok, mittlerweile sehne er sich geradezu nach diesen Treffen, bei denen er das ganze Material noch einmal Revue passieren lassen und dabei der Kunst behilflich sein könne. Vieles an diesem Fall klänge ja spannend und man laufe Gefahr, die Dinge unmittelbar für bare Münze zu nehmen, oder aber einfach unterschiedliche Versionen nebeneinander stehen zu lassen, in der Annahme, dass eine falsch sein müsse. Aber die Wahrheit suche sich oft einen dritten Weg. So sei an der Geschichte mit Sabine Weino beispielsweise gar keine Tragik, die Hauptperson betreffend, zu finden, auch wenn Herr Keider und Herr Immertal dies suggerierten. Denn die Frau lebe auch heute noch und sei bei bester Gesundheit. Zumindest Guido Immertal müsse dies wissen, da er im Gegensatz zu Axel Keider nicht des Internats verwiesen worden sei, sondern genau wie Sabine Weino dort Abitur gemacht habe. Dass er, Guido Immertal, über all die Jahre trotzdem an seiner Version festgehalten habe, wie die Aufnahme eines Gesprächs mit Konrad Schnittweg zeige, könne nur den Schluss zulassen, dass er gehofft habe, mit dieser Lüge seinem ehemaligen Mitschüler eines Tages noch nachhaltig schaden zu können. Dabei habe der heutige Journalist durch den Rauswurf aus dem Internat bereits reichlich Schaden genommen.

Axel Keider sei sowieso ein Pechvogel gewesen. Wenn man denn Tragik wolle, dann finde man sie bei ihm. Er sei damals aus einem Kölner Waisenhaus auf das Internat Waldschloss nach Bad Honnef gekommen. Zuvor habe er mit sieben Jahren, also 1970, seine Eltern bei einem Busunfall verloren, sei selbst auch in diesem Gefährt gewesen, habe eingequetscht zwischen den blutüberströmten Leichen seiner Eltern geborgen werden können. Die Keiders seien nicht reich gewesen, wie Guido Immertal behaupte, ansonsten wären sie im eigenen Wagen gestorben, nicht im Bus. Da der junge Keider sich in den folgenden Waisenhaus-Jahren als hervorragender Schüler gezeigt habe, habe jemand ihm Gutes tun wollen und ab 1975 die Schulgebühr im Internat Waldschloss in Bad Honnef für ihn übernommen. Das sei nicht nichts gewesen. Und nun dürfe ich dreimal raten, wer dieser Jemand gewesen sei. Nämlich kein Geringerer als der CDU-Politiker Manfred Wünning. Der habe viele soziale Projekte unterstützt und eben auch einige Waisenkinder nach Bad Honnef vermittelt. Guido Immertal dürfte das nicht gewusst haben, denn er habe schon damals mit seinem Vater auf Kriegsfuß gestanden. Aber klar sei, dass Manfred Wünning die Gebühren für Axel Keider nicht mehr bezahlte, als er hörte, dass dieser seinen Sohn in der Sabine-Weino-Geschichte belastete. Das sei der eigentliche Grund für Axel Keiders anschließenden Weg ins Heim für Schwererziehbare gewesen. Aber natürlich habe der Geldgeber nicht offiziell zugeben können, dass er den Hahn zudrehe, um seinen Sohn zu schützen, weshalb es mit Hilfe der Internatsdirektorin bei der Version geblieben sei, Axel Keider habe durch sein Handeln den möglichen Tod von Sabine Weino in Kauf genommen, er sei gefährlich, da ihm jegliche Empathie abgehe, und er brauche eine spezielle Erziehung. Ob nun Guido Immertal den Rucksack von Sabine Weino aufs Eis geworfen habe oder Axel Keider, wisse er, Schnok, nicht. Die Geschichte liege lange zurück und da die betroffene Schülerin überlebt habe, habe es keinen Grund gegeben, alles noch einmal aufzurollen. Aber wenn ich denn seine, Schnoks, Meinung hören wolle, so sei er bereit, sich aus dem Fenster zu lehnen und einzig Axel Keiders Version für kredibel zu erklären. Denn Guido Immertal sei seit seiner Kindheit ein äußerst nachtragender Mensch gewesen, der sich in Kleinigkeiten hineingesteigert habe, die auch Jahre später zu völlig überzogenen Reaktionen geführt hätten. So sei unter anderem bekannt, dass der Lehrer Franz Bumach bis kurz vor seinem Tod unter den Schikanen von Guido Immertal zu leiden gehabt habe. Letzterer habe dem Pädagogen regelmäßig den Garten verwüstet, Chemikalien zwischen die Rosenstöcke gegossen, sodass nichts mehr wachsen konnte. Von Axel Keider sei ein solches Vorgehen nicht bekannt. Er, Schnok, sei deshalb auch damals hellhörig geworden, als Rieke Schnittweg von einem Mann berichtet habe, der Konrad Schnittweg auf ähnliche Weise drangsaliert habe. Aber einen Zusammenhang gebe es da nicht, wie die Aufnahme von Guido Immertal aus dem Jahre 2009 beweise. Trotzdem seien solche falschen Fährten zuweilen Gold wert, so Schnok, erlaubten sie doch Verirrungen, die Dinge zutage brächten, an die man sonst nie gedacht hätte, geschweige denn darauf gekommen wäre. Das sei freilich nicht immer der Fall. Noch Anfang Dezember habe er angenommen, Guido Immertal habe Axel Keider im letzten Juli zusammengeschlagen und ihm die kopierten Zeitungsausschnitte mit Sekundenkleber an der Stirn befestigt. Er erinnere mich daran, dass Guido

Immertal als Reaktion auf den ersten Artikel zum Fall Konrad Schnittweg gesagt habe: »Ich werde Material über dich sammeln, den Genossen von dir erzählen, von früher, davon, wie du schon als Schüler den Tod gesät hast. Du wirst keine ruhige Minute mehr haben. Manche lernen es erst, wenn man ihnen den Kopf abreißt.« Zitat Ende. Aber diese Spur sei eine Sackgasse gewesen. Guido Immertal habe ein Alibi für besagten Abend gehabt, sei er doch zur Tatzeit mit einer Frau in einem Thai-Restaurant gewesen, die er über die Plattform »Partnership Best Ager« kennengelernt hatte. Das Treffen habe aber keine Früchte getragen, vielmehr sei Monika Laugenholz, so der Name der Frau, frühzeitig aufgebrochen, da Guido Immertal ausschließlich über Politik geredet habe, sie sich unter einer ersten Begegnung jedoch etwas anderes vorgestellt hatte. Eine im fortgeschrittenen Alter noch immer sehr modisch gekleidete und attraktive Person sei Monika Laugenholz, wenn er, Schnok, sich diese Bemerkung erlauben dürfe. Dies steche gerade im Vergleich mit Guido Immertals Vorliebe für zerschlissene Militärparkas ins Auge, eine eher pubertäre Gewandung, unter der er verwaschene Karohemden trage, als wolle er den Revoluzzer zum Klischee designen.
Da er, Schnok, sich bekanntermaßen für die Nahrung der Menschen interessiere, weil er sich einbilde, Details der jeweiligen Psyche aus den Vorlieben für diverse Gerichte herausgaren zu können, wolle er nicht verschweigen, dass Guido Immertal zu jedem Essen Chili brauche und das Gewürz in solchen Mengen über alles verteile, egal ob Fleisch, Gemüse oder Salat, nur das Dessert spare er aus, dass man annehmen dürfe, der Mann habe sich jeglichen sensiblen Nerv schon vor Jahren weggeätzt. Auch Monika Laugenholz habe mit Staunen beobachtet, wie

ihr Gegenüber seinen Teller mit Chilisoße zum Glühen gebracht habe, um ihn dann mit ungewöhnlicher Hast zu leeren, ohne dass ihm dabei das Gesicht verrutscht oder der Mund länger offen stehen geblieben wäre. Für Guido Immertal sei es im tieferen Sinne gleichgültig, was er zu sich nehme, da das Gewürz alle Nuancen zwischen Blumenkohl und Hirschgulasch relativiere. Zumindest in dieser Einseitigkeit zeige sein Essverhalten eine Parallele zu Matthias Weber, der zwar keineswegs scharf esse, dafür andauernd Currywurst rot-weiß. So pflege der Wirt sich bis zu fünfmal in der Woche diese mit Ketchup und Mayonnaise garnierte Mischung aus Pommes und geschnittener Schweinewurst beim Griechen um die Ecke zu besorgen. Dazu trinke er wahllos Wein oder Bier, manchmal beides zusammen. Es sei wohl keineswegs gewagt, daraus den Schluss zu ziehen, Matthias Weber habe Schwierigkeiten bei der Entscheidungsfindung, halte lieber am Immergleichen fest als sich in die ausweglose Lage zu begeben, zwischen mehreren Möglichkeiten wählen zu müssen, um am Ende bewusst Alternativen zu negieren. Denn mit einer Entscheidung gewinne man nicht nur, man verzichte eben auch, so Schnok, was jemand wie Matthias Weber als Verlust wahrnehme, als kleinen Riss in der Lebenshaut. Konsequenz dieser Denkweise sei eine vereinfachte, sich nicht wandelnde Welt, deren unleugbare Komplexität hingegen nicht nur nicht mehr wahrgenommen, sondern als inexistent apostrophiert werde. So behaupte Matthias Weber beispielsweise immer wieder, Peter Pleimer sei Opern-Fan, was in dieser vereinfachten Aussage gar nicht zutreffe. Aus den Tagebüchern des Geschäftsmannes gehe deutlich hervor, dass er einen sehr differenzierten Musikgeschmack habe und eben auch in die Oper gehe. Andere

Richtungen wie Jazz oder Weltmusik seien ihm aber keineswegs fremd. Es sei deshalb keine Überraschung für ihn, Schnok, dass die Ernährungsstrategie Peter Pleimers eine komplett andere sei als die von Matthias Weber, der beim Rock der Siebziger stehen geblieben sei. Der Mann, also Peter Pleimer, speise immer exquisit. Das liege nicht nur am Geld, das der Geschäftsmann habe, sondern auch am offenen Geist, der ihn beflügele. Mehrmals in der Woche das Gleiche zu sich zu nehmen, sei für Peter Pleimer völlig undenkbar. Er brauche die Abwechslung. Essen, so habe Peter Pleimer ihm, Schnok, gesagt, sei wie das Reisen. Landschaft müsse vorbeiziehen, während man gemütlich kaue. Dabei sei es egal, ob man etwa Rinderfilet-Tatar mit Parmesan-Brûlée, Hähnchenbrust in Kokosmilch mit Paprika und Ananas oder aber ein Körnerbrötchen mit Yak-Butter aus der Mongolei zu sich nehme. Sei das Produkt von Qualität, zögen automatisch die Champs-Élysées am virtuellen Fenster des Geistes vorbei, der asiatische Regenwald steige in die Nase oder man galoppiere auf einem kaum gezähmten Pferd durch die Steppe. Als Autor würde ich sicherlich das literarische Vorbild einer solchen Verbindung von Geschmack und geistiger Regheit erkennen, so Schnok, Proust habe ich doch sicherlich gelesen.
Er müsse übrigens zugeben, dass Peter Pleimer sich in seinen Tagebüchern ab und an mit Konrad Schnittweg beschäftige, folglich im Gegensatz zu seinem, Schnoks, ersten Eindruck anzunehmen sei, dass beide sich doch etwas näherstünden, als er vermutet habe, wobei das Wort »Nähe« die Sache nur im physischen Bereich träfe, nicht aber im geistigen. Denn Peter Pleimer beschreibe zwar immer wieder zufällige Treffen mit Konrad Schnittweg, lasse dabei aber selten Sympathie durchblicken. Bereits in den

Tagebüchern, die die gemeinsame Militärzeit festhielten, zeichne Peter Pleimer seinen Kameraden als kleinen Diktator, der alle anderen mit seinen religiösen Vorstellungen tyrannisiert habe. Nicht nur sei es ihm ein Anliegen gewesen, eine Morgenandacht für Soldaten zur Pflicht zu machen, er habe vielmehr auch versucht, jeden zu bekehren, der ihm über den Weg gelaufen sei. Habe man Konrad Schnittweg mitgeteilt, man sei bereits getauft und Christ, so habe der »schweigsame Prediger«, wie alle ihn genannt hätten, sich damit nicht zufriedengegeben, sondern auf einen Frömmigkeitsbeweis gedrängt. Glücklicherweise hätten Vorgesetzte wie Hauptmann Sollner durchgegriffen, ansonsten wäre die Brigade zur Bruderschaft mutiert.
Peter Pleimer führe diese spirituelle Erregtheit seines Kameraden auf dessen übermäßigen Alkoholkonsum zurück. Ja, Konrad Schnittweg sei eine rechte Saufgurgel gewesen, sage Peter Pleimer, habe schon als Zwanzigjähriger täglich seine Ration Korn gebraucht, um aus dem Bett zu kommen. Im Laufe des Tages habe der steigende Pegel ihn dann zum stillen, aber fanatischen Visionär werden lassen. Er habe keine weißen Mäuse gesehen, dafür überall die Spuren des Herrn. Erstaunlich sei gewesen, dass Konrad Schnittweg sich dabei so gut im Griff gehabt habe. Kaum jemandem sei seine Sucht aufgefallen, zumal er die Flaschen in Hauptmann Sollners Büro deponiert habe, um diesen zu diskreditieren und zugleich jeden Verdacht von sich abzulenken. Dass der Student und spätere Psychotherapeut irgendwann kein alkoholisches Getränk mehr angerührt habe, sei leicht aus dieser Vorgeschichte zu erklären. An der Uni habe er im zweiten Semester eine Selbsterfahrungsgruppe besucht, und da sei ihm klar geworden, dass er trinkend keine Zukunft habe.

Peter Pleimer und Konrad Schnittweg seien sich, wie gesagt, immer wieder zufällig über den Weg gelaufen. Die Beschreibungen der »Treffen« verrieten jedenfalls keine gewollte Verbindung zwischen den beiden, zeichneten vielmehr in typischer Pleimer-Manier die Person Schnittweg nach, deren Kleidung, deren Gesten, das Verhalten und die Mimik.
Gestutzt habe er, Schnok, allerdings bei einer Bemerkung, die er unter dem Datum Freitag, 15. März 1996 gelesen habe. Dort sei die Rede von einem gemeinsamen Stadionbesuch, nicht von Konrad Schnittweg, sondern von dessen Ehefrau mit Matthias Weber. Letzterer sei Arm in Arm mit Rieke Schnittweg durch Sülz stolziert und habe diese auch nicht losgelassen, als sie in Peter Pleimer hineingelaufen seien. Vielmehr habe Matthias Weber vom großartigen Sieg des 1. FC Köln gegen TSV 1860 München schwadroniert und dass der FC nun die Abstiegszone um einen weiteren Punkt hinter sich gelassen habe. Rieke Schnittweg hingegen habe nichts gesagt, aber er, Pleimer, habe ihr angesehen, wie unangenehm ihr die Begegnung in dieser Konstellation gewesen sei. Zum einen habe sie sich offensichtlich für das Geschwätz ihres Begleiters geschämt, zum anderen sei es das erste Wiedersehen zwischen ihr und Peter Pleimer gewesen, seit er sie noch zu ihrer Studentenzeit verlassen hatte. Er, Schnok, habe bei dieser Lektüre sofort die Verbindung zur Aussage Silke Brachts hergestellt, die in einem Interview, das Axel Keider ihm überlassen habe, behauptete, Pascal Schnittweg, also der Sohn aus Kolkota, habe verblüffende Ähnlichkeit mit Matthias Weber. Wenn denn etwas dran sei an dieser Vermutung, so ließe sich spekulieren, dass Ehefrau und angeblich bester Freund schon in den Neunzigern ein Ver-

hältnis gehabt haben könnten. Woraus eventuell sogar abzuleiten sei, dass Rieke Schnittweg den Anarchisten Guido Immertal später bewusst auf ihren Mann angesetzt habe, um sich so freie Zeit zu verschaffen, die sie dann mit Matthias Weber verbracht habe. Auch das Drohschreiben, das an die Medien ging, sei damit in einem neuen Licht zu betrachten und nehme Konrad Schnittweg etwas aus der Schusslinie. Gegenteiliges bewirke hingegen ein Eintrag Peter Pleimers aus dem Jahre 1999, dem Jahr, in dem Konrad Schnittweg seine Praxis eröffnet habe. Woher, frage sich der Notierende, habe der Psychotherapeut plötzlich das Geld für die Kassenzulassung gehabt? Dass Rieke Schnittweg ihrem Mann die Summe gegeben habe, bezweifele Peter Pleimer, sei doch auch sie gerade erst in die Firma des Vaters eingestiegen gewesen. Mehr schreibe Peter Pleimer nicht, aber auf die gegenüberliegende Tagebuchseite habe er die Todesanzeige von Marie und Friedrich Schnittweg geklebt, die einen Monat zuvor gemeinsam verschieden waren. Aus einem Polizeibericht, den er, Schnok, sich daraufhin besorgt habe, gehe hervor, dass jemand über Nacht den Gasherd angelassen hatte. Mehrere Rechnungen belegten zudem, dass der Küchenumbau, bei dem der alte Holzofen durch einen Gasherd ersetzt worden war, kaum ein Jahr zurücklag. Da Marie und Friedrich Schnittweg ihr gemeinsames Schlafzimmer nach unten in den Wohnbereich direkt neben die Küche verlegt hatten, dieses aber wie eine hastige Improvisation gewirkt habe, seien die damaligen Beamten von einem Doppelsuizid ausgegangen. Die Erben seien, wie zu vermuten gewesen sei, die Söhne Rainer und Konrad Schnittweg gewesen.

Peter Pleimer sei schon ein gewitzter Mann, so Schnok, habe er doch aus dem Nichts ein Importgeschäft aufgebaut, das nicht nur spezielle Läden mit afrikanischen und asiatischen Produkten wie Masken und Statuen beliefere, sondern mittlerweile auch über eine gewaltige Liste an Privatkundinnen und -kunden verfüge, die ein Heidengeld für Exotik ausgäben. Übrigens sei auch die vorhin erwähnte Monika Laugenholz seit einem Jahrzehnt Abnehmerin seiner Produkte.

Leider fehle ihm, Schnok, ein Tagebuch aus dem Jahre 2012. Das ärgere ihn nicht nur, weil ihm so Informationen vorenthalten blieben, sondern auch, weil es seinem Naturell widerspreche, einfach über diese Lücke hinwegzusehen und mit dem nächsten Tagebuch weiterzumachen. Das sei ja in etwa, als lese man einen Roman weiter, dem in der Mitte hundert Seiten fehlten. Das ginge doch nicht, weshalb er, Schnok, bislang nicht über den Anfang des Jahres 2012 hinausgekommen sei, obwohl ihm die Tagebücher ab 2013 wiederum vorlägen. Zwar habe er hie und da hineingespäht und auch die eine oder andere Seite überflogen, aber von Lektüre könne nicht die Rede sein. Peter Pleimer habe ihm gesagt, dieses eine Tagebuch sei ihm gestohlen worden. Er sei in der Nacht nach Hause gekommen und habe den Dieb überrascht, um nicht zu sagen fast erwischt, weil der Einbrecher aufgrund seines erheblichen Gewichts nur langsam geflüchtet sei. Aber im Dunkeln habe er, Peter Pleimer, eine Stufe übersehen und sei gestürzt, habe sich das Knie verletzt und der Dieb habe fliehen können. Außer dem einen Tagebuch habe aber nichts in seinem Haus gefehlt. Nun frage er, Schnok, sich natürlich, ob der Dieb es auf genau dieses Tagebuch abgesehen hatte oder ob es Zufall war, dass er einen Teil des Jahres 2012 mitgenommen habe.

Die Beschreibung des Einbrechers als dickem Mann habe ihn selbstverständlich an Axel Keider denken lassen. Aber dieser sei der Nachfrage mit Entrüstung begegnet. Und da der Journalist sich bislang mehr als kooperativ gezeigt habe, werde er den Mann erst einmal in Ruhe lassen.

Noch eine interessante Kleinigkeit wolle er, Schnok, mir indes erzählen, ehe er sich wieder der Recherche widmen müsse, ein Detail, das sozusagen einen Horizont öffne. Ob mir das zusammenfassende Protokoll der Sitzungen Guylain Kisulas noch im Gedächtnis sei? Dort habe Konrad Schnittweg notiert, sein Patient habe verlauten lassen, er sei 1996 gegenüber dem Friseursalon von Therese Ilunga einem Geschäftsmann begegnet, weil er den Fahrer, der ihn nach Deutschland gebracht hatte, wiedererkannt habe. Klar sei, um wen es sich bei diesen Menschen handele, nämlich um Peter Pleimer und Hauptmann Sollner, das müsse er einem Autor wie mir ja nicht erzählen. Aber was er sehr wohl erzählen wolle, sei, dass besagter Geschäftsmann in einem seiner Tagebücher aus dem Jahre 2001, also fünf Jahre nach der vom Psychotherapeuten festgehaltenen Begegnung, schreibe, Konrad Schnittweg habe ihm bei einem zufälligen Aufeinandertreffen in der Kölner Innenstadt einen Mann namens Guylain Kisula vorgestellt, der gute Verbindungen nach West- und Ostafrika habe und ihm bei seinen Einkäufen zur Hand gehen könne.
Falls dies der Wahrheit entspreche, woran zu zweifeln er, Schnok, keinen Grund sehe, müsse hinterfragt werden, was die Sitzungsprotokolle, die Konrad Schnittweg verfasst habe, überhaupt wert seien?

Damit lasse er, Schnok, mich nun allein, verspreche aber, mir beim nächsten Rendezvous alles Wissen zum Fall Guylain Kisula offenzulegen.

38. Guido Immertals Audio-Rekorder, 08. November 2009

… Kommen Sie, Frau Schnittweg, es freut mich, Sie kennenzulernen. Nehmen Sie Platz.
Danke, Herr Wünning, dass Sie Zeit finden konnten, mich …

Ich bitte Sie. Wir hätten uns schon viel früher begegnen sollen.
Sie sagen es.

Lassen wir die langen Vorreden und kommen doch gleich zum Punkt. Sie haben mich gefragt, ob ich Ihnen bei einem Geschäft behilflich sein könne, und das kann ich. Die Zeiten dort unten sind zwar nicht mehr ganz so rosig für uns wie früher, aber ich habe bei meinen Freunden in Chile nachgefragt, welche Angebote bislang in Bezug auf das Staudammprojekt eingegangen sind, und kann Ihnen versichern, dass Sie sehr gut im Rennen liegen.
Und was wird es mich kosten, das Rennen zu machen?

Von Kosten sollten Sie nicht reden. Nein. Ich verkaufe Ihnen doch nichts. Aber meine Partei, wenn ich das so direkt sagen darf, würde sich über jede Unterstützung freuen. Wir haben zwar gerade die Bundestagswahl gewonnen und Frau Merkel wird uns auch die nächsten Jahre erfreuen, aber unsere Arbeit, die kostet uns viel Zeit und das Mate-

rial hat auch seinen Preis. Da würden Sie uns eine Freude machen, wenn Sie, sagen wir, einen niedrigen sechsstelligen Betrag entbehren könnten. Das ist dann für einen guten Zweck und wird Ihnen durch das Staudammprojekt zigfach vergolten werden.
Wann kann ich mit dem Zuschlag rechnen?

Das liegt bei Ihnen.
Ich kann morgen spenden, kein Problem.

Warten Sie einen Monat. Kurz danach wird sich jemand aus Chile bei Ihnen melden.
Ich danke Ihnen, Her Wünning.

Nichts zu danken, Frau Schnittweg. Wir wollen doch alle, dass die Wirtschaft den Menschen Wohlstand bringt, die schaffenden Hände der Bundesrepublik für ihre Taten belohnt werden.
Schön haben Sie es hier. Ich bin nicht so oft in der Gegend.

Ja, da bin ich meiner verstorbenen Gattin auch sehr dankbar. Es war ihre Idee, damals in den Siebzigern dieses Haus zu kaufen. Ich habe mir nicht so viel aus Garten und Lage gemacht, wollte eher am Puls der Zeit sein. Aber heute bin ich doch sehr froh, auf sie gehört zu haben. Wollen Sie etwas zu trinken? Entschuldigung, dass ich nicht sofort gefragt habe.
Nein, danke. Alles gut.

Dann bliebe da noch Ihr anderes Anliegen.
Ja.

Das ist etwas delikater. Ich verstehe, dass Sie Ihren Mann schützen wollen, auch wenn Ihr Anliegen, sagen wir mal, unorthodox ist.
Es ist Terror, Herr Wünning. Sie können sich das nicht vorstellen. Wir haben keine ruhige Minute. Es macht sich so eine Grundangst breit. Als Bürger muss es doch Möglichkeiten geben, sich gegen so etwas zu wehren.

Ich verstehe Sie, keine Frage, aber, sehen Sie, Herr Kisula genießt bereits seit 1996 Asyl. Seit dreizehn Jahren. Er hält sich folglich legal in Deutschland auf, ist seitdem auch nicht aufgefallen. Ich habe das recherchieren lassen. Ihm jetzt die Erlaubnis, hier zu bleiben, wieder zu entziehen, ist schwierig. Es sei denn, Sie hätten Beweise dafür, dass er im Asylverfahren gelogen hat.
Ansonsten gibt es keine Handhabe, obwohl er uns terrorisiert?

Ich wüsste nicht, welche. Wir leben ja in einer wunderbaren Demokratie, wo sehr viel möglich ist, aber eben nicht alles.
Und wenn man nur mal von offizieller Seite bei Herrn Kisula anklopfen würde? Nach dem Motto, es gäbe da Hinweise, denen man nachgehen müsse? Er solle am besten ab jetzt nicht mehr mit Stalking auffallen?

Ich werde darüber nachdenken, was sich machen lässt. Hängen lasse ich Sie jedenfalls nicht, darauf haben Sie mein Wort. Wollen Sie wirklich nichts zu trinken?
Nein, danke, ich wollte Sie auch nicht lange stören, ich muss noch …

Na, wurde die Welt wieder etwas dreckiger gemacht!
Darf ich vorstellen: mein Sohn Guido.

Normalerweise klopft man an, bevor man eintritt.
Ich habe eh die ganze Zeit gelauscht.

Sie sollten sich mit diesem Herrn, der sich mein Vater nennt, nicht einlassen. Da können Sie nur untergehen.
Danke für die Warnung. Ich wäre jetzt glatt auf ihn hereingefallen.

Lassen Sie die Finger von dieser Art Geschäfte, dann schlafen Sie besser und werden überleben, wenn der Scheiß-Kapitalismus krepiert.

Mein Sohn ist zwar fast fünfzig, hat sich aber nach wie vor der Revolution verschrieben. Das war für einen CDU-Mann wie mich anfangs etwas gewöhnungsbedürftig, aber mittlerweile streite ich mich gerne mit ihm.
Du streitest nicht, du wiederholst nur ununterbrochen den gleichen Sermon.

Im Gegensatz zu dir, dessen Theorien jedes Mal brandneu sind.

Ich möchte dann auch nicht länger stören.

Ist ja auch alles unter Dach und Fach.
Ich glaube, Sie würden sich gut mit meinem Mann verstehen.

Ich verstehe mich mit den meisten Menschen gut.
Ich habe mich noch gar nicht vorgestellt: Rieke Schnittweg. Mein Mann ist Psychotherapeut, der wirkt sehr beruhigend.

Guido Immertal.
Eigentlich Guido Wünning. Meine verstorbene Frau hieß Immertal.

Sie verstehen doch, dass ich Angst habe, mein Gesicht zu verlieren, wenn ich mich als Wünning vorstellen müsste.
Mir gefällt der Name.

Welcher?
Hat mich gefreut. Die Herren.

Ich bringe Sie noch zur Tür.
Wiedersehen, Herr Immertal. …

39. Sitzungsprotokoll »Constanza Sommer« (August 2010)

»›El pueblo unido jamás será vencido‹, das Lied kennen Sie, oder?«, fragte Frau Sommer, ohne eine Antwort zu erwarten. »Das hat man schon in den Siebzigern in allen Ländern der Welt gesungen. Es gibt auch eine deutsche Version von Hannes Wader.

Von dem Tag an, an dem ich versucht hatte, meinen Vater wegen Enrique zur Rede zu stellen, änderte sich viel. Ich glaube, ich änderte mich. Dass ich meine Eltern hasste und für tot erklärte, war nichts Neues, aber ich begann nun auch, dem Verschwinden meines Freundes Endgültigkeit zu geben. Ich machte das nicht bewusst, aber ich verlor innerhalb weniger Wochen alle Hoffnung. Zuerst die, Enrique jemals lebend wiederzusehen, dann die auf gesellschaftliche Veränderung in Chile, dann die auf eine friedliche Zukunft weltweit. Sie würden das vielleicht Depression nennen, ich weiß es nicht. Jedenfalls begann ich mich zurückzuziehen, mich fernzuhalten von den anderen, die noch immer Flugblätter druckten, demonstrierten, teilweise sogar zum bewaffneten Kampf übergegangen waren. Ich ging zu keinen geheimen Treffen mehr und bekam Streit mit Hannelore, die mir Defätismus vorwarf und sagte, wer nichts tue, tue es für den Feind.

Einen Monat später bin ich aus unserer gemeinsamen Wohnung ausgezogen. Ich wollte niemand Neues kennen-

lernen, stürzte mich ins Studium und verdrängte, was um mich herum los war. Je mehr ich mich isolierte, desto weniger kam ich in Situationen, in denen mir übel wurde. Denn der Würgereiz, der auftauchte, sobald ich etwas als unangenehm empfand, war mir geblieben.
1988 habe ich Examen gemacht. Im gleichen Jahr wurde von der Pinochet-Regierung ein Referendum durchgeführt, ob es bei den nächsten Wahlen mehr als einen Kandidaten geben sollte. Was für eine absurde Frage, denke ich heute, aber damals war mir diese Volksabstimmung egal. Ich war überzeugt, dass es nach den Wahlen sowieso wieder einen Militärputsch geben würde, falls jemand an die Macht käme, der den Wohlstand auf alle verteilen wollte.
Es stimmten lächerliche sechsundfünfzig Prozent gegen eine Verlängerung der Diktatur, kein gutes Zeichen. Aber während ich meine Doktorarbeit schrieb, gab es dann tatsächlich Wahlen mit mehreren Kandidaten und Pinochet wurde als Präsident abgelöst, blieb aber Senator auf Lebenszeit, weshalb man ihn nicht für seine Gräueltaten zur Rechenschaft ziehen konnte. Da half auch die eingesetzte Wahrheitskommission nicht. Das Ausland sprach von einer Rückkehr zur Demokratie, aber wirtschaftlich ging es mit Neoliberalismus weiter.
1990 war ich mit meinem Studium fertig und wollte nur noch weg aus Chile. Ich würde versuchen, wieder dort Fuß zu fassen, wo meine Eltern mich weggerissen hatten, und habe lange überlegt, ob ich ihnen überhaupt Bescheid geben oder einfach abhauen sollte. Mein Konto war gefüllt. Offensichtlich hatte mein Vater versucht, sein Gewissen, von dem ich immer vermutet hatte, es existiere nicht, zu beruhigen, indem er mir jeden Monat eine größere Summe als beim Mal davor überwies. Aber tief im Inne-

ren bleibt man halt immer Tochter. Also klingelte ich bei ihnen.
Es war kein herzliches, gar überschwängliches Wiedersehen. Ich hatte mich verändert und meine Eltern erst recht. Mir wurde übel und ich unterdrückte den Würgereiz. Meine Eltern waren in diesen fünf Jahren alt geworden, vor allem mein Vater. Obwohl erst Anfang sechzig, wirkte er gebückt und seine Bewegungen hatten etwas Schleppendes. Mir schien, er mache kleinere Schritte als früher, so als sei er unsicher, wo er den Fuß aufsetzen sollte. Meine Mutter war nach wie vor die blasse Unauffälligkeit, die sie schon immer gewesen war, hatte aber tiefe Falten um den Mund bekommen, wirkte dadurch resigniert, kraftlos, um nicht tot zu sagen. Sie trank nicht einmal mehr, sprach nüchtern belangloses Zeug. Ich dachte an eine vertrocknete Zimmerpflanze, während wir im Wohnzimmer saßen und ich erklärte, nach Deutschland zurückgehen zu wollen. Mein Vater antwortete, er habe damit gerechnet. Meine Mutter starrte durch mich hindurch. Vaters Angebot, mir beim Aufbau einer Firma in Köln zu helfen, lehnte ich ab. Ich wollte wirklich etwas Neues, vor allem Unabhängigkeit von meinen Eltern, etwas Neues ohne Verantwortung. Wirklich belastbar war ich nicht. Mir wurde immer wieder schlecht. Heute weiß ich, dass meine Berufswahl eine Flucht war. Ich fing als Sekretärin in einer Anwaltskanzlei an, hatte betteln müssen, den Job zu bekommen, weil man mich für hoffnungslos überqualifiziert hielt, was ich auch war. Aber man gab mir schließlich eine Chance, stellte keine Fragen mehr und ich versuchte, zwanzig Jahre meines Lebens auszuradieren. Doch vor allem nachts tauchten Freunde in meinem Kopf auf, Straßenszenen, und Consuela rollte mit den Augen. Über die Colonia Dig-

nidad wurde immer häufiger berichtet, in den Zeitungen, im Fernsehen. Jedes Mal sagte ich mir: Lies es nicht! Und dann las ich es doch und mir wurde übel. Ich rechnete regelrecht damit, eines Tages Consuelas Bild neben einem Artikel zu entdecken, in dem sie erzählte, dass ein Mädchen sie im Stich gelassen habe. Aber von Consuela habe ich bis heute nichts mehr gehört. Dafür von Enrique.

Im November 2004 hatte ich es mir abends vorm Fernseher gemütlich gemacht. Es hatte erstaunlich stark geschneit für diese Jahreszeit und ich zappte durch die Programme, blieb dann bei einer Dokumentation mit dem Titel ›15 Jahre Mauerfall‹ hängen, weil mir plötzlich bewusst wurde, dass ich dieses bedeutende Ereignis damals verschlafen hatte. Vertieft in meine Doktorarbeit, war die Welt mir abhandengekommen. Zwar hatte ich die Öffnung der DDR-Grenze registriert, sie aber genauso von mir ferngehalten wie alles andere auch. Nun sah ich die Freude in den Gesichtern der Menschen, ihre Tränen, wie sie jubelnd in den Westen strömten, emotionale Interviews gaben. Und ich sah Enrique. Mitten in der Masse derjenigen, die am Straßenrand standen und den Trabis zuwinkten, lachte sein Gesicht mir eine Einstellung lang entgegen. Obwohl die Jahre nicht spurlos an ihm vorbeigegangen waren, erkannte ich sofort seine nach außen hin leicht nach unten verlaufenden Augen, die seiner Physiognomie diese angenehme Weichheit verliehen. Auch den zarten Bartflaum hatte er noch. Mein Herz klopfte mir im Hals. War das wirklich Enrique gewesen? Eine rhetorische Frage, die mir durch den Kopf schoss, denn ich hatte gar keine Zweifel. Den Rest der Dokumentation verpasste ich, obwohl ich auf das Fernsehgerät schaute. Fast zwanzig Jahre waren seit unserer letzten Begegnung vergangen. Er lebte und hatte sich nie bei mir gemeldet. Ich wusste nicht, ob ich über erstere Tatsache in Freudenschreie ausbrechen oder über letztere in maßlose Enttäuschung verfallen sollte. Im nächsten Augenblick dachte ich an Isidora und wie sie mich ausspioniert und verraten hatte. War Enrique ein Maulwurf, der uns ans Messer der Diktatur geliefert hatte? Ich merkte, wie sich alles in mir zusammenzog und mir übel wurde.

Von diesem Abend an ließ mich der Gedanke, Enrique aufzusuchen und ihn zur Rede zu stellen, nicht mehr los. Mir war wochenlang schlecht. Ich meldete mich krank, kämpfte mit meinen Ahnungen. Aber selbst, wenn ich Enrique finden würde, wäre das keine Garantie dafür, dass ich tatsächlich erführe, was 1985 geschehen war. Würde er zugeben, ein Verräter zu sein, alle betrogen zu haben, gesetzt das war die Wahrheit? Es war so leicht, den Unschuldigen zu mimen. Wie Manfred Wünning das getan hatte. Den hatte ich im Mai 2000 aufgesucht. Ich war am Vortag über ein altes Fotoalbum aus den Achtzigern gestolpert, hatte mir die Bilder angesehen, Hannelore in unserer Wohnung, Enrique und die Freunde im Café. Es gab sogar eins vom Haus meiner Eltern. Und auf dieser Seite im Album steckte der Zettel mit der Adresse von M. Wünning, die ich in Santiago vom Platten- und Zeitungspaket abgeschrieben hatte. Ich wusste natürlich nicht, ob sie noch stimmte, aber ich fuhr anderntags nach Köln-Hahnwald, fand das Haus und klingelte. Eine Frau fragte durch die Sprechanlage, wer da sei, und ich erklärte, dass ich die Tochter von Anne und Emil Sommer aus Chile wäre, dass mein Vater viel von ihnen erzählt habe und ich sie gerne kennenlernen würde. Der Türöffner summte und ich betrat den Vorgarten.

Frau Wünning sah krank aus, war abgemagert und hatte merkwürdige Flecken im Gesicht. Aber sie lachte, schien sich zu freuen. Sie bat mich ins Wohnzimmer, holte ihren Mann, der sehr charmant war, in alten Erinnerungen schwelgte und noch zentimetergenau die Größe der Fische benennen konnte, die er und mein Vater früher aus dem Rhein geholt hatten. Doch auf meine Fragen nach dem Lachsunternehmen und der Verflechtung mit dem Pinochet-Regime stellte er sich ahnungslos.
›Ihr Vater hatte den richtigen Riecher‹, sagte er, ›ich hätte damals nie geglaubt, dass Chile einmal so weit vorne in der Lachsproduktion sein würde. Das nenne ich eine Vision haben. Respekt.‹
›Bei uns gingen sogenannte Geschäftspartner ein und aus, die nichts mit Lachs zu tun hatten‹, antwortete ich trocken, unterdrückte einen aufkommenden Würgereiz. ›Anfangs waren es Männer der Patria y Libertad. Sie wissen sicher, wer das ist. Nach 73 kamen dann ›Wirtschaftsweise‹. Man nannte sie Chicago Boys. Die waren nicht für Lachs zuständig.‹
Manfred Wünning lächelte und seine Frau fragte, ob ich noch eine Tasse Kaffee wollte.
›Ich habe Wirtschaft studiert‹, hängte ich unnötigerweise noch dran.
›Oh, ich weiß. Emil war sehr stolz auf Sie. Wir haben uns nicht oft geschrieben, aber wenn, dann hat er immer von seiner Tochter berichtet‹, erwiderte Manfred Wünning. ›Wer diese Leute waren, kann ich Ihnen nicht sagen, aber ich bezweifele, dass Sie das richtig einordnen. Vielleicht waren es Freunde, mit denen er Karten gespielt hat.‹
Das war eine so dreiste Art, mich für dumm zu verkaufen, dass ich mich freundlich verabschiedete. Frau Wünning

sagte noch, ich solle mal zum Grillen kommen, und ich versprach es, habe mich aber nie wieder bei ihnen gemeldet.

Würde Enrique mich mit ähnlichem Unsinn abspeisen? Wie gesagt, ich war nach der Dokumentation über den Fall der Mauer wochenlang so aufgewühlt, dass ich Schwierigkeiten hatte, mich zu konzentrieren. Aber irgendwann griff ich zum Telefon und rief die Auskunft an, sagte, ich bräuchte die Nummer von Enrique Herbst, wüsste aber nicht, ob er in Berlin lebe oder in Dresden oder Leipzig oder sonst wo. Zu meinem Erstaunen bekam ich seine Telefonnummer sofort, denn es gab in ganz Deutschland nur einen einzigen Enrique Herbst. Da die Frau am Telefon mir seine Adresse nicht mitteilen durfte, suchte ich im Internet, was ich von Anfang an hätte machen sollen. Ich tippte im Telefonbuch seinen Namen ein und wurde fündig. Er wohnte in Leipzig.

Es dauerte dann doch noch einige Monate, bis ich mich traute, mich in den Zug zu setzen. Anrufen wollte ich ihn nur, um mich zu verabreden. Und das tat ich auch. In Leipzig wählte ich abends seine Nummer und konnte es kaum fassen, seine Stimme zu hören.

›Hallo, Enrique, hier ist Constanza‹, sagte ich.

Daraufhin breitete sich Stille aus.

›Hallo?‹, sagte ich erneut.

›Constanza?‹, fragte Enrique. Und dann begann er Spanisch zu sprechen, fragte, wo ich sei und wie es mir gehe. Ich konnte nicht einschätzen, ob er sich freute, mich zu hören oder ob er so viel redete, weil er verstecken wollte, was in diesem Moment alles in seinem Kopf herumwirbelte.

Ich antwortete auf Deutsch, ich wäre in Leipzig und würde ihn gerne sehen. Morgen.

Er antwortete jetzt auch auf Deutsch, sagte, er arbeite bei der Ausländerbehörde, aber wir könnten abends zusammen essen gehen. Er sprach ein wirklich perfektes Deutsch, hatte keinen Akzent, nicht mal eine spanische Färbung, wie man es meiner Aussprache im Büro ab und an nachsagte.
In dieser Nacht schlief ich so gut wie schon lange nicht mehr, so als sei mit einem Anruf alles Bedrückende von mir abgefallen. Ich schaute mir am anderen Tag die Stadt an, lief viel herum, spürte so etwas wie Glück.
Als Enrique abends das Restaurant betrat, musste ich lachen. Wir umarmten uns spontan und ich merkte, dass auch er sich freute. Wir erzählten uns, wie wir jetzt lebten, Enrique hatte kurz nach dem Mauerfall geheiratet und einen Sohn. Aber die Frage, was damals geschehen war, lag in der Luft, und als ich ihn fragte, warum er sich nie bei mir gemeldet habe, legte er die Gabel nieder, schaute auf seinen Teller, dann auf mich und ich sah, dass er nicht wusste, ob er mir alles erzählen sollte oder nicht.
›Weißt du, wie ich gelitten habe?‹, fragte ich und kam mir wie ein kleines Mädchen vor, das die Welt dramatisierte.
Aber Enrique antwortete: ›Ich auch, Constanza.‹ Dann hielt er mir seine Hand hin, ich legte meine hinein und er sagte: ›Im Gefängnis haben sie mich jeden Tag blutig geschlagen, mich mit Elektroschocks gefoltert, ihre Zigaretten auf mir ausgedrückt. Ich wollte nur noch sterben. Dann hat mich eines Tages ein Mann besucht und gesagt, er könne mir helfen. Er war sehr freundlich, aber auch klar in seinen Forderungen. Er wusste, dass meine Eltern nach dem Zweiten Weltkrieg aus Frankfurt nach Chile emigriert waren, und bot mir an, mich nach Deutschland auszufliegen, wenn ich mich erholt hätte. Wenn ich zustimmte, würden die Wachen mich in Ruhe lassen. Ich

fragte ihn, was ich dafür tun müsse. Ich rechnete damit, dass auch er verlangen würde, meine Freunde zu verraten. Aber er sagte, ich solle seine Tochter vergessen, mehr erwarte er nicht. Kein Wiedersehen, kein Adieu, kein späterer Anruf, kein Brief. Sollte ich Fotos besitzen, müsse ich sie vernichten, genau wie meine Erinnerung.‹

Enrique ließ meine Hand los, nahm seine Gabel und begann zu essen. Ich wusste nicht, was ich antworten sollte.

›Ich hatte die Wahl zwischen meinem Leben und meiner Liebe‹, fügte er nach einer Weile hinzu. ›Es tut mir leid.‹

Ich spürte, wie mir Tränen in die Augen stiegen.

›Und mein Vater hat dich aus dem Gefängnis holen können, einfach so?‹, fragte ich.

›Nachdem ich ihm zugesichert hatte, dich nicht zu kontaktieren, blieb ich noch zwei Wochen im Gefängnis, wurde aber nicht mehr geschlagen und bekam zu essen. Als ich wieder bei Kräften war, händigte man mir saubere Kleider, etwas Geld, einen funkelnagelneuen Pass und ein Flugticket nach Westberlin aus. Im Flugzeug dachte ich noch, wenn ich gelandet bin, rufe ich dich an. Was hatte ich schon zu verlieren. Ich wusste noch nicht einmal, wo ich wohnen sollte. Aber in Berlin stand ein junger Mann am Flughafen, vielleicht drei bis vier Jahre älter als ich, und hielt ein Schild mit meinem Namen hoch. Er brachte mich in meine Wohnung. Ich war völlig baff.‹

›Hast du damals schon Deutsch gekonnt?‹, fragte ich.

›Ja, etwas. Meine Eltern hatten es mir beigebracht. Aber nicht wie jetzt.‹

›Warum hast du mir das nie gesagt?‹

›Warum hätte ich das tun sollen? Es gab keine Notwendigkeit. Wir waren in Chile. Du hast Spanisch gesprochen. Ich habe mir darüber gar keine Gedanken gemacht.‹

Das war einleuchtend. Und doch traf mich die Tatsache, dass er mir seine Deutschkenntnisse verschwiegen hatte, wie ein Vertrauensbruch, als habe er mir etwas bewusst verheimlicht. So sehr ich verstand, dass er sein Überleben gewählt hatte, so schwer fiel es mir, damit umzugehen, dass er gewusst hatte, dass ich aus Deutschland gekommen war, und trotzdem nicht einmal scherzhaft einen Satz in meiner Muttersprache von sich gegeben hatte. Ich konnte mir hundertfach sagen, dass mein Gedanke Unsinn war. Ich fühlte den Stachel.

›Die Wohnung, in die der Mann mich brachte, war geräumig und möbliert. Er gab mir seine Nummer, falls ich etwas brauchen würde. Ich dürfe so lang bleiben, bis ich Arbeit gefunden hätte. Auch das dauerte nicht lange. Der Mann schien überallhin Kontakte zu haben. Er war es, der mir Arbeitsangebote vorbeibrachte. Ich musste gar nicht selbst suchen. Und es waren gemütliche Jobs, bei denen ich gut Geld verdiente. Im Büro, nicht aufm Bau. Und so habe ich dich nicht angerufen. Ich habe öfter daran gedacht, mir gesagt, schlaf noch eine Nacht drüber. Was, wenn du das alles hier verlierst? Und irgendwann habe ich zwar noch an dich gedacht, aber nicht mehr daran, dir ein Lebenszeichen zu schicken.‹

Ich musste einen Schluck trinken, um alles hinunterzuspülen. Als ich das Glas wieder auf den Tisch stellte, sagte Enrique: ›Ich bin sehr froh, dass du mich gefunden hast.‹

Das war der Moment, in dem ich dachte, dass ich das alles jemandem erzählen sollte, denn ich merkte, dass mir erneut übel wurde. Ich konnte nicht mehr weiteressen. Sie sehen, ich bin nicht sehr schnell in meinen Entscheidungen, zumindest nicht, wenn es um die Umsetzung geht. Aber im Endeffekt war es dieser Abend vor fünf Jahren, der mich zu Ihnen führte. Enrique habe ich seitdem nicht mehr gesehen. Wir haben uns auch nicht angerufen, sind aber auf Facebook befreundet. Wo ich das jetzt so sage, komme ich mir ziemlich lächerlich vor.«

40. *Westliches Tageblatt*, Freitag, 12. Oktober 2018

Drogen und Terror

Auf den Spuren von K. Schnittweg

Von Axel Keider

Gestorben ist bislang kein regierender Politiker, aber die Bedrohung bleibt bestehen, denn der achtundsechzigjährige Psychotherapeut K. Schnittweg ist nach wie vor auf freiem Fuß, wurde in den letzten Wochen in Budapest, in Rom und in Warschau gesehen. Andere Quellen bezeugen, dass er zwischendurch immer wieder in Berlin aufgetaucht sei. Sondiert der Drohbriefschreiber das Terrain für seine zukünftigen Aktivitäten oder ist der ständige Ortswechsel Ausdruck von Flucht?

Und wie finanziert K. Schnittweg diese Reisen? Sein Konto ist mittlerweile gesperrt, Geld scheint er trotzdem zu haben. Erinnert sei an seinen Aufenthalt im Nobelhotel in der Hauptstadt Ungarns (*Westliches Tageblatt* berichtete am 15. Juni 2018). Auch die gefälschten Pässe, die ihm sein Reisen erlauben, werden einiges gekostet haben. Neue Erkenntnisse lassen vermuten, dass eine Einnahmequelle des Terrorismus im Drogenhandel besteht. Dies scheint auch auf den Psychotherapeuten zuzutreffen. So verweist eine frühere Bekannte, die nicht genannt werden möchte, auf die Militärzeit K. Schnittwegs. Bereits damals soll der Verdächtige Medikamente aus der Kaserne geschmuggelt und verkauft haben. Dort hat er selbstverständlich auch den Gebrauch von Waffen erlernt. Nach dieser Phase als Soldat hat der Gesuchte sein lukratives Geschäft mit Amphetaminen ausgebaut und etliche Freunde mit hineingezogen. Aus dem lokal verankerten Kleinladen dürfte nach und nach ein internationaler Ring geworden sein. Auf unsere Nachfrage hin verweist die Polizei darauf, keine gesicherten Erkenntnisse zum Thema Drogenhandel im Fall Schnittweg zu haben, weshalb man nicht in diese Richtung ermittele. Zum wiederholten Male werden seitens der Fahnder auf diese pauschale Art Spuren für nichtig erklärt. Liegt es am Personalmangel, dass man sich mit diesen Indizien nicht beschäftigen kann, oder fehlt der Wille? Gibt es seitens der Beamten berechtigte Angst, gewisse Gedanken zu vertiefen, weil das Ergebnis mehr zeigen könnte, als so manchem lieb ist?

Auch die Ehefrau des potenziellen Attentäters bleibt bei den Untersuchungen merkwürdig außen vor. Kann es tatsächlich sein, dass R. Schnittweg, die eine Firma für Messtechnik leitet, eine äußerst kluge Frau, nie etwas von den Plänen ihres Mannes mitbekommen hat? Und was ist von der Aussage der bereits erwähnten früheren Bekannten zu halten, zumindest der jüngste Sohn des Ehepaars habe keine Ähnlichkeit mit dem angeblichen Vater, dafür umso mehr mit jener Person, die hinter allem zu stehen scheint und die K. Schnittweg unentwegt auf den politischen bewaffneten Kampf einschwor? Dieser Mann, der unter dem Decknamen »Lenin« operiert, hatte die Familie des Arztes offensichtlich in einer Art und Weise im Griff, die die Managerin zur sexuellen Hörigkeit zwang. Der Sohn hat, nachdem er erfuhr, wer sein richtiger Vater ist, die Flucht nach Indien gewählt. Aber der lange Arm »Lenins« reicht auch bis nach Asien. Wir bleiben dran.

41. Details aus dem Schnok-Archiv (März 2019)

Wie versprochen, werde er mich heute in sein Wissen über Guylain Kisula einweihen, so der Polizeibeamte Schnok, denn die Ergebnisse seiner Recherchen hätten es in sich, ich solle mich festhalten. Klar sei ja mittlerweile, dass man niemandem glauben könne, weil alle entweder etwas zu verbergen hätten oder zu ihrem eigenen Vorteil lögen. Jetzt, wo er diese Tatsache artikuliere, komme es ihm vor, als habe er mir das schon einmal gesagt, ein Déjà-vu, solche Momente würde ich sicherlich auch kennen. Wie auch immer, er habe schon vor drei Wochen mit Theo Wollach telefoniert, dem Sohn des Rosenzüchters aus Kenia, der seit dem Tod des Vaters die Farm am Naivasha-See weiterführe, und der habe ihm versichert, dass Roland Wollach, also der Vater, Guylain Kisula niemals Geld für seine Flucht nach Deutschland gegeben habe. Das sei schon deshalb gar nicht möglich gewesen, weil es seit Jahren keinen Kontakt mehr zwischen den beiden gegeben habe. Richtig sei, dass Guylain Kisula 1983 angefangen habe, für die Firma Wollach in der Rosenzüchterei zu arbeiten. Nicht vorher. Da sei Herr Kisula dreiunddreißig Jahre alt gewesen. Theo Wollach könne sich an den Kongolesen sehr gut erinnern, da er selbst zu der Zeit in Kenia gewesen sei, um seinen Vater im Logistikbereich zu unterstützen. Der alte Wollach habe sich gedacht, wenn er einen Ausländer zum Vorarbeiter mache, dann unterbinde er damit eventuell

aufkeimende Solidarisierungen innerhalb der Belegschaft, die sich gegen den Firmengründer richten könnten. Die Arbeitsbedingungen seien damals ja noch andere gewesen als heute, so Theo Wollach.
Guylain Kisula habe von Anfang an einen fabelhaften Eindruck gemacht, sei sehr redegewandt gewesen, habe sehr gut Deutsch gesprochen und die Arbeit optimal bewältigt. Deshalb sei sein Vater auch sehr enttäuscht gewesen, als der Mann aus dem Kongo bereits nach zwei Jahren gekündigt habe. Seit 1985 sei dann ein Kenianer namens Kamau Vorarbeiter gewesen, und Herrn Kisula habe man nie wieder gesehen. Falls Letzterer tatsächlich behaupte, bereits Ende der Sechziger für die Familie Wollach gearbeitet zu haben, so sei das völliger Unsinn, weil es zu der Zeit noch gar keine Rosenzucht am Naivasha-See gegeben habe. Diese sei erst Anfang der Siebziger entstanden. Folglich habe dort zu jener Zeit auch keine Firma Wollach existiert. Auch die anderen Geschichten, von denen Schnok ihm erzählt habe, halte der junge Wollach für zweifelhaft. Zum einen habe es zwar eine Mitarbeiterin namens Antoinette Kyungu gegeben, an die er sich nur erinnere, weil ihr Vorname ihn immer an eine Königin habe denken lassen, aber Guylain Kisula habe diese Frau nie geehelicht und soweit er wisse, lebe sie noch heute am See, was er aber überprüfen müsste, falls dies denn gewünscht sei. Er habe sich ja schon etwas aus dem Rosengeschäft zurückgezogen und die Zucht an die nächste Generation weitergereicht, helfe halt noch mit Rat und Tat aus, wenn es nötig sei, halte sich aber die meiste Zeit in Hamburg auf und nicht vor Ort. Hätte es in den Neunzigern einen Lynchmord am Naivasha-See gegeben, so wüsste er davon. Es sei damals, also 1992, eine heftige Zeit politischer Umbrüche gewesen, Demos

hätten fast täglich stattgefunden, auch Tote habe es gegeben, meist Erschossene auf Seiten der Demonstrierenden, aber dass ein aufgebrachter Mob eine Frau mit Macheten in Stücke gehauen hätte, daran glaube er nicht. Was die Epilepsie angehe, so habe er bei Guylain Kisula nie einen Anfall erlebt. Aber das heiße natürlich nicht, dass es sie womöglich nicht doch gegeben habe.
Völlig falsch hingegen klängen in seinen Ohren die religiösen Geschichten, fast wie Märchen, so als habe Guylain Kisula dem Psychotherapeuten das gegeben, was dieser habe hören wollen. Zwar seien viele Bewohner der Gegend religiös, aber die meisten seien einfache Christen, auch wenn manch endemisches Ritual Einzug in den Glauben gehalten habe.
Wirklich hanebüchen werde es dann bei der Lachepidemie am See. Die habe es dort definitiv nie gegeben. Allgemein bekannt sei zwar die Tanganjika-Lachepidemie aus dem Jahr 1962, aber die habe sich, wie der Name schon sage, im heutigen Tansania zugetragen.
Was in diesem Protokoll, aus dem Schnok zitiere, hingegen keine Erwähnung finde, sei Guylain Kisulas Arbeit für den kenianischen Geheimdienst. Zumindest habe nach der Kündigung des Kongolesen das Gerücht, Guylain Kisula sei für die Regierung tätig, die Runde gemacht. Zudem habe er, Wollach, dies aus gehobenen Kreisen, die er zu seinen Freundschaften zählen dürfe, bestätigt bekommen. Er hoffe, mit seiner Aussage geholfen zu haben, so Theo Wollach, denn auch er habe von Beginn an die Entwicklung im Falle Schnittweg verfolgt, obwohl erstaunlich wenig in den Medien zu sehen sei. Seine Frau Ingeborg habe ihm nämlich mitgeteilt, sie sei eine alte Freundin des Psychotherapeuten. Sie seien im selben Dorf groß geworden und

hätten sich gut verstanden. Er, Schnok, könne sich sicher vorstellen, wie perplex er, Theo Wollach, auf diese Aussage seiner Frau reagiert habe. Seine Frau sei Schriftstellerin und habe begonnen, sich Notizen zu einem Roman über den Fall Schnittweg zu machen. Er selbst lese nicht und könne nicht sagen, wie weit das Projekt gediehen sei. Falls aber gewünscht, würde er seine Frau bitten, das begonnene Manuskript an die Ermittler weiterzuleiten.

An dieser Stelle mache er, Schnok, mal eine Pause und lasse das Vorgetragene auf mich, den Autor, wirken, auch die Tatsache, dass ich offensichtlich nicht der Einzige vom Fach sei, der die Idee gehabt habe, das Leben des Psychotherapeuten literarisch aufzuarbeiten. Natürlich stelle er mir das Manuskript von Frau Wollach zur Verfügung. Es beschreibe die Kindheit des Gesuchten, zeichne ein Bauernmilieu in den Fünfzigern. Interessant sei aber auch die Tatsache, dass alle Personen in diesem Roman ihre richtigen Namen trügen, nur sich selbst habe Ingeborg Wollach ein Pseudonym übergestreift, sich Else genannt, eine merkwürdige Verhaltensweise, die in ihm, Schnok, sofort den Wunsch habe aufkommen lassen, die Essgewohnheiten von Ingeborg Wollach zu durchleuchten, denn eine solche Camouflage, die im Nu zu enttarnen und also nutzlos sei, zeichne entweder einen Charakter aus, dem alles völlig egal sei und der nach dem Motto lebe: nach mir die Sintflut, oder aber einen Menschen, der das Feigenblatt konspirativ einsetze und eben nicht, um etwas wirklich zu verdecken. Ersteres ließe auf eine recht ungehobelte Seele schließen, Letzteres auf ein Raffinement, das durchaus vor Charme sprühen könne. Das Essverhalten der Frau würde ihm, Schnok, sofort kundtun, welche der beiden Interpretationsvarianten die richtige sei. Aber er habe sich noch nicht entschließen können, Herrn Wollach noch einmal zu belästigen und nach den Essgewohnheiten seiner Gattin zu fragen.

Dafür habe er seine, Schnoks, Vorgesetzten von der Notwendigkeit einer Recherche vor Ort überzeugen können und sei nach Nairobi geflogen und nicht wie sonst immer nach Schottland. Erst gestern sei er wieder in Frankfurt gelandet und nun erneut voller Elan am Werk. Die Behörden dort unten hätten sich als sehr kooperativ erwiesen und er dürfe mit Freuden sagen, dass die Reise sich gelohnt und er die meisten Rätsel um Herrn Kisula gelöst habe. Da der Kongolese tatsächlich für eine Abteilung des kenianischen Nachrichtendienstes gearbeitet habe, sei vor seiner definitiven Einstellung alles über ihn zusammengetragen worden, sodass er, Schnok, sich die früheren Mail-Wechsel mit Lubumbashi, von denen er bereits berichtet habe, hätte sparen können. Zwar stünde in den ihm zur Verfügung gestellten Akten nichts, was die Tätigkeit für den Geheimdienst in Kenia näher definiere, aber wenn man die Vergangenheit von Herrn Kisula einmal kenne, lasse sich doch erahnen, dass es sich bei seiner Arbeit um spezielle Verhörmethoden gehandelt haben könnte.

Seit 1978 sei Kenia von Daniel arap Moi regiert worden, der seine Macht in Form einer Präsidialdiktatur gefestigt und wenig von Pressefreiheit oder Menschenrechten gehalten habe. Oppositionelle seien ohne Verfahren in den Folterkellern des Nyayo-Hauses in Nairobi verschwunden, einem Hochhaus, das in den oberen Etagen verschiedene Ministerien beherbergt habe, in den Kellerräumen hinge-

gen seien speziell ausgebildete Mitarbeiter des Geheimdienstes tätig gewesen. Zu vermuten sei, dass dies auch der Arbeitsplatz von Guylain Kisula gewesen sei.
Ende der Achtziger, Anfang der Neunziger habe ein Teil der kenianischen Bevölkerung die Repressalien nicht mehr ertragen und sei auf die Straße gegangen. In der Folge habe das Moi-Regime hart durchgegriffen und viele Oppositionspolitiker seien mit ihren Autos »verunglückt«. Tatsächlich habe die Statistik jener Zeit tausende »Autounfälle« von politisch aktiven Menschen registriert. Nach und nach sei deshalb der Druck der internationalen Öffentlichkeit gewachsen, und Moi habe schließlich eingewilligt, ein Mehrparteiensystem zuzulassen. 1992 sei es so zu Wahlen gekommen, die Daniel arap Moi indes gewonnen habe, ob zu Recht oder durch Manipulation, sei dahingestellt. Wahrscheinlich habe aber Guylain Kisula im Vorfeld damit gerechnet, dass sein Arbeitgeber die Wahl verliere und er selbst folglich Gefahr laufe, von der Opposition zur Rechenschaft gezogen zu werden, weshalb er beschlossen habe, Kenia Richtung Deutschland zu verlassen. Was also die Achtzigerjahre anbelange, sei er, Schnok, in der Lage, das biografische Narrativ Guylain Kisulas nachzuerzählen. Wie aber sei der kenianische Geheimdienst auf den Mann aus dem Kongo aufmerksam geworden? Das habe er, Schnok, sich im Anschluss gefragt. Um mir die Antwort nicht schuldig zu bleiben, müsse ich ihm, bildlich gesprochen, in den Kongo der Sechzigerjahre folgen. Dort nämlich liege der Schlüssel zum Verständnis der Odyssee von Guylain Kisula.

Celestin Kisula, also der Vater von Guylain, genau wie seine Mutter Marie Munongo, hätten dem Volk der Lunda angehört, das zusammen mit anderen Ethnien bis heute die Provinz Katanga bevölkere. Nach der Unabhängigkeit des Kongo von Belgien im Jahre 1960 habe der erste Ministerpräsident Patrice Lumumba sich für Demokratie und soziale Gerechtigkeit eingesetzt, was sowohl dem belgischen Königreich als auch dem damaligen US-Präsidenten Dwight D. Eisenhower missfallen habe. Vor allem die Pläne, die für den Westen lukrativen Bergbau- und Plantagengesellschaften zu verstaatlichen, seien ihnen ein Dorn im Auge gewesen. Zur gleichen Zeit, kaum zwei Wochen nach der Unabhängigkeit des Kongo, habe der Präsident der Provinz Katanga, Moïse Tshombé, die Sezession derselben erklärt. In seinem Vorhaben sei er massiv von westlichen Geheimdiensten unterstützt worden, da Tshombé gute Kontakte zum Westen gepflegt habe und die Region Katanga reich an Uran, Kobalt und Kupfer sei.

Celestin Kisula habe diese Abspaltungsbewegung unterstützt, nicht zuletzt, weil Moïse Tshombé genau wie er dem Volk der Lunda angehörte. Davon, dass Celestin Kisula jemals eine Tankstelle betrieben habe, könne keine Rede sein, er sei Minenarbeiter gewesen und habe Tshombé schon in den Fünfzigern bewundert, sei 1960 in dessen Armee eingetreten und habe für die Unabhängigkeit Katangas gekämpft. Während der gewählte Ministerpräsident Patrice Lumumba auf Druck der USA und mit Hilfe des machtbesessenen Obersts Joseph Mobutu zum Staatsfeind erklärt und Haftbefehl gegen ihn erlassen worden sei, habe Belgien seine Militärpräsenz in Katanga verstärkt. Patrice Lumumba habe versucht, sich zu wehren, aber ausgerechnet die anwesenden UN-Friedenstruppen hätten das verhindert, indem sie den Flughafen und den offiziellen Radiosender geschlossen hätten. Der gefangen genommene Patrice Lumumba sei daraufhin nach Katanga an seinen Erzfeind Moïse Tshombé ausgeliefert worden, wo er im Januar 1961 gestorben sei. Tshombé habe damals behauptet, Patrice Lumumba habe versucht zu fliehen und sei bei dieser Aktion erschossen worden. Heute wisse man aber, dass Lumumba gefoltert und ermordet worden sei. Anschließend hätten zwei belgische Polizisten den Körper des Ministerpräsidenten zerhackt und in Säure aufgelöst.

Er, Schnok, erzähle mir das, um die Atmosphäre jener Tage zu zeichnen, die Guylain Kisula massiv geprägt hätten. Denn sein Vater Celestin habe den Jungen keineswegs vor den kriegerischen Wirren geschützt, sondern von Anfang an dafür gesorgt, dass Guylain emotional in die Geschehnisse involviert würde.
Mit dem Tod Lumumbas seien die belgischen Truppen aus Katanga abgezogen und durch weitere UN-Friedenstruppen ersetzt worden. Moïse Tshombé habe daraufhin sein separatistisches Streben in Gefahr gesehen und mit Hilfe von Söldnern, unter denen es viele Deutsche gegeben habe, der bekannteste sei wohl Kongo-Müller gewesen, versucht, die proklamierte Unabhängigkeit Katangas gegen die Truppen der Zentralregierung aufrechtzuerhalten. In einer solchen Söldnertruppe sei schon früh auch Celestin Kisula tätig gewesen, habe seinen Sohn an der Waffe ausgebildet und in ihm den Hass auf die Feinde Tshombés geschürt. Es sei nicht falsch, in diesem Kontext an einen Kindersoldaten zu denken. Bei dieser Söldnertruppe habe es einen ehemaligen Lehrer gegeben und der habe Guylain Kisula Deutsch beigebracht.
Er, Schnok, spare sich die Details der folgenden Entwicklungen im Kongo, die ich, so ich wolle, leicht nachlesen

könne, es sei aber alles recht kompliziert, Tshombé sei gezwungen worden, ins Exil zu gehen, dann sei er zurückgeholt worden, gar Premierminister gewesen, dann wieder abgesetzt und exiliert worden. Die Kisulas seien irgendwann geflohen und im Nachbarstaat untergetaucht.

Wichtig sei aber das Jahr 1967, in dem Celestin und Guylain Kisula zusammen mit den deutschen Söldnern von Sambia aus nach Katanga, mittlerweile umbenannt in Shaba, eingedrungen seien, um die Rückkehr Tshombés zu erpressen. Guylain habe auf Drängen seines Vaters damals die Aufgabe, die Gefangenen zu verhören, übernommen, und man müsse nicht über sehr viel Fantasie verfügen, um sich auszumalen, was das bedeutet habe. Die Söldnertruppe habe sich nordwärts bewegt und zuletzt die Stadt Bukavu besetzt, wo die Mutter von Guylain, Marie Munongo, hingezogen gewesen sei, als ihre Männer das Land hatten verlassen müssen. Und dort habe sich in der Folge Schreckliches ereignet. Mittlerweile sei Mobutu Präsident des Landes gewesen und dessen Truppen hätten mit den Söldnern kurzen Prozess gemacht. Guylain hätten sie im Haus seiner Mutter vorgefunden, ihn brutal misshandelt und gezwungen, zuzusehen, wie seine Mutter vergewaltigt und in Stücke geschlagen wurde. Ihm selbst habe man eine Machete in den Kopf gehauen und ihn liegen lassen, aber sein Vater habe ihn gefunden, verarzten lassen, und dann seien sie geflohen und schließlich in Nairobi angekommen. Da sei Guylain siebzehn gewesen, habe aufgrund der Kopfverletzung epileptische Anfälle bekommen, was seinen Vater überfordert habe, weshalb er den Sohn schon bald gedrängt habe, sein eigenes Leben zu leben. Celestin Kisula habe sich erst in der Hauptstadt Kenias durchgeschlagen und sei dann recht schnell vom Geheimdienst rekrutiert

worden. Ab da sei der Kontakt zu seinem Sohn abgebrochen. Guylain selbst habe jahrelang alle möglichen Jobs angenommen, habe Medikamente auf der Straße verkauft, Autos gewaschen, habe sogar als selbsternannter Fremdenführer deutsche Touristen durch die Hauptstadt und die Umgebung gelotst, ehe er schließlich wie viele andere an den Naivasha-See gezogen sei, in der Hoffnung, in der Rosenzucht eine Anstellung zu finden.
1985 habe ihn dann der Geheimdienst in Person zweier Männer aufgesucht, um ihm mitzuteilen, dass sein Vater verstorben sei. Mit fünfundfünfzig Jahren. Zugleich hätten die beiden Guylain Kisula angeboten, den Platz des Vaters einzunehmen.
Er, Schnok, wisse natürlich nicht, ob das Wort »Angebot« hier wirklich zutreffend gewählt oder ob Guylain Kisula keine Wahl geblieben sei, jedenfalls habe der Kongolese daraufhin den Rückweg nach Nairobi angetreten und sei für die Regierung in den Kellerräumen des Nyayo-Hauses tätig geworden.

Eine tragische Biografie, die die Opfer-Täter-Dichotomie ins Leere laufen lasse, so Schnok, denn Guylain Kisula vereine beide Seiten in seiner Person. Deshalb falle es schwer, zu beurteilen, ob die Erzählung des Sitzungsprotokolls eine teilweise absichtliche Übertragung des Erlebten auf Menschen und Situationen Jahre später sei, um daraus einen Vorteil für die eigene Zukunft zu erzwingen, oder aber glaubwürdiger Ausdruck einer schweren Traumatisierung. Es beschäftige ihn, Schnok, nach wie vor, dass alle Akten zusammen mit der Praxis in Flammen aufgegangen und nur zwei davon vorab in Sicherheit gebracht worden seien. Zufall? Das sei momentan nicht zu beantworten, so der Polizeibeamte, aber es spreche einiges für die These, Konrad Schnittweg habe sich vor Guylain Kisula in Acht nehmen wollen und dementsprechend Vorkehrungen getroffen für den Fall, dass etwas passieren würde. Die Fakten, die zum Brand der Schnittweg'schen Praxis geführt haben könnten, rekapitulierend, könne man jedenfalls festhalten, dass der Mann aus dem Kongo mit sehr großer Wahrscheinlichkeit die Therapie abgebrochen habe, weil der behandelnde Psychotherapeut zu viele Fragen gestellt und sich zu sehr in die Widersprüche seines Patienten vertieft habe. Das sei für Guylain Kisula bedrohlich gewesen. Er, Schnok, stelle sich nun vor, wie Konrad Schnittweg den Kongolesen mit seinen Recherchen konfrontiert habe. Womöglich sei auch dem Psychotherapeuten schnell klar gewesen, dass es in den Sechzigern noch keine Rosenfarmen am Naivasha-See gegeben habe, dass also etwas an der Erzählung nicht stimme. Die Konsequenzen dieses Tiefer-Bohrens seien ja bekannt, Guylain Kisula habe Konrad Schnittweg mehr oder weniger jahrelang bedroht, bis Rieke Schnittweg dem Ganzen mit Hilfe von Manfred Wünning ein Ende gesetzt habe. Vielleicht sei damit aber gar nicht das Ende erreicht gewesen, vielleicht habe Guylain Kisula all die Jahre still und heimlich darüber nachgedacht, seinem früheren Arzt ein letztes Mal klar und deutlich zu zeigen, zu was er fähig sei, obwohl der Psychotherapeut seine Nachforschungen längst eingestellt hatte. Vielleicht sei deshalb die Praxis in Flammen aufgegangen, also aus einem emotionalen Schwelbrand heraus. Es könne natürlich auch sein, dass Konrad Schnittweg seine Nachforschungen nie habe ruhen lassen und seinen Gesprächspartner Guido Immertal um Mithilfe bei den Recherchen gebeten habe, dieser die Schwarzen Zellen beauftragt habe, die Vergangenheit des

Kongolesen zu durchleuchten, dass dies wiederum Guylain Kisula zu Ohren gekommen sei und er deshalb Feuer gelegt habe. Diese Frage könne er, Schnok, leider noch nicht beantworten, da Guylain Kisula bekanntlich am selben Tag wie Konrad Schnittweg verschwunden sei.
Trotzdem hoffe er, mir, dem Schriftsteller, genug Stoff und historischen Kontext geliefert zu haben, um mein Projekt voranzubringen. Bald würde er gern mal etwas von mir lesen. Er wolle mich aber nicht drängen und freue sich, mich in vierzehn Tagen wiederzusehen.

42. Das Leben des Konrad Schnittweg. Romanfragment von Ingeborg Wollach

Eines Abends im Juli hielt ein Wagen vor dem Haus der Schnittwegs. Zwei junge Männer stiegen bei laufendem Motor aus, zogen einen dritten von der Rückbank und schleppten ihn zur Eingangstür, vor der sie ihn ablegten. Anschließend klopften sie, liefen zum Auto zurück und verschwanden.

Als Marie die Tür öffnete, fand sie ihren Sohn Rainer in einem Zustand, den sie im ersten Moment als dumpfe Trunkenheit identifizierte. Rainer war in den Ferien jeden Abend unterwegs, trieb sich mit Freunden aus den Nachbardörfern herum, zum Teil ältere Jugendliche, die keinen guten Einfluss auf ihn hatten.

Sie rief nach ihrem Mann, der Rainer murrend hochhob und aufs Sofa im Wohnzimmer brachte. Dort aber merkte Marie, dass etwas anders war als sonst, wenn ihr Sohn getrunken hatte. Er fantasierte, sah Personen im Raum, zu denen er sprach, ohne dass jemand anwesend gewesen wäre. Seine Sätze klangen verzerrt, dann wieder klar, als sei Rainer völlig nüchtern. Als er sagte, er müsse auf die Toilette, selbstständig aufstand, aber dann die Tür aus dem Wohnzimmer nicht fand, sondern die Wand abtastete, schickte Marie nach Dr. Zubel, dem Dorfarzt. Der vermutete eine Hirnhautentzündung, revidierte diese Diagnose wenig später und fragte Rainer, ob er etwas genommen habe oder eventuell jemand ihm etwas ins Glas getan haben könnte. Rainer bekam die Frage gar nicht mit, stritt dafür mit jemandem, den er Klaus nannte und der sich weigerte, Bier zu holen. Anschließend drückte er sich ein Kissen aufs Gesicht und kämpfte gegen seine eigene Hand, um nicht zu ersticken. Dr. Zubel entriss ihm das Kissen und bat Marie, über Nacht an der Seite ihres Sohnes zu bleiben. Auf ihre Frage, ob es nicht besser sei, den Jungen ins Krankenhaus zu bringen, antwortete der Arzt, dann müsse sie damit rechnen, dass die Polizei auftauche. Und sollte festgestellt werden, dass Rainer Drogen nehme, würde er womöglich das Internat verlassen müssen. So ein Rausch vergehe nach einigen Stunden, da müsse sie nun durch.

Als Dr. Zubel gegangen war, kam Konrad ins Wohnzimmer und bot seiner Mutter an, die ersten Stunden bei seinem Bruder zu wachen. Marie dankte ihm, räumte die Küche auf, konnte anschließend aber nicht schlafen, lag wach im Bett neben ihrem Mann und wartete darauf, dass die Zeiger auf Mitternacht sprängen und sie Konrad ablösen könnte.
Währenddessen verschlechterte sich Rainers Sprachfähigkeit zusehends. Er redete ununterbrochen, aber kein Satz aus seinem Mund war mehr zu verstehen. Zwischendurch lachte er laut auf, als habe jemand einen Witz gemacht, um im nächsten Moment wieder in ein unartikuliertes Gebrabbel zu verfallen. Einmal bellte er. Konrad hatte das Gefühl, sein Bruder schlüpfe übergangslos in verschiedene Rollen, spiele erlebte Szenen nach, und notierte sich alles in ein kleines Heft. Zweimal schlief Rainer für einige Minuten ein, riss anschließend die Augen auf und gab rasselnde Geräusche von sich, als kommuniziere er mit einer Klapperschlange. Als er erneut auf die Toilette wollte,

ließ ihn Konrad selbstständig die Tür finden, was gut fünf Minuten dauerte. Während seine Hände über die Bilderrahmen an den Wänden glitten, die Marienfigur auf der Kommode abtasteten, schien Rainer keine Ahnung davon zu haben, dass sein Benehmen auf Außenstehende befremdlich, geradezu irrsinnig wirkte. Er suchte ausdauernd, ohne Hast, mit einer beeindruckenden Selbstverständlichkeit, und stieß irgendwann, mehr aus Zufall denn als Resultat systematischer Suche, auf die Türklinke. In der Küche wiederholte sich der Vorgang. Rainer befühlte den Tisch, den Herd, das Spülbecken, den Wasserhahn, fand auch hier schließlich eine Tür und tastete sich weiter in den Stall. Konrad blieb dicht hinter ihm, griff aber nicht ein, war vielmehr fasziniert vom Zustand seines Bruders. Was passierte da im Gehirn? Fühlte Rainer sich in seiner Rauschwelt gut, während er sich im Haus der Eltern nicht mehr zurechtfand? Bewegte er sich in seinem Kopf, als ginge er in der herkömmlichen Welt spazieren? Wie würde er Schmerz einbauen, wenn er hinfiele? Lernte er womöglich etwas, das seine Mitmenschen, die sich nicht berauschten, nie erfahren würden?
Im Stall hoben die Kühe fast gleichzeitig die Köpfe. Rainer sprach zu ihnen, als erkläre er fundamentale Prinzipien des Daseins, ohne dass ein Wort zu verstehen war, und wollte sich nach seiner Ansprache zwischen die Tiere legen. Konrad hielt ihn am Arm zurück, lotste ihn in Richtung Toilette, wo er vorsichtshalber die Tür aufließ. Rainer öffnete leicht torkelnd seinen Reißverschluss, urinierte einen Moment lang in die Schüssel, ehe er begann, wie wild auf und ab zu hüpfen und murmelnd die Wand hinter der Toilette vollspritzte. Konrad lachte, weil er an die Segnungen des Dorfpfarrers denken musste, verbot sich dann aber

den Vergleich. Er wartete, bis sein Bruder die Blase entleert hatte, und brachte ihn zurück zum Sofa.

Während der letzten Ferien, als Rainer mit dem Trinken angefangen hatte, war Konrad zu dem Entschluss gekommen, in seinem Leben keinen Alkohol anzurühren. Aber das hier war etwas anderes. Sein Bruder schien die Welt in einer Art und Weise wahrzunehmen, die ihm verschlossen war, so als sei Rainers Kopf aus alten Zwängen und Konditionierungen gelöst und neu programmiert worden. Er würde sich über die Substanz, die im Gehirn seines Bruders aktiv war, informieren.

Am nächsten Morgen fühlte Rainer sich müde, war aber wieder von dieser Welt. Marie saß neben ihm und streichelte seinen Kopf. Während er frühstückte, kam sein Vater kurz in die Küche, ignorierte ihn und verschwand wieder. Friedrich sollte eine Woche nicht mit ihm reden. Das war seine Art, dem Sohn zu zeigen, was er von seinem Verhalten hielt. Konrad hingegen löcherte seinen Bruder, fragte, an was er sich erinnere, ob er wisse, was er auf der Toilette gemacht habe, dass er zu den Kühen gesprochen hatte. Rainer waren tatsächlich viele Dinge im Gedächtnis geblieben, auch solche, die er gesehen hatte, aber niemand sonst. Seine Mutter beispielsweise habe hunderte Würmer unter der Haut gehabt, ein fürchterlicher Anblick, und Klaus Beringer, von dem er den Stoff gehabt habe, sei ihm ständig mit einem Kissen hinterhergelaufen, um ihn zu ersticken, habe dabei Witze erzählt, die so lustig gewesen seien, dass er auch ohne Kissen keine Luft mehr bekommen habe. Konrad selbst habe einen langen Bart und einen Stab wie Moses gehabt.

»Aber du hast nicht versucht, irgendeinen See in der Gegend zu teilen, du wolltest mich mit deinem Stab entzweireißen«, sagte Rainer. »Du hast ihn an deine Lippen geführt und ihn dann über mich gehalten und das Wasser in mir drängte auseinander. Ich habe das gespürt, als würde eine Kraft aus mir zwei Personen machen. Schmerzen hatte ich dabei nicht.«

Den Namen der Droge wusste Rainer nicht. Klaus Beringer mixe das Zeug in seinem kleinen Chemielabor zusammen und verkaufe es in Form durchtränkter Papierblättchen an seine Freunde. Er mache das schon seit Jahren, deshalb fehle ihm auch die linke Hand, die er bei einer Explosion in seiner Drogenküche verloren habe. Das sei für ihn aber kein Grund gewesen, mit der Herstellung seiner Produkte aufzuhören.

»Ich kann dir den mal vorstellen, wenn du möchtest«, sagte Rainer, und Konrad sah Stolz im Gesicht des Bruders, Stolz, dem Älteren etwas vorauszuhaben.

Konrad lernte Klaus Beringer nie kennen, bestellte über Rainer aber seine erste Tüte Gras, um sich dem Rausch etwas zu nähern, ohne dabei komplett die Kontrolle zu verlieren. Else erklärte er, er tue es aus Wissensdurst, aus dem Gefühl heraus, es gebe Dinge außerhalb dessen, was als Norm definiert würde.

»Wenn ich etwas dereguliere«, sagte er, »egal ob einen Fluss oder Geldströme, dann kommen dabei Dinge heraus, an die ich nie gedacht habe. So ist es auch mit unserem Gehirn. Vielleicht kommt man so Gott näher, tritt einen Moment in den Himmel, kann sich umschauen und schafft es zurück.«

Else machte das Angst. »Wenn du einen Damm niederreißt, wird alles überflutet«, sagte sie.

»Erst einmal«, erwiderte Konrad, »aber der Schlamm ist eventuell auch der Dünger einer neuen Pflanzenwelt.«
Else war sich da nicht so sicher, aber als Konrad eines Tages mit einer Thermoskanne mit Haschischtee ankam, trank sie davon. Nicht etwa, weil Konrad sie mit seinen Visionen überzeugt hätte, vielmehr aus Ärger über ihre Mutter, die wie das gesamte übrige Dorf auch von Rainers Eskapaden erfahren hatte und unablässig vor den Schnittwegs warnte, vor allem vor Konrad. Denn dass Rainer auf die schiefe Bahn geraten war, hatte sein älterer Bruder zweifelsohne zu verantworten.
Sie saßen unter der Esche, tranken Tee und warteten. Nach einer halben Stunde begann Konrad zu lachen und fand die Felder ringsum sehr lustig. Auch das Weiß der Kapellenmauer reizte seinen Humor, während Else nichts spürte und das erste Mal das Gefühl hatte, Konrad passe doch nicht zu ihr.

Zwei Tage später fand der Pfarrer bei einem Spaziergang die Kapelle verwüstet vor. Jemand hatte die Gittertür aufgebrochen und die Vitrine im Altar zerstört. Der Goldschrein mit der Reliquie war verschwunden. Die Polizei verhörte das ganze Dorf, aber niemand hatte etwas gesehen oder gehört. Nur Eva Mertens wies darauf hin, dass der Charakter der Schnittwegs durchaus eine solche Tat begünstigen würde. Rainer sei jetzt schon Alkoholiker und sein Bruder ein hundsgemeiner Mensch, der seit frühester Kindheit jeden tyrannisiert habe. Im Affekt widersprach Else ihrer Mutter das erste Mal in ihrem Leben und sagte den Beamten, Konrad habe im Gegenteil ein sehr ruhiges Gemüt, er tue nie etwas Unbedachtes. Ihre Mutter hasse ihn, weil er es als Bauernsohn aufs Gymnasium geschafft

habe und dies dem konservativen Weltbild, das ihre Eltern hätten, widerspreche. Sie sah, wie ihre Mutter errötete, dann ein Lächeln versuchte und den Polizeibeamten erklärte, ihre Tochter habe wie so viele Kinder in der Pubertät wirre Vorstellungen Mutter und Vater betreffend.
Den Goldschrein fand man zwei Wochen später im Wald wieder. Die Reliquie aber, die Rippe des Heiligen Willibrord, blieb verschollen.

Zu Beginn jener Osterferien, bevor Konrad Abitur machte, betrank sich Rainer im Stall, fiel mit dem Kopf in die Jauche und wäre erstickt, wenn Martha nicht zufällig Zeugin des Vorfalls geworden wäre. Während Friedrich seinen jüngeren Sohn ins Krankenhaus nach Wittlich fuhr, wo man ihm den Magen auspumpte, Marie zu Hause im Wohnzimmer weinte und sich fragte, was sie falsch gemacht habe, spazierten Else und Konrad zum Wald, stiegen diesmal aber auf keinen Baum, legten sich vielmehr auf eine mitgebrachte Decke und schliefen zum ersten Mal miteinander. Es war ein sonniger Nachmittag, wenn auch recht kühl, aber sie hatten eh nicht den Mut gehabt, sich völlig auszuziehen, hatten sich nur an den Stellen der Kleider entledigt, wo die Situation es unbedingt verlangte, und hatten Kleid und Hose anschließend sofort wieder in Ordnung gebracht. Trotz der widrigen Umstände hatten beide das Gefühl, etwas Besonderes erlebt zu haben.

Karfreitag kam und ging. Die Kirche war voll. Auch am Samstag.

Am Ostersonntag fand ein Nachbar Johannes Schmitz, genannt Jupp, in der Küche. Er hatte einen Knall gehört, war zu Jupps Haus gegangen, wo die Eingangstür offen gestanden hatte, und musste feststellen, dass Jupp sich in den Mund geschossen hatte. Er lag in einer Blutlache, war offensichtlich nach dem Schuss vom Stuhl gekippt, und ihm fehlte ein großes Stück vom Hinterkopf. Die Waffe lag neben ihm. Der Schrank dahinter war dunkel gesprenkelt. Konrad erfuhr am gleichen Tag von Tante Martha von diesem Selbstmord. Er war zu ihr hinüber in die Poststelle gegangen, um ihr Gesellschaft zu leisten, und Martha hatte gesagt: »Jetzt hat er sein Duell doch verloren, der Jupp.« Dann hatte sie Jupps Geschichte, die er immer aufs Neue erzählt hatte, so wiedergegeben, als spreche der Tote selbst.

»Ich konnte ihn sehen, wenn er aus seinem Loch zu mir herüberschaute. Er hatte nicht damit gerechnet, dass noch jemand hier die Stellung hielt. Aber ich war geblieben, während meine Kameraden geflohen waren. Und seine Leute waren auch längst woanders. Er rief mir etwas zu, aber ich verstand kein Amerikanisch. Also antwortete ich nicht. Ich wusste nur: er oder ich. Keiner von uns beiden konnte weg. Wir saßen fest und warteten. Stundenlang. Ich wurde müde, es war kalt. Ich fixierte die Stelle, wo er ins Loch gesprungen war. Manchmal flimmerte alles. Ich hatte Durst. Und plötzlich steigt der einfach aus seinem Versteck, als sei ich nicht mehr da. Ich dachte noch: Was machst du?! Und zack. Er fiel ins Loch zurück. Ich blieb in meinem, bis es vollständig dunkel war. Dann ging ich weg.«

Martha schaute mich an und ich sah Tränen in ihren Augen. »Die da oben machen Kriege und die da unten baden sie aus«, fügte sie hinzu. »Das wird immer so weitergehen.«

»Meinst du, ich muss auch eines Tages in den Krieg?«, fragte Konrad.
Ohne zu zögern, antwortete Martha: »Ich fürchte ja. Eines Tages.«

Obwohl Konrad wusste, dass der Schuss Jupps Hinterkopf hatte platzen lassen, war er der Meinung, er hätte ihn womöglich retten können, wenn er bereits Arzt gewesen wäre. Dies führte dazu, dass er seiner Mutter am Abend sagte, er habe seine Pläne geändert, wolle nach dem Abitur nicht Missionar, sondern Arzt werden.
Marie umarmte ihn daraufhin, doch Konrad spürte am Druck, mit dem sie ihn an sich presste, ihre maßlose Enttäuschung.
Im Monat darauf machte er Abitur, bestand, aber es war klar, dass er mit den erarbeiteten Noten nicht zum Medizinstudium zugelassen werden würde.
Else freute sich darüber, in der Hoffnung, Konrad brauche jetzt Zeit, um sich zu orientieren, und bliebe ihr so länger erhalten, denn ein Studium hätte ihn weit weg gebracht. Sie hatte keine Angst mehr vor der Distanz, aber davor, was eine Stadt und ein Studium mit Konrad machen würden.
In diesem Sommer lagen sie oft auf der Decke im Wald oder fuhren mit den Fahrrädern ins Nachbardorf und von dort aus noch weiter. Dann zeigte Konrad ihr eines Tages seine Einberufung zum Grundwehrdienst.

43. Guido Immertals Audio-Rekorder, 19. August 2011

... Artikel ist so widerlich. Und ich war es, der ihr geraten hatte, mit ihrer Geschichte an die Öffentlichkeit zu gehen.
Warum sucht die sich ausgerechnet Axel Keider aus? Das beweist ein Händchen für den Griff ins Klo.

Ich muss da was tun. Die sollen eine Gegendarstellung drucken.
Das tut das Westliche Tageblatt nicht. Kannst du vergessen. Ich verstehe aber auch nicht, wie die Sommer sich ausgerechnet an so eine Zeitung wenden kann.

Das Perfide ist, dass vieles im Artikel stimmt, die historischen Zusammenhänge, aber die persönliche Geschichte ist eine einzige Lüge, voller Verdrehungen. Frau Sommer war bei der letzten Sitzung so niedergeschlagen, dass ich dachte, die kommt nie wieder.
Was du tun könntest, wäre, zum Chef der Zeitung zu gehen und zu drohen, das Ganze öffentlich zu machen. Sag ihm, dass die Sommer bereit ist zu bezeugen, Keider habe alles erfunden. Wenn andere Zeitungen das drucken, wird die Luft für Keider sehr dünn werden. Aber eine Gegendarstellung wirst du nicht bekommen. Das wäre ein Schuldeingeständnis seitens des Blattes. Du hättest die Sommer zu mir schicken sollen.

Zu dir?
Emil Sommer, CDU. Manfred Wünning, CDU. Kann sein, ich habe mit deiner Konstanze als kleiner Knirps sogar bei uns im Garten gespielt. Weiß ich aber nicht mehr. Über mich hat sie dir nichts erzählt, oder?

Nee.
Mein Vater hat jedenfalls sehr viel über seinen Freund in Chile geredet, hat ihn auch später gern zitiert, wenn es um Wirtschaft ging und wir uns stritten. Wäre die Sommer zu mir gekommen, hätte ich sie an eine seriöse Zeitung weitergeleitet und ihr einiges über ihren Vater berichtet. Ich kann mir sehr gut vorstellen, was die erlebt hat.

In der Colonia Dignidad war sie nur zu Besuch.
Das weiß ich. Der alte Sommer ist nicht aus religiösen Gründen nach Chile ausgewandert. Ich habe meinen Vater mal zur Rede gestellt. Anfang der Achtziger. Ich hatte seinen Schreibtisch durchwühlt, wollte irgendetwas Belastendes gegen ihn finden und bekam Briefe von Emil Sommer in die Hände, schön gemischt mit seinen eigenen, die er kopiert hatte, um sie zu archivieren. Daraus ging hervor, dass sie im »Import-Export« tätig waren. Die Briefe waren voller offensichtlich unverfänglicher Redewendungen. Bei mir sprangen alle Antennen an. Und mein Vater hatte kein Problem damit, mir zu erzählen, was sie seit Jahren trieben. Absolut kein schlechtes Gewissen.

Und was trieben sie?
Waffen. Der alte Sommer hat unmittelbar, nachdem er in Chile angekommen war, Kontakt zu Paul Schäfer in der Colonia Dignidad aufgenommen. Die Siedlung stand ja un-

ter dem Schutz der deutschen Botschaft und Schäfer und seine Leute konnten machen, was sie wollten. Die meisten der Siedler bekamen davon nicht wirklich was mit oder schauten weg aus Angst. Einige wurden gezwungen, mitzumachen. Mein Vater und Sommer haben den Weg für die Lieferungen freigemacht. Da hat kein Zoll kontrolliert. Es waren ja nur Maschinenteile aus Deutschland. In der Colonia Dignidad wurden sie dann zusammengesetzt, Gewehre, Maschinenpistolen, und an die Faschisten von Patria y Libertad geliefert. Das war aber nicht die eigentliche Geschäftsidee der beiden, sondern nur ein Mittel im Kampf gegen Allende. Die beiden wussten, wenn das Militär putscht und Chile eine Diktatur wird, dann hätten sie ihre neoliberale Spielwiese mit einem Markt, der alles erlaubte.

Und das hat dein Vater dir erzählt?
Ja.

Hatte er keine Angst, du gibst das weiter an die Medien?
Mein Vater hat nie gelernt, was Angst ist, weil er die Lösungen immer schon kannte, ehe ein Problem auftauchte. Aus den Briefen ging nicht deutlich hervor, was Sache war. Wie hätte ich das Ganze beweisen sollen?
Sommer und er waren begeistert von den wirtschaftswissenschaftlichen Theorien von Friedrich August von Hayek und Milton Friedman, zweien der Mitbegründer der Mont Pèlerin Society, die nur ins Leben gerufen wurde, um ein Netzwerk neoliberaler Gier aufzubauen. Dahinter stand die Idee, dass Theorien eine nicht zu unterschätzende Dimension von Macht sind. Diese Leute infiltrierten nach und nach alles, von den Universitäten bis hin zur

Politik, und betrieben eine Lobbyarbeit, die dazu führte, dass die Weichen für die Weltwirtschaft umgestellt wurden. Sie überzeugten Ronald Reagan in den USA, Margaret Thatcher in Großbritannien und in Deutschland mit Verspätung Gerhard Schröder, dass wer Freiheit will, den Markt entfesseln muss, begleitet von Privatisierungen, Sozialstaatsabbau und Steuersenkungen für Reiche. Das bis dahin geltende Schlagwort »Solidarität« wurde weltweit durch den Begriff »Wettbewerb« ersetzt. Und Chile unter Pinochet bot erstmals die Möglichkeit, diese neoliberalen Theorien auszuprobieren. Die sogenannten Chicago Boys hatten alle bei Milton Friedman an der Universität in Chicago studiert. Das Ergebnis des Experiments in Chile war das gewünschte. Als Pinochet 1990 abtrat, waren die Reichen sehr viel reicher geworden und der größte Teil der Bevölkerung verarmt. Noch in den Achtzigern hat Hayek die Diktatur gerechtfertigt, wenn sie für die Liberalisierung der Wirtschaft nötig sei. Er hatte aber auch schon in seinem gegen Ende des Zweiten Weltkriegs publizierten Buch *Der Weg zur Knechtschaft* kundgetan, dass der Nationalsozialismus in Deutschland und der Faschismus in Italien nicht die Folgen der kapitalistischen Reaktion gewesen seien, sondern eine Konsequenz des Sozialismus.

Das ist jetzt nicht dein Ernst.
Für seine Theorien bekam er den Alfred-Nobel-Gedächtnispreis für Wirtschaftswissenschaften. In der Jury saß unter anderem jemand aus der Mont Pèlerin Society.
Mein Vater und Sommer machten im neoliberalen Labor von Chile sehr viel Geld. Sie konnten jede Idee realisieren, die ihnen in den Kopf kam, durften Löhne am Existenzminimum bezahlen, hatten keine Gewerkschaften zu

fürchten und wurden von Steuern verschont. Das Paradies.

Unfassbar.

Sie gingen über Leichen. Das taten aber alle, die es konnten. Der Bundesnachrichtendienst wusste schon früh, was da überall los war, auch in der Colonia Dignidad. Und was haben die gemacht? Sie haben Listen mit den Namen verdächtiger Mitglieder des Movimiento de Izquierda Revolucionaria und anderer südamerikanischer Dissidenten für den chilenischen Geheimdienst erstellt. Auch da konnten mein Vater und Sommer durch ihre Kontakte hilfreiche Arbeit leisten. Vielleicht verstehst du jetzt, warum ich mit meinem Vater Schwierigkeiten habe. In der Colonia Dignidad haben Paul Schäfer und Co. fünfundvierzigtausend Karteikarten für Pinochet angelegt, Namen von Regimegegnern und was sie unter der Folter gestanden haben. Dort liegen auch sehr viele Tote unter der Erde und mein Vater erzählt mir fröhlich, dass das alles alte Geschichten seien und die Siedlung nun Villa Baviera heiße. Man feiere dort jetzt jedes Jahr Oktoberfest und sowohl Volksmusik als auch deutscher Schlager seien zu hören. Seine Lieblingsmusik.

Konstanze Sommer hat von der Schlagervorliebe ihrer Eltern erzählt.

Ja. Mein Vater hat sie mit Platten beliefert. Deshalb denke ich jedes Mal, wenn ich Heino oder jemand anderen der Schlagerbarden höre, drück ab, töte deinen Vater. Er muss der Erste sein.

Und warum tust du es nicht?
Gute Frage.

Endet der bewaffnete Kampf bei der eigenen Familie?
Um mal was Positives über meinen Vater zu sagen: Er hat, warum auch immer, auch Menschen geholfen. Sommer genauso. Wie oft das passierte, weiß ich nicht, aber mein Vater hat mich einmal gebeten, jemanden am Flughafen in Berlin abzuholen. Sommer hatte den Mann aus Chile geschleust, weil Pinochets Schergen ihn umbringen wollten. Wie gesagt, ich habe keine Ahnung, warum sie dem Studenten halfen, aber das war definitiv ein Linker. Ich habe mich oft mit ihm unterhalten, weil ich eine Zeitlang in Berlin gewohnt habe, um ihm zu helfen.

Enrique Herbst? Hieß der so?
Ja. Woher kennst du den?

Ich fürchte, ich muss dich enttäuschen, was den Altruismus von deinem Vater und Emil Sommer anbelangt.

44. Aus dem Tagebuch von Peter Pleimer

Sonntag, den 17. Juni 2018
Nachdem ich vor zwei Tagen im *Westlichen Tageblatt* den Artikel über Konrad Schnittweg las, ein Artikel, in dem man mich zitiert, ohne je mit mir gesprochen zu haben, überlege ich, Anzeige gegen den Journalisten Axel Keider zu erstatten. Ich war seit über einem Jahr nicht mehr in Budapest, habe Konrad folglich dort auch nicht getroffen. Tatsächlich hatte ich aber im Laufe der Jahre immer wieder Kontakt zu ihm, notgedrungen, weil ich einmal im Jahr 1974 einen Fehler gemacht habe. Konrad, der dies mitbekommen hatte, drohte mich zu denunzieren, wenn ich mein Geschäft nicht für seine Zwecke zur Verfügung stellte. Er wollte von mir die Namen meiner Mitarbeiter in Mali und die Termine der Lieferungen. Die habe ich ihm gegeben, ohne dass er mich eingeweiht hätte, wozu er sie brauchte. Ich hatte Angst, nachzufragen, weil Konrad Schnittweg zu allem fähig ist, wenn es darum geht, seine Ziele durchzusetzen. Er hätte vor Gericht auch einen Meineid geleistet, ohne mit der Wimper zu zucken, wenn ich mich gewehrt hätte. Aber als meine Statuen und Holzmasken dann wie immer eintrafen und der Handel für mich weiterlief wie vorher, habe ich gedacht, dass alles eine leere Drohung gewesen sei und die Sache auf sich beruhen lassen.

Mein Fehler damals: Unter den Masken und den anderen Gegenständen der Dogon waren alte Türen gewesen, die nicht aus dem Land exportiert werden durften. Das hätte ich genauer kontrollieren müssen, tat es aber nicht und bemerkte das Vergehen erst, als die Objekte in Deutschland waren. Was hätte ich tun sollen? Sie zurückschicken, auf die Gefahr hin, als Schmuggler gesehen zu werden, der ich nicht war? Also veräußerte ich sie, um sie loszuwerden. Wer auch immer Konrad das gesteckt haben mag, brachte mich damit in eine ausweglose Situation, lieferte mich ihm aus. Ich habe all die Jahre nicht mitbekommen, was und wer dadurch mit meinen Lieferungen nach Deutschland eingeschleust wurde, bis ich eines Tages auf die Idee kam, die Objekte selbst in Empfang zu nehmen.

Da mir ausgerechnet das Tagebuch jener Monate des Jahres 2012 gestohlen wurde, will ich an dieser Stelle noch einmal erzählen, was sich im Mai jenes Jahres zugetragen hat. Anfang des Monats sollte neue Ware kommen und ich wartete in der Lagerhalle. An dem Tag war Sollner der Fahrer. Als er mit dem Lkw auftauchte, sah ich sofort, dass ihn meine Präsenz irritierte. Er grüßte überfreundlich, machte Witze darüber, ob der Chef jetzt selber ausladen wolle. Jedenfalls hatte er es nicht eilig, erklärte, in seinem Alter müsse man die Dinge langsam angehen. Mir kam das sehr merkwürdig vor. Sicher hatte er die Siebzig überschritten, aber er war drahtig, agierte oft hektisch, wirkte jung, jedenfalls jünger als manch anderer. Ich befahl ihm, die Plane zu entfernen. Dann sah ich die Weinkisten und verstand nicht, was das sollte. Sollner bekam einen hochroten Kopf.

Als ich ihm sagte, ich würde ihn entlassen, weil er offensichtlich mit meiner Ware gleichzeitig Wein für jemand anderen abholte, knickte er ein und gab zu, dass der Wein für Matthias Weber sei. Der handele illegal in seiner Kneipe damit. Ich war fassungslos. Aber es kam noch besser. Als ich eine Kiste mit Statuen öffnete, sah ich, dass es Billigprodukte waren, die ich nie geordert hatte. Ich vergaß mich einen Moment lang und schleuderte eine dieser Holzfiguren vom Lkw zu Boden. Sie zersplitterte und in ihrem Inneren tauchte eine Plastikverpackung auf. Darin Pillen. Ich war geschockt, zerbrach weitere Statuen und fand in jeder eine Plastiktüte. In manchen war Haschisch, in anderen Kokain, wieder in anderen die Pillen. War es das, weshalb Konrad die Namen meiner Mitarbeiter verlangt hatte? Missbrauchte er meinen Handel für Drogengeschäfte? Ich schrie Sollner an, wie er da habe mitmachen können. Und er antwortete, er habe keine Wahl gehabt. Ich wollte wissen, wie lange das schon so ging, obwohl ich es ahnte. Auf der anderen Seite war es einfach nicht möglich, dass Konrad mir das seit den Siebzigern antat. Ich konnte das nicht glauben. Selbst wenn er erst zehn Jahre, nachdem er von mir die Namen erpresst hatte, damit angefangen haben sollte, wären das an die dreißig Jahre, die er mich hintergangen hatte. Ich sagte Sollner, er solle gehen, ich wolle mit ihm nichts mehr zu tun haben. Mein erster Gedanke war es, Konrad zur Rede zu stellen. Sollner bettelte mich an, ich solle ihn nicht für etwas bestrafen, wofür er gar nichts könne. Er würde mir alles erzählen, wenn er weiter für mich fahren dürfe, er könne allein von seiner Rente niemals leben.

»Was denn, noch mehr?«, fragte ich aufgebracht. Und Sollner berichtete, dass die Billigstatuen genau wie der Wein zu einem Teil im Keller unter Matthias' Kneipe verschwanden und von dort aus verteilt wurden, zum anderen aber in Konrads Praxis auf Abnehmer warteten.

Das wird der Grund gewesen sein, weshalb Konrad Schnittweg seine Praxis vor einem Monat angezündet hat. Er wollte Spuren verwischen, bevor er untertauchte. Was die plötzliche Angst, aufzufliegen, ausgelöst hatte, kann ich hingegen nicht sagen. Denn Konrad war nicht so schnell aus der Ruhe zu bringen.

Sollner beschrieb mir, wie und wie oft er andere Waren mit meinen Masken und Statuen nach Deutschland brachte. Manche Fuhren waren sauber, andere hatten es in sich. Nicht auszudenken, was passiert wäre, wenn die Zöllner einmal wirklich nachgesehen hätten. Aber Sollner sagte, das sei ab Mitte der Neunziger kein Problem mehr gewesen, weil zwei der niederländischen Beamten Schmiergelder erhalten und den Lkw immer durchgewunken hätten. Er sei immer nur dann gefahren, wenn diese Dienst gehabt hätten. Und dann erklärte er, die Drogen seien nicht das Einzige gewesen, das illegal nach Deutschland gekommen wäre. Manchmal seien es auch Flüchtlinge gewesen. Immer nur ein oder zwei, und immer Leute, die Geld hatten. In etwa zwanzig pro Jahr.

Ich sah meine ganze Existenz gefährdet. Alles, was ich mir aufgebaut hatte, schien auf der Kippe zu stehen. Mir war klar, dass ich einschreiten musste. Als Sollner dann fragte, ob er bleiben könne, sagte ich Nein. Ich musste irgendwo anfangen. Ich versuchte, mich zu beruhigen, dachte nach, was zu tun sei, und bat Konrad und Matthias zu einem Treffen.

Das fand am 25. Mai 2012 in der Kneipe Zur Birne statt. Auch das habe ich in meinem gestohlenen Tagebuch festgehalten. Hier nun noch einmal aus der Erinnerung heraus.

Die Kneipe hatte noch geschlossen und Matthias öffnete, als ich gegen die Tür klopfte. Konrad saß an einem Tisch und trank Wasser. Dafür waren Matthias' Augen glasig, als nehme er selbst von dem Zeug, das er verkaufen sollte. Ich redete nicht lange um den heißen Brei herum, sagte, dass ich von ihren Drogengeschäften wüsste, genauso vom Menschenhandel. Sie versuchten gar nicht erst, etwas zu leugnen. Konrad fragte kaltschnäuzig, was ich denn machen wolle, ich würde ja selbst bis zum Kinn mit drin hängen.

»Oder meinst du, jemand glaubt dir, dass du jahrzehntelang nicht wusstest, was auf deinem Lkw ins Land kam?«

Matthias lachte blöde und ich roch seinen Weinatem.

»Es läuft doch bestens«, fuhr Konrad fort, »warum willst du dein Leben zerstören? Du könntest wieder alte Türen und Masken importieren, die dir mehr einbringen als die normale Ware.«

»Das tue ich nicht«, antwortete ich. »Ich habe einmal einen Fehler gemacht, aber den werde ich nicht wiederholen.«

»Du bist momentan aber dabei, einen neuen Fehler zu machen«, erwiderte Konrad. »Im Übrigen schätze ich das Wort ›Menschenhandel‹ nicht. Es trifft den Sachverhalt nicht. ›Aktive Menschenhilfe‹ gefällt mir besser.«

Ich wusste nicht, was ich machen sollte, merkte, dass ich Atemnot bekam. Es war naiv von mir gewesen, um eine Unterredung zu bitten. Was hatte ich erwartet? Dass beide sagen würden: Tut uns leid? Wir machen es nie wieder?

»Stell Sollner wieder ein«, sagte Konrad.

Ich gab keine Antwort.

Nach einem Moment der Stille fügte er hinzu: »Er ist unser einziger Fahrer. Wir brauchen ihn, sonst müssen wir jemand anderen einweihen. Und das birgt immer Gefahr.«

Und dann wechselte er das Thema, so als sei alles gesagt, erzählte von Rieke und wie sie ihre Firma auf Vordermann gebracht hatte. Ich konnte kaum zuhören. Als Matthias mir einen Rotwein anbot, verließ ich die Kneipe. Ich hätte zur Polizei gehen müssen, das ist mir klar. Aber es hätte meine Existenz zerstört, obwohl ich mit dem Ganzen nichts zu tun hatte.

45. Zweiter Monolog von Rieke Schnittweg (17. Dezember 2018)

Ja, mein Mann ist mit den Jahren verzweifelter geworden. Und? Wen wundert das denn? Das hatten wir doch schon. Seien Sie mir nicht böse, aber ich finde Ihre Methode, durch ständige Wiederholung zu zermürben, etwas stumpf. Die Tatsache, dass ich beispielsweise mit allen anderen mitschwimme, ist Überlebenskampf. Das heißt aber nicht, dass mir die Zusammenhänge nicht bewusst wären oder ich sie gar guthieße. Mir wären ein starker Sozialstaat und eine gerechtere Verteilung des Kapitals weitaus lieber als die aktuelle Politik. Und es ist mir völlig egal, ob Sie darüber lächeln. Sie haben sich doch mit den Thinktanks beschäftigt, mit der Mont Pèlerin Society, sagen Sie, dann wissen Sie doch, dass deren Methode darin besteht, Theorien in Umlauf zu bringen, bis alle sie glauben. Und an der Methode ist was dran. Man muss über die Dinge reden, um einen Rahmen für ihre Realisierung zu schaffen. Das gilt auch für die Idee einer gerechten Gesellschaft. Man darf nicht schweigen, auch wenn man mit einem Bein in dem hängt, was man bekämpft. Diese stupide Schwarz-Weiß-Malerei, die die Welt auf Freund und Feind reduziert, ist von einer brutalen Naivität, die denjenigen, die nicht nachdenken wollen, das schöne Gefühl verschafft, sie seien tolle Menschen voller Altruismus. Setzen Sie die in die Regierung und ein halbes Jahr später haben wir eine Diktatur.

Konrad hat gewusst, dass, wenn meine Firma einen Auftrag nicht annimmt, weil damit Umweltzerstörung verbunden ist oder das Ausnutzen von Arbeitskräften, jemand anderes das macht. Das Einzige, was durch eine solche noble Weigerung gewonnen wird, ist die Möglichkeit, auf einer Party hinauszuposaunen, wie engagiert man doch ist. An der Situation der Umwelt oder der Arbeiter ändert es nichts. Es ist verlogen, weil es das Engagement in den Privatbereich katapultiert und damit die öffentliche Debatte schwächt. Man muss nicht selbst leiden, um anderen helfen zu können. Im Gegenteil, je gefestigter man dasteht, je freier man ist, desto größer sind die Möglichkeiten, im sozialen Bereich zu wirken. Dabei sägt man keineswegs am Ast, auf dem man sitzt. Da bitte ich doch darum, über die Dialektik des wirtschaftlichen Handelns nachzudenken. Wichtig ist, dass man bei jeder These auch die Antithese vor Augen hat, und sich so auf die nächsthöhere Stufe bewegt. So ein bisschen Hegel tut auch heute noch gut, wenn man in einer gerechten Gesellschaft leben will. Da begreift man, dass es die eigene Freiheit ohne die der anderen nicht geben kann. Einen Auftrag einfach ablehnen, heißt Bejahung der Verweigerung. Sieht für viele toll aus, ist im Endeffekt aber Stillstand und damit Rechtfertigung des Status quo. Ich hoffe, Sie können mir folgen. Und deshalb kann der Brief an die Medien nicht von meinem Mann stammen, weil dieser Brief dem Tod die Hoheit einräumt über das Leben, anstatt die Existenz zu feiern, als sei sie ein Schutzschild gegen das Ableben. Töten ist keine Antithese, mit Hilfe derer man sich weiterentwickeln kann. Töten setzt einen Schlussstrich. Vor allem unter die Freiheit, die man braucht, um etwas zu verändern. Sie werden wissen, dass die politischen Reaktionen auf Ter-

ror in unseren Gesellschaften bislang immer dazu führten, unser Zusammenleben ein Stück weit zu entdemokratisieren. Nehmen Sie die Notstandsgesetze oder schauen Sie sich an, was nach 9/11 passiert ist. Aus Angst vor weiteren Attentaten stieg die Überwachung. Zusätzlich wurden alle gesellschaftsrelevanten Themen der Terrorismusbekämpfung untergeordnet und verschwanden von der Tagesagenda. Verstehen Sie, was ich meine? Die Bedrohung durch sogenannte »Schläfer« wurde instrumentalisiert, um Diskussionen über das Klima, über Rassismus, über Freihandelsverträge vom Tisch zu fegen. Neoliberalen Staaten, und der Westen besteht aus nichts anderem, ermöglichen solche Attentate die Festigung ihres Handelns. Das wusste auch Konrad.
Wer auch immer den Brief schrieb, er hatte kein politisches Interesse, er wollte schlicht und ergreifend von seinem eigenen Tun ablenken. Ähnlich ist diese Geschichte um Drogen und Menschenhandel gelagert. Sie erinnert mich an Sollners Vorgehen damals. Das war zwar vor meiner Zeit, aber Konrad hat oft davon gesprochen. Sollners Verteidiger versuchte, meinen Mann damit zu belasten, dass er in der Kaserne regelmäßig Medikamente stehle, um sie draußen zu verkaufen. Aber nicht mein Mann, sondern Sollner wurde zu mehreren Jahren Gefängnis verurteilt. Peter Pleimer hat damals den Anwalt seines Hauptmanns bezahlt. Sollner kann den Brief natürlich nicht geschrieben haben, der wurde 2012 in seiner Wohnung in Chorweiler erschossen. Den Täter hat man nie gefunden.
Seit der Sache damals beim Militär lag so ein unterschwelliger Hass zwischen Konrad, Matteck einerseits und Pleimer, Sollner andererseits. So etwas mochte Konrad nicht. Er hat immer wieder versucht, mit Pleimer ins Gespräch

zu kommen, hat ihm Briefe geschrieben, später E-Mails, aber da war nichts zu machen, bis Pleimer sich im Mai 2012 plötzlich zu einem Treffen bereit erklärte. Deshalb gab es dieses Meeting in Mattecks Kneipe. Sie wollten sich aussprechen. Konrad, ganz der unermüdliche Psychotherapeut, war überzeugt, die alten Feindschaften begraben zu können, obwohl sie sich ja zwanzig Jahre nicht gesehen hatten. Jeder andere hätte verdrängt, vergessen, nicht so Konrad. Aber viel ist dabei nicht herausgekommen. Ich war sowieso gegen dieses Treffen. Ich war ja mal kurz mit Peter Pleimer liiert und weiß, wie der tickt. Der ist wie ein Dackel, solange er bekommt, was er will, aber wehe, du sagst einmal Nein, dann tyrannisiert er dich damit noch Jahre später. So hat er systematisch jede Beziehung vergiftet. Ich habe den schnell wieder verlassen. Auch deshalb hatte er Konrad auf dem Kieker. Menschen handeln ja selten realitätsbezogen. Meist sind es die Gefühle, die ausschlaggebend sind, und nicht das Nachdenken. Das war genauso bei der aufgebauschten Geschichte mit Rainer in Brokdorf. Plötzlich wurde aus einer verbalen Auseinandersetzung versuchter Totschlag. Aber Rainer hat die Anzeige zurückgezogen, das wissen Sie ja. Der hat gemerkt, dass er mit seiner alternativen Wahrheit zu weit gegangen war. So klug ist halt nicht jeder. Manch anderem gerät das Lebensnarrativ zum Fantasy-Roman. Ich möchte damit diese Literatur nicht schlechtmachen, aber doch die Frage nach der Wahrheit stellen, nach der Verbindung zum Leben. Denn wenn man die kappt, endet man eben in so einem Fantasiegebilde oder in einer Verschwörungstheorie. Natürlich ist Wahrheit mehr als die Benennung von Tatsachen, mehr als Deskription. Sie ist die Interpretation eines Gefüges, eines Zusammenhangs zwischen den Fakten, und damit eben auch Roman, Literatur, aber nicht losgelöst von diesen Fakten. Und da bitte ich Sie, sorgfältig zu unterscheiden, welche Aussage in welchem Buch steht. Denn ich möchte meinen Mann wiedersehen. Und denjenigen, der ihn vertrieben oder entführt hat, hinter Schloss und Riegel wissen.

46. Guido Immertals Audio-Rekorder, 05. September 2018

Kurze Bestandsaufnahme. Erstens hoffe ich, dass der Brief von dir stammt, Konrad. Zweitens, dass wir bald eine Aktion erwarten dürfen. Du sollst in Budapest sein. In meinem Namen reisen, sehr lustige Idee. Macht mich stolz.

Viktor Orbán wäre ein gutes Ziel. Er ist die konsequente Weiterentwicklung der neoliberalen EU. Der Rechtspopulismus verortet sich vordergründig zwar gerne gegen die Globalisierung, aber Geschäfte wollen die Herren sehr wohl machen, mit allen und jedem. Die Stärkung des eigenen Landes ist primär eine Frage der identitären Gesinnung, nicht so sehr eine Frage der Wirtschaft. Denn die wird durch eine den Binnenmarkt stärkende Isolation nach einem kurzen Hoch den Bach runtergehen. Wenn du mich fragst, ist weltweiter Handel eine feine, notwendige Sache, wenn er von neoliberalen Gedanken gereinigt ist. Aber Orbán wird den Haifischen jedes Becken bauen, das sie wollen. Wie Pinochet damals in Chile. Das Untergraben der Rechtsstaatlichkeit ist der klare Wunsch nach einer Diktatur. Orbán gibt die Marschrichtung vor. Bald wird Frankreich folgen, dann die Niederlande, dann Deutschland und alle anderen. Polen marschiert ja bereits an Orbáns Seite.

Und lass dich nicht schnappen, mein Freund. Aber mit einem Gegenspieler wie diesem Schnok dürfte dir das nicht schwerfallen. Ein völlig manieriertes Arschloch von der

Kleidung bis zur Sprache. Der hält seine Ermittlungen für Kunst.

Und dann ... Also, falls du nicht unterwegs sein solltest, falls dir etwas passiert ist ... Dann werde ich herausfinden, wer es war. Das verspreche ich dir. Keider? Weil er damals seinen Job verloren hat, als du den Chefredakteur über den Konstanze-Sommer-Artikel aufgeklärt hast? Da ist der richtig abgerutscht und war eine Zeitlang komplett weg vom Fenster. Dem traue ich das zu. Dass er auch noch nach Jahren Rache will.

Scheiße, kein Mensch weiß, wo du bist. Jeden Tag warte ich auf ein Zeichen. Aber mir ist klar, dass das ein Fehler wäre, den du nie begehen würdest. Ich habe überlegt, auch nach Budapest zu kommen. Du würdest das mitkriegen, davon bin ich überzeugt. Ich könnte helfen. Und danach suchen wir uns den Nächsten aus. Bis alle ausgeschaltet sind, die etwas gegen eine gerechte Welt haben. Ich höre mich an wie ein Sozialromantiker. Aber es wäre möglich. Das weiß ich.
Ich war auch zweimal bei deinem Haus, bin da rumspaziert. Ich weiß, dass das Unsinn ist, aber ...

Na, wieder Selbstgespräche am Führen, Guido!?
Leck mich.

47. Von Axel Keider selbst niedergeschriebenes drittes Interview mit Silke Bracht anhand der Aufnahme vom 29. September 2018

S.B.: Wollen Sie einen Kaffee?

A.K.: Gerne.

S.B.: Milch? Zucker?

A.K.: Beides.

S.B.: Was war denn so dringend?

A.K.: Danke. Mir ist ein rezentes Tagebuch von Peter Pleimer zugespielt worden. Daraus geht hervor, dass Ihr Ex-Mann ein Krimineller ist, der Drogen ins Land schmuggelt.

S.B.: Ich habe Ihnen doch schon gesagt, was ich von Pleimer halte.

A.K.: Da gibt es auch einen Eintrag, der Sie belastet, Frau Bracht. Dort heißt es, Matthias Weber habe die Ware an verschiedene Zwischen-Dealer verkauft und Sie seien für die Gegend hier zuständig gewesen.

S.B.: Lachhaft. Das ist so unterirdisch, dass ich es noch nicht einmal für nötig halte, mich zu verteidigen und das

Gegenteil zu behaupten.

A.K.: Warum sollte Peter Pleimer so etwas in sein Tagebuch schreiben, wenn es nicht stimmt?

S.B.: Der Typ ist geistesgestört. Machtbesessen. Völlig irre.

A.K.: Dafür, dass Sie angeblich nur früher mal in dessen Laden gejobbt haben, klingt das heftig.

S.B.: Sie haben überhaupt keine Ahnung.

A.K.: Deshalb bin ich hier.

S.B.: Ich warne Sie, sollten Sie Müll über mich schreiben, wird Ihnen das leidtun.

A.K.: Ich habe nicht vor, etwas über Menschen zu schreiben, die mich mit Informationen beliefern.

S.B.: Pleimer ist … Wenn du nicht parierst, zertritt er dich. Dabei ist es egal, ob du für ihn arbeitest oder ein Unbekannter bist, der gerade zur falschen Zeit am falschen Ort ist. Und er vergisst nichts.

A.K.: Ein Beispiel wäre nett.

S.B.: Okay, aber Sie können das nicht eins zu eins in der Zeitung schreiben, weil Pleimer sofort wissen würde, von wem Sie das haben.

A.K.: Verstanden.

S.B.: Der würde mich töten.

A.K.: Ich habe es verstanden.

S.B.: Pleimer hatte damals eine Bekannte oder Freundin. Die hieß Gesine Reppler, eine alleinerziehende Mutter. Die tauchte ab und zu mit ihrem Baby im Laden auf und schnüffelte herum. Kam sie, wenn Pleimer auch im Laden war, konnte ich sehen, dass er total lieb mit dem Baby umging, als sei es seins. Aber es war nicht seins. Ich hätte dem so viel Gefühl gar nicht zugetraut.
1980 habe ich dann angefangen zu studieren und nur noch sporadisch bei Pleimer gejobbt, was er mir übel genommen hat. Die Atmosphäre zwischen uns war fürchterlich. Zum Glück expandierte er immer mehr mit seinem Handel, sodass der Laden eher Beiwerk war und er selbst immer seltener dort auftauchte. Er hat ihn dann ja auch ein paar Jahre später geschlossen. 1985 habe ich meinen Abschluss gemacht und da taucht Pleimer plötzlich bei mir zu Hause auf und sagt mir, ich solle dem Sohn von Gesine Reppler Nachhilfe geben. Der sei jetzt in der zweiten Klasse, ein helles Köpfchen, aber er brauche einen Ansporn. Ich sagte, dass ich das nicht machen wolle, und Pleimer sagte: »Doch, das machst du.« Es war klar, dass er schon Pläne hatte, für den Fall, dass ich mich weigern würde. Also gab ich nach. Aber ich konnte das nicht. Das erste Mal, als ich bei Gesine Reppler in der Wohnung war, hatte ich das Gefühl, in einem Horrorstreifen gelandet zu sein. Sie saß auf einem Stuhl in der Küche, sah noch magersüchtiger aus in ihrem Kleid als sonst im Mantel. Und überall lagen Hüte herum. So, als sei Karneval ausgebrochen. Wirklich überall. Auf den Schränken, in der Vitrine zwischen den

Tassen, manche hingen von der Decke. Es war eine Sammelwut, die weit über das hinausging, was man gesund nennen konnte. Und der Junge wirkte wie ein Alien, sah mich mit aufgerissenen Augen an und kam mir dauernd zu nahe. Er schaute nie in das Buch, das vor uns lag, sondern immer nur mir ins Gesicht. Da half auch die ganze Sonderpädagogik nicht. Ich konnte das nicht. Ich bin dann abgehauen.
Am nächsten Tag klingelte Pleimer erneut bei mir. Er meinte, ich solle mich zusammenreißen. Ich sagte, er solle sich verpissen. Ein Wort ergab das andere. Und irgendwann riss er mich zu Boden, schob mein Kleid hoch und zerfetzte meine Unterhose. Er saß auf meinen Beinen, hielt meine Arme fest und starrte auf meine Möse. Ich hatte keine Chance.

A.K.: Pleimer hat Sie vergewaltigt.

S.B.: Er saß auf mir und sagte: »Wie du siehst, könnte ich.« Dann ist er aufgestanden und wortlos gegangen. Es war eine Machtdemonstration.

A.K.: Haben Sie den Jungen danach unterrichtet?

S.B.: Nein. Ich habe angefangen, Krafttraining zu machen.

A.K.: Und wie hat Pleimer reagiert?

S.B.: Bei mir ist er nicht mehr aufgetaucht. Aber er hat der Direktorin der ersten Schule, an der ich arbeitete, einen Brief geschrieben, sie solle mich im Auge behalten. Er hat nicht behauptet, die schlägt Kinder, die trinkt oder so etwas. Er hat nur Zweifel gesät. Im Fitnesscenter hat mir der Chef gesagt, ich solle nicht auf die Idee kommen, meine Freier in seinen Räumen zu rekrutieren. Auch da steckte Pleimer dahinter. Und so ging das immer weiter. Der ist komplett gestört.

A.K.: Das verstehe ich richtig? Nur, weil Sie keine Nachhilfe geben wollten, hat Pleimer Sie jahrzehntelang drangsaliert? Klingt nicht sehr glaubhaft.

S.B.: Sie haben ihn in einem Artikel erwähnt. Ich kann nur hoffen, dass ihm das gefallen hat. Wenn nicht, werden Sie es bald merken.

A.K.: Bislang hat er sich nicht beschwert.

S.B.: Wissen Sie, wer der Sohn von Gesine Reppler ist?

A.K.: Nein.

S.B.: Gerd Schnok.

A.K.: Der Polizeibeamte? Der Ermittler?

S.B.: Pleimer war wie ein Vater für ihn.

A.K.: Das ist ja mal eine Nachricht.

S.B.: Noch mal. Von mir haben Sie das nicht. Passen Sie auf, was davon und wie Sie das zu Papier bringen.

A.K.: Sie glauben, Pleimer leitet im Hintergrund die Ermittlungen gegen Schnittweg?

S.B.: Ich glaube gar nichts. Schmeckt Ihnen der Kaffee nicht?

A.K.: Doch. Sicher.

S.B.: Dann runter damit. Ich war heute noch nicht laufen.

48. Zweite Befragung von Matthias Weber, genannt Matteck, aufgezeichnet am 19. Dezember 2018

Schön, Sie wiederzusehen.
Ja.

Herr Weber, wir haben neue Erkenntnisse, was die Geschäfte von Konrad Schnittweg anbelangt. Und da spielen auch Sie eine Rolle.
Ich?

Es gibt die Aussage von Herrn Peter Pleimer in Tagebuchform, dass Sie und Herr Konrad Schnittweg Drogenhandel betreiben. Auch von Menschenhandel ist die Rede, sowie davon, dass Sie Herrn Peter Pleimer erst ausgenutzt haben, er nichts von den Geschäften wusste, und ihn, als er von Ihrem Tun erfuhr, erpresst haben, mitzumachen.
Da weiß ich gar nicht, an welchem Ende ich anfangen soll, so hanebüchen ist dieser Quatsch.

Irgendwo. Ich schnüre mir das dann zusammen.
Pleimer versucht, das, was er zu verantworten hat, auf mich und Konrad abzuwälzen. Er hat damals in Koblenz bereits Zeug nach draußen geschafft und verkauft, das er von Sollner bekommen hat. Vor allem Morphium. Das wussten wir und haben dichtgehalten. Das tut mir heute leid. Wir haben auch nichts gesagt, als Pleimer die Hand-

granate warf, weil wir dachten, dass es ein Versehen war. Heute glaube ich das nicht mehr. Ich weiß aber nicht, warum er es tat. Jedenfalls war das ein noch größerer Fehler. Nicht nur, weil ich mittlerweile nicht mehr verstehe, welcher Kodex uns antrieb, sondern weil Pleimer nicht damit klarkam, dass wir etwas über ihn wussten, das nicht an die Öffentlichkeit kommen sollte. Er hatte das Gefühl, wir haben ihn in der Hand.

Das hatten Sie ja auch.
Aber wir wären nie auf die Idee gekommen, das auszunutzen. Ich nicht und Konrad sowieso nicht. Im Gegenteil, der hat sogar versucht, Pleimer einen anderen Weg zu zeigen, was den Handel mit afrikanischen und asiatischen Kulturgütern anbelangt. Pleimer hat ja von Anfang an regelrechten Raubbau betrieben. Er zahlte miserable Preise und ließ alles mitgehen, bis die Leute nichts mehr hatten. Dann hat er sie fallen lassen und das nächste Dogon-Dorf geplündert. Konrad hat ihm vorgeschlagen, für ihn in Afrika und Asien Produktionsstätten ausfindig zu machen, die im großen Stil Masken und Figuren herstellen könnten, wenn er auf die illegalen Kulturgüter verzichten würde. Pleimer ging darauf ein, aber nur pro forma, was Konrad nicht ahnen konnte. Er ist nach Indien geflogen und kam mit vielen Vorschlägen zurück, aber …

Hat Herr Schnittweg damals in Indien nicht vielmehr nach alternativen Routen für Flüchtlinge aus Vietnam gesucht?
Kann sein, dass er sich auch damit beschäftigt hat. Weiß ich nicht.

Sie denken also, dass Herr Schnittweg in Menschenhandel verwickelt sein könnte?
Nein. Wenn, dann wollte er helfen. Er hätte sich nie am Elend anderer bereichert. Das ist Pleimers Weg, nicht der von Konrad.

Aber Herr Schnittweg war für Herrn Pleimer unterwegs, sagen Sie. Letzterer hat ihm die Reisen finanziert.
Ja. Aber das habe ich doch eben erklärt. Konrad wollte Pleimer auf einen anderen Weg bringen. Und Pleimer hat mitgespielt, weil er dachte, solange ich dem Geld gebe, hält er dicht. So denkt halt Pleimer, schließt von sich auf andere.

Herr Schnittweg war nicht nur in Indien unterwegs. In den Achtzigern hat er die halbe Welt bereist, auch Mali war ein Ziel.
Ja, er reiste sehr gerne, hätte sich das damals aber ohne fremde Hilfe nicht leisten können. Pleimer hat zwar die meisten Produktionsstätten abgelehnt, die Konrad ausfindig gemacht hatte, aber von dreien weiß ich, dass er bis heute mit ihnen zusammenarbeitet. Die Investition hat sich für ihn also ausgezahlt.

Beschreiben Sie mir doch einmal das Treffen im Jahr 2012 zwischen Ihnen, Herrn Schnittweg und Herrn Pleimer in Ihrem Lokal. Das gab es doch? Und etwas anders, als Sie mir die Begegnung bereits geschildert haben. Konrad Schnittweg war da auch dabei und sie war nicht zufällig, diese Begegnung.
Okay. Das stimmt. Ich wollte Pleimer nicht belasten, aber jetzt, wo er so lügt.

Konrad hatte im Laufe der Jahre immer weniger Kontakt zu Pleimer. Ich sowieso. Ich hatte mit dem gar nichts zu tun. Aber eines Tages kam Konrad zu mir und sagte, Pleimer würde die Produktionsstätten, die er ihm vermittelt hatte, für Drogenhandel missbrauchen. Er lasse Kokain und Heroin und anderes Zeug in die Statuen stopfen, bevor sie verschlossen würden. Das wühlte in Konrad, weil er sich Vorwürfe machte, diesen Schmuggel ermöglicht zu haben. Er bat mich, dabei zu sein, wenn er Pleimer zur Rede stellen würde.
Als Pleimer dann kam, war er nicht allein. Guylain war an seiner Seite. Der sagte zwar die ganze Zeit nichts, aber ich sah, dass Konrad mit der Tatsache, dass Pleimer ihn mitgebracht hatte, zu kämpfen hatte. Er verstand plötzlich, dass Guylains Verhalten ihm gegenüber auf Pleimers Mist gewachsen war und nichts mit seiner Therapie oder seinen Nachforschungen zu tun gehabt hatte. Pleimer hatte Guylain bezahlt, um Konrad mit Anrufen zu traktieren, bei ihm vor der Tür aufzutauchen und solche Dinge. Wenn Sie mich fragen, trägt der Brand der Praxis genau diese Handschrift. Pleimer nutzt Guylain bis heute aus, wie er alle ausnutzt, die mit ihm zu tun haben. Das gilt auch für die Leute, die er nach Deutschland schmuggelt. Das ist Menschenhandel. Pleimer hält beide Hände auf.

Sie wissen also um die illegal eingeschleusten Flüchtlinge?
Ja, seit 2012, seit dem Treffen. Damit hat Pleimer Konrad verhöhnt. Er schmuggele nicht nur Drogen in Statuen, sagte er, er zwinge auch die Abgewrackten – das hat er wortwörtlich gesagt –, sich Heroin in den After zu schieben, wenn sie in seinem Lkw mitfahren wollten. Und dann fügte er hinzu, wir seien jetzt quitt. Denn sollten wir auf

die Idee kommen, alte Geschichten aufzuwärmen, würde er behaupten, dass wir mit Drogen und Menschen handelten. Konrad antwortete, dass wir weder über die Handgranate noch über seinen und Sollners Morphium-Klau geredet hätten. Pleimer leide offensichtlich unter Verfolgungswahn. Für sein Schweigen sei er ja auch gut bezahlt worden, lautete die Antwort. Konrad verstand die Welt nicht mehr. Pleimer verstrickte ihn da in etwas, mit dem er absolut nichts zu tun hatte. Und dann machte er auch noch das Fass »Rieke Schnittweg« auf, weil er nie darüber hinweggekommen ist, dass …

In Herrn Pleimers Aufzeichnungen liest sich das Treffen anders.
Ach nee. Der Mann ist berechnend. Und sehr gut darin. Der legt heute Spuren, die ihm in der Rente behilflich sein werden.

Mir erscheint das alles sehr plausibel, was Herr Pleimer formuliert.
Konrad hat jahrelang mit sich gekämpft, ob er Pleimer auffliegen lassen sollte. Letzten Mai stand sein Entschluss fest, einen anonymen Brief an die Polizei zu schreiben und Pleimers Schmuggelnetz bloßzulegen. Und prompt verschwindet er.

Er hat einen weiteren Brief geschrieben?
Ob er ihn geschrieben hat, weiß ich nicht. Ich habe ihn nicht gesehen. Vielleicht hat er auch Pleimer damit gedroht. Und das brachte wiederum Pleimer auf die Idee, in Konrads Namen einen Brief an die Medien zu verfassen.

Und Sie sind damit aus allem fein raus. Nichts gehört, nichts gesehen, nichts gewusst.
Ich weiß, dass Sie einen Schuldigen brauchen. Aber ich bin es nicht.

Sitzen Sie noch immer mit Frau Rieke Schnittweg im Stadion?
Ja. Sie braucht jemanden, der sie unterstützt. Die Spiele tun ihr gut, der FC gewinnt momentan alles. Wir werden am Ende der Saison wieder aufsteigen.

Wie weit geht Ihre Unterstützung?
Was meinen Sie?

Sagen Sie es mir.
Ich verstehe nicht, was Sie wollen.

Ich kann die Frage gern wiederholen: Wie weit geht Ihre Unterstützung?
Okay. Sie meinen den Journalisten. Der hat keine Anzeige erstattet, der weiß, dass er Müll geschrieben hat. Nachts eine Frau aus dem Bett klingeln, die ihren Mann vermisst, und dann ein Foto im Nachthemd in der Zeitung drucken. Das ist widerlich.

An Herrn Keider habe ich jetzt gar nicht gedacht.
Was?

Sie haben ihm also mit Sekundenkleber seine Artikel an die Stirn geklebt? Wissen Sie, wie schwer das wegzubekommen ist?
Er hat keine Anzeige erstattet.

Ich glaube, wir werden uns noch länger unterhalten müssen, Herr Weber.

…

49. Details aus dem Schnok-Archiv (April 2019)

Er habe doch weitergelesen, sich überwunden, obwohl das Tagebuch von 2012 ihm nach wie vor fehle, so der Polizeibeamte Schnok. Aber ihm sei klar geworden, dass eine Lücke in der chronologischen Aufzeichnung der Ereignisse kein Grund für die Verweigerung der Kenntnisnahme späterer Vorgänge sein könne. Und prompt habe sich ein aktuelles Tagebuch als klärender Rückblick entpuppt. Trotzdem wolle er nicht verhehlen, dass ihm das genaue Sezieren des Falls nach wie vor nicht gelungen sei, vieles sich im Laufe der Monate relativiert habe und er sich nicht zwischen Konrad Schnittweg als Terroristen, als Drogen und Menschen handelndem Kriminellen oder als Opfer entscheiden könne. Womöglich seien die beiden ersten Varianten miteinander verbunden, womöglich auch eine der ersten mit der dritten oder gar alle drei ineinander verhakt, sodass Konrad Schnittweg aufgrund seiner Machenschaften den Tod gefunden habe. Ganz unschuldig komme er ihm jedenfalls nicht vor. Er, Schnok, habe Matthias Weber mit seinen, aus Peter Pleimers Tagebuch stammenden Erkenntnissen konfrontiert, habe ihn davor einige Zeit schmoren lassen, bevor er ihn wieder zu sich bestellt habe, aber wie zu erwarten gewesen sei, habe Matthias Weber unbeeindruckt auf Seiten des Verdächtigen gestanden und sich selbst aus allem herauslaviert.

Wenn er, Schnok, sich denn zu diesem Zeitpunkt für eine der möglichen Erklärungsvarianten entscheiden müsse, dann scheine ihm folgende am plausibelsten zu sein: Konrad Schnittweg habe Peter Pleimer wegen einer Lappalie, nämlich dem Handel mit Kulturgütern, die nicht hätten exportiert werden dürfen, erpresst. Diese illegale Ausfuhr sei natürlich nur eine Lappalie im Vergleich zu allem anderen in diesem Fall. Wäre Peter Pleimer nicht eine derart ehrliche Haut, hätte dieser Versuch, ihn gefügig zu machen, nicht fruchten können. Ja, man komme nicht umhin, dem mit Masken und Statuen handelnden Geschäftsmann eine gewisse Naivität zu attestieren, da er in der Folge mit weitaus problematischerem Schmuggel in Kontakt gekommen sei, wenn auch unwissentlich. Konrad Schnittweg habe mit Peter Pleimers Geld reisen und seinen illegalen Handel mit Drogen und Menschen aufbauen können. Bereits sein Aufenthalt in Indien 1977 sei keineswegs einfach nur ein Urlaub mit seiner damaligen Frau Silke Bracht gewesen, sondern ein konkreter Versuch, Boatpeople nach Deutschland einzuschleusen. Als die Bundesregierung ein Jahr später beschlossen habe, den Flüchtlingen aus Südvietnam zu helfen und sie in großem Stil aufzunehmen, habe Konrad Schnittweg sich auf den Weg in afrikanische Länder gemacht, um auch dort ein Netzwerk aufzubauen. Er, Schnok, sei sich sicher, dass Peter Pleimer davon nichts gewusst habe. Man habe auch keine Drogen bei Peter Pleimer gefunden, weder zu Hause noch in der Lagerhalle noch auf einem Lkw. Bedenke man die politische Disposition des Psychotherapeuten, passe der Menschenhandel, gesetzt, es habe sich dabei tatsächlich nur um eine unentgeltliche Hilfeleistung gehandelt, sehr gut ins Bild. Ich müsse wissen, dass ein erster Schritt in die Kriminalität

oft wie ein kleiner Riss in einem Damm sei. Habe man einmal eine gewisse Grenze überschritten, wage man sich anschließend immer weiter vor in die Illegalität. Insofern sei das Beschaffen von Devisen durch den Import von Heroin, Kokain und anderen Rauschmitteln erklärbar, brauchte Konrad Schnittweg doch Geld, um den Flüchtlingen den Weg nach Deutschland freizukaufen. Der Damm sei halt irgendwann gebrochen und Gesetze hätten für den Psychotherapeuten keine Gültigkeit mehr gehabt. Insofern sei auch die im Brief verlautbarte Drohung, jemanden zum Zwecke einer Systemänderung zu töten, eine Konsequenz, die kaum verwundern könne. Dieser Ermittlungsvariante zufolge sei der Verdächtige am Leben, erfreue sich bester Gesundheit und agiere im Untergrund.
Er, Schnok, müsse zugeben, dass ihn die Essgewohnheiten des Verdächtigen nach wie vor nicht losließen, vielleicht verrenne er sich da in etwas, aber er habe sich gefragt, ob jemand auf der Flucht oder im Untergrund noch auf seine Ernährung achte? Als gesuchter Terrorist könne man ja nicht einfach so in den Bioladen um die Ecke. Auch fehle für vieles die Zeit, hinzu komme die innere Unruhe. Es interessiere ihn, Schnok, brennend, ob Konrad Schnittweg nach wie vor sein morgendliches Apfelritual vollziehe, also das Zwiegespräch mit dem Obst suche, es dann schäle, um erst die Schalen und danach den nackten Apfel zu verzehren. Die Frage sei, ob mit dem Anwachsen der kriminellen Energie nicht eine Verwahrlosung der kulinarischen Praktik einhergehe. Aber vielleicht führe das zu weit.
Auf meinen Roman sei er, Schnok, bereits sehr gespannt, unter anderem auch, weil er davon ausgehe, dass Schriftsteller sich immer für ein aufklärerisches Ende entschieden, da der Leser sich ansonsten unbefriedigt zurückge-

lassen fühle. Er selbst hingegen müsse von Berufs wegen gerade die Offenheit befürworten, wenn das Ende sich nicht zu hundert Prozent anbiete. Weshalb er trotz hoher Plausibilität der erwähnten Abläufe und Zusammenhänge auch die Variante im Hinterkopf behalte, die Konrad Schnittweg als Opfer einer Straftat erfasse. Dies heiße natürlich nicht, dass der Gesuchte selbst unbefleckt sei und man von einer Absenz von Schuld sprechen könne. Aber es springe ins Auge, dass der Psychotherapeut offensichtlich allen zu viel gewesen sei. Darauf habe er, Schnok, mich ja bereits einmal hingewiesen, wolle aber noch einmal betonen, dass Konrad Schnittweg jedem Einzelnen im Weg gestanden habe. Ein Motiv für ein potenzielles Verbrechen sei bei jedem der Involvierten zu finden. Bei seinem Bruder Rainer wegen der Liebe zu Rieke Schnittweg. Ähnliches könne in Bezug auf Matthias Weber gesagt werden. Bei Silke Bracht, die die gescheiterte Ehe bis heute für ihren Werdegang, den sie so nicht gewollt hatte, verantwortlich mache und womöglich mehr an der alten Liebe hänge, als sie zugeben würde. Bei Guido Immertal, falls Konrad Schnittweg sich womöglich doch geweigert habe, den Terror der Schwarzen Zellen aktiv zu unterstützen. Der Psychotherapeut habe ja viel gewusst und es sei denkbar, dass Guido Immertal seine letzte Bestandsaufnahme nur deshalb in seinen Rekorder eingesprochen habe, weil er gewollt habe, dass er, Schnok, das Gesprochene abhöre. Oder zumindest in der Zeitung davon berichtet würde. Denn es sei schon höchst verwunderlich, dass Guido Immertal dieses für ihn so wichtige Aufnahmegerät einfach in der Kneipe vergessen habe, wo er Axel Keider doch vorab an der Theke gesehen haben musste. Der Verdacht stehe im Raum, der sogenannte Lenin habe genau die Ge-

spräche auf dem Rekorder gelassen, von denen er gewollt habe, dass die Öffentlichkeit sie höre, damit keineswegs die Ahnung keimen könne, Guido Immertal habe Konrad Schnittweg etwas angetan.
Auch wenn Keider den Rekorder sofort der Polizei übergeben habe, schließe diese Mit- oder Zuarbeit keineswegs seine Person aus dem Kreis der Verdächtigen aus. Immerhin habe Konrad Schnittweg durch seine Intervention bei der Zeitung nach Erscheinen des Artikels über Konstanze Sommer den Journalisten in eine existenzielle Krise gestürzt. Axel Keider habe nach dem Verlust seiner Arbeitsstelle mehrere Jahre finanziell auf unterstem Niveau gelebt, wenn nicht gar vegetiert, weil niemand einen Mitarbeiter einstellen wollte, der Fake News produzierte. Damals seien die Zeiten in Pressekreisen noch etwas moralischer gewesen, so Schnok. Schließlich habe Axel Keider zwei Jahre später den Psychotherapeuten auch noch im engen Gespräch mit seinem Erzfeind Guido Immertal vorgefunden, was nicht zu einer Abschwächung seiner emotionalen Aufgebrachtheit beigetragen haben werde.
Blieben noch Guylain Kisula, der sich eine Biografie erdichtet und diese durch die Therapiesitzungen gefährdet gesehen habe, Peter Pleimer, der nach Aussage von Matthias Weber für Drogen- und Menschenhandel stehe und den Konrad Schnittweg habe auffliegen lassen wollen, eine These, die er, Schnok, jedoch für an den Haaren herbeigezogen halte, und schließlich Rieke Schnittweg, die durchaus Interesse am Verschwinden ihres Ehemannes und den Drohbrief geschrieben haben könne, wenn man davon ausgehe, dass ihr Gatte die Geschäftstüchtigkeit seiner Frau habe unterwandern wollen und zudem womöglich von der Tatsache Kenntnis hatte, dass Rieke Schnittweg die Aufenthaltsgeneh-

migung eines Patienten habe rückgängig machen wollen. Ein Knalleffekt, so nenne er, Schnok, das. Nur Konstanze Sommer passe nicht in dieses Schema motivbeladener Figuren. Aber vielleicht mache gerade das sie verdächtig.

Die Bürger dieser Welt seien unzweifelhaft von niederer Gesinnung, so Schnok, was wolle man da machen. Er sage das nicht resignierend, sondern vielmehr die Basis des menschlichen Handelns akzeptierend. Darauf wiederum ließe sich aufbauen. Wenn man annehme, dass alle schlecht und ausschließlich auf den eigenen Vorteil bedacht seien, lerne man schnell, mit seinen Zeitgenossen umzugehen. Das bedeute natürlich nicht, dass man die Handlungsweise akzeptiere, gar gutheiße. Das keineswegs, aber das Wissen ermögliche einen Umgang und zeige zudem, dass der Staat eine notwendige Institution sei, die über die Handlungen ihrer Bürger wache. Das, was Guido Immertal propagiere, sei eine Zerstörung des zivilisatorischen Gürtels und führe zum Recht des Stärkeren. Mord und Totschlag seien die Konsequenz. Er, Schnok, kenne nicht einen Menschen, der nicht schon einmal unredlich gehandelt habe, sich selbst nehme er natürlich nicht aus. Der Grad der Unredlichkeit variiere beträchtlich, das ja. Aber er müsse Rieke Schnittweg zustimmen, die gesagt habe, wer etwas tue, mache sich die Hände schmutzig, auch wenn er es nicht beabsichtige. Das sei, das wolle er, Schnok, noch einmal betonen, keine Rechtfertigung des Schlechten, sondern Fakt. Das Gute sei nichts als eine graduelle Distanzierung, ein Versuch, mit den Fingern den Boden umzugraben und anschließend so wenig Erde wie möglich unter den Nägeln zu haben. In diesem Sinne solle ich meinen Garten bestellen und ihn, Schnok, wissen lassen, wann geerntet werden könne.

50. Der Brief

Ihr werdet sterben, damit diese Welt wieder frei wird!

Tod dem Faschismus. Tod dem Neoliberalismus. Tod den Führungskräften, die die Entmenschlichung der Arbeitnehmer vorantreiben. Tod den Wirtschaftsbossen, die sich an der Armut bereichern, Tod den Politikern, die Demokratie und Menschenrechte abbauen.

Dies ist eine Welt für uns alle und wir werden sie verteidigen.
Die Regierungen sind zu Handlangern der Wirtschaftslobby geworden. Der einzige Konsens auf EU-Ebene besteht in der politischen Unterstützung von ökonomischen Interessen auf Kosten der Rechtsstaatlichkeit. Schluss mit einem entfesselten Markt, der die Bürger Europas in Fesseln legt. Wir fordern das Primat des Politischen zurück.

Da ihr seit Jahrzehnten gegen die Interessen der Mehrheit handelt, gegen die Rechte der Bürger agiert, müssen nun die Bürger selbst aktiv werden. Wir sind nicht die Schafe, die ihr vor euch hertreiben könnt, bis der Faschismus erneut etabliert ist. Sowohl auf der Ebene der Nationalstaaten als auch auf der Ebene der Europäischen Union werden wir mit der neoliberalen Gewissenlosigkeit aufräumen.

Ihr wisst, wen wir meinen. Wir meinen euch.

Wir sind viele.
Wir werden töten, was uns tötet.

Konrad Schnittweg

Nachwort

Nach wie vor ist Konrad Schnittweg verschwunden. Nach wie vor gab es kein Attentat auf einen Politiker, das im Kontext des Briefes verübt worden wäre. Und nach wie vor erzählt jeder etwas anderes.
Im Gegensatz zu Gerd Schnoks Annahme möchte ich weder die möglichen Enden dieses Romans noch die widersprüchliche Diversität der Sichtweisen vereinheitlichen. Die Rekonstruktion kann nur zu einem Ganzen führen, wenn man im Besitz aller Teile ist. Das ist hier nicht der Fall.

Ich hätte gern noch mehr Informationen verarbeitet, aber Gerd Schnok hat mich wenige Tage nach unserem letzten Treffen telefonisch wissen lassen, dass er die weitere Zusammenarbeit mit mir verweigere. Er habe an die Kunst geglaubt, sagte er, an das Raffinement. Doch nun müsse er feststellen, dass ich ihm in den Rücken falle. Nicht nur besäße ich das ihm fehlende Tagebuch von Peter Pleimer, ich hätte auch Telefonate mit den Beteiligten geführt, ohne ihn über das jeweilige Ergebnis in Kenntnis zu setzen. Vor allem das letzte, ihm vorenthaltene Interview Axel Keiders mit Silke Bracht sei ein Affront. Die Frau lüge. Und ich solle gut aufpassen, was ich da in die Welt setze.
Auf meine Frage hin, ob er mir drohe, antwortete er, Künstler seien im Allgemeinen wohl doch naiver, als er angenommen habe.

Ich fragte weiter, ob er nicht befangen sei, da Peter Pleimer eine Art Ziehvater für ihn gespielt habe, und ob er folglich nicht den Fall abgeben müsse.
Gerd Schnok erwiderte hierauf nichts, was mich ermutigte, ihn noch stärker anzugehen. Ob er nicht vielleicht selbst für das Verschwinden des Psychotherapeuten verantwortlich sei, fragte ich. Woraufhin Gerd Schnok schallend lachte. Das schien mir für seine Person recht unpassend zu sein, wirkte aufgesetzt, ja vulgär.
Ich sagte ihm, dass ich die Tagebücher von Pleimer für reinste Fantasiegebilde hielte. Das von 2012 sei beispielsweise zu unterschiedlichen Zeiten geschrieben worden, denn Pleimer unterliefen dabei entlarvende Fehler wie die Erwähnung von Ereignissen, von denen er 2012 noch nicht habe wissen können. Dann fragte ich ihn, wer Hauptmann Sollner erschossen habe. Und Gerd Schnok legte auf.
Ich hatte das Gefühl, ihn in eine emotionale Lage versetzt zu haben, in der er sich nicht häufig befand, eine Lage, die ihn womöglich dazu bringen würde, Dinge zu sagen, die er später bereuen würde. Ich wählte deshalb sofort seine Nummer, merkte aber an seiner Stimme, dass er sich wieder im Griff hatte. Ob ich etwas Wichtiges vergessen hätte, fragte er freundlich.
Ich sagte: »Nein, ich habe alles«, und verabschiedete mich.

Guy Helminger Köln, den 28. Juni 2020

Mein Dank

gilt Hermann Schäfer. Ohne die Gespräche mit ihm gäbe es den vorliegenden Roman nicht.

Guy Helminger

Die Lombardi-Affäre

Roman

136 Seiten, gebunden mit Schutzumschlag

Der Schriftsteller und Moderator Georges Husen schildert dem Psychologen Dr. Laurent, warum er seinen Nachbarn getötet hat. Husen ist davon überzeugt, dass alle Geschehnisse auf der Welt miteinander verbunden sind und sich beeinflussen. Die sprichwörtliche umgefallene Sackkarre in China hat eben langfristig doch Einfluss auf das Geschehen in Luxemburg. Und so auch auf jene Verschwörung von Politik und Medien gegen die zeitgenössische Kunst, die in der Lombardi-Affäre gipfelt, bei der ein Museumsdirektor in einem Interview die Contenance verliert und schließlich von seinem Posten zurücktritt, die auch Husen seinen Job kostet und die ihn schließlich dazu zwingt, zu töten.

»Die Figur des Ich-Erzählers ist scharf konstruiert und noch in ihren zwanghaften Monologen überaus interessant.« *Frankfurter Allgemeine Zeitung*

»Großartig.« *revue*

www.capybarabooks.com

Guy Helminger

Rost

Stories

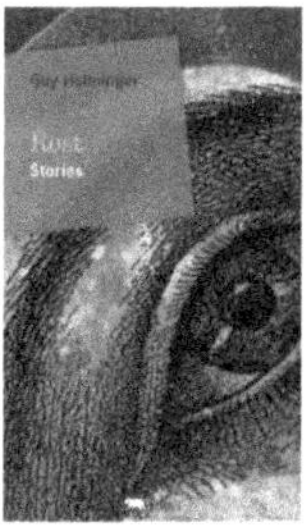

184 Seiten, gebunden mit Schutzumschlag

Von harten Kerlen und finsteren Typen, von sonderbaren Spinnern und versponnenen Einzelgängern handeln die sechzehn Stories in diesem Buch. All die abgründigen, bisweilen gar dämonisch anmutenden Protagonisten in Guy Helmingers Erzähluniversum verbindet, dass man ihnen lieber nicht im Mondschein begegnen möchte – und manchen nicht einmal bei Tageslicht. Ein verstörend-faszinierender, stilistisch anspruchsvoller und literarisch höchst vielseitiger Erzählband, der dem Autor bei seinem ersten Erscheinen 2002 den renommierten Prix Servais eintrug.

»Helmingers Kurzgeschichten sind Miniszenarien wie für Filme von David Lynch.« *Frankfurter Allgemeine Zeitung*